U0091439

GAEA

Gaea

鋼鐵德魯伊

VOL. 1〔追獵〕

HOUNDED

THE IRON DRUID CHRONICLES

凱文・赫恩——著 戚建邦——譯

KEVIN HEARNE

鋼鐵德魯伊

■書評推薦

「赫恩自稱漫畫宅，將自己對那些師呆傢伙們痛扁邪惡壞蛋的熱愛，轉變為一流的都會奇幻出道作。」

——《出版人週刊》（*Publishers Weekly*）重點書評

「赫恩是個幽默機智的出色說書人……本書可說是尼爾．蓋曼的《美國眾神》加上吉姆．布契的《巫師神探》。」

——*SFF World*書評

「（阿提克斯）是個強大的現代英雄，擁有古老祕密、累積了二十一個世紀的求生智慧……以活潑的敘事口吻……一部旁徵博引的都會奇幻冒險。」

——《學校圖書館期刊》（*Library Journal*）

「赫恩用合理的解釋把神話巧妙織進故事之中，這是部超級都會奇幻。」

——哈莉葉．克勞斯納（Harriet Klausner），著名書評與專欄作家

「這是我近年讀過最棒的都會/超自然奇幻。節奏緊湊、詼諧又機智、神話使用得當，這是為厭煩了狼人與吸血鬼的奇幻讀者而生的作品。喜愛吉姆・布契、哈利・康諾利……或尼爾・蓋曼《美國眾神》的讀者們一定會很享受這本書。極度推薦！」

——Grasping for the Wind網站書評

「如果你喜愛幽默有趣的都會奇幻，那《鋼鐵德魯伊》是你的菜。如果你喜歡豐富精彩的都會奇幻，更該拿起《鋼鐵德魯伊》，以及凱文・赫恩未來出版的任何東西。」

——SciFi Mafia網站書評

「融合了現代背景與神話，令人愛不釋手、歡笑不斷的喜劇。」

——阿利・馬麥爾（Ari Marmell），奇幻作家

「這個風趣幽默的新奇幻系列在故事中融入凱爾特神話還有一個想法前衛的遠古德魯伊。」

——凱莉・梅丁（Kelly Meding），奇幻作家

「凱文・赫恩為古老神話注入新意，創造出一個異常熟悉又高度原創的世界。」

——妮可・琵勒（Nicole Peeler），奇幻作家

鋼鐵德魯伊

VOL. 1

目次

獻辭
DEDICATION

媽，妳看，我做到了！
可以把它放在冰箱上嗎？

第一章

活了二十一個世紀好處很多，其中最值得一提的就是能夠見證難得一見的天才降世。標準程序如下：某人拋下文化傳統的包袱，無視當權者威脅的目光，做出被同胞視爲無可救藥的瘋狂舉動。這類天才之中，我最喜歡伽利略。梵谷位居第二，但他眞是個無可救藥的瘋子。

幸好我看起來不像是見過伽利略——也不像看過莎士比亞舞台劇首演，或是和成吉思汗一起攻城掠地的人。有人問我多大歲數的時候，我總是說二十一，如果他們假設我指的是一年，而不是十年或一百年的話，那也不是我的錯，是吧？事實上，某些場合還會有人要我出示證件，這對所有老人家都是莫大的恭維。

年輕愛爾蘭小夥子的形象對我在工作場合試圖營造的學者氣息並沒有多大助益——我經營一間角落裡擺著藥劑師櫃檯的神祕學書店——不過這種形象也有很棒的優勢。比方說，當我去逛雜貨店的時候，人們看著我的紅色鬈髮、白嫩皮膚，還有長長的山羊鬍，他們就會以爲我喜歡踢足球、愛喝金氏啤酒；如果我穿無袖上衣，露出爬滿右手臂的刺青，他們就會認定我有參加搖滾樂團，而且狂抽大麻。從來不會有人想到我有可能是個長壽的德魯伊——這就是我喜歡這種形象的主要原因。如果我留了一大把白鬍子、戴頂尖帽子，渾身散發出莊嚴睿智的氣質，甚至綻放祥光，人們心裡就可能會浮現錯誤——或正確——的猜測。

有時候我會忘記自己的外表，做出不合形象的事情，比方說在星巴克排隊時哼起阿拉姆語【註一】的牧羊人小調，但是生活在美國都會的好處就在於人們喜歡忽視稀奇古怪的事物，不然就搬到郊區去遠離那些東西。

從前人們不會這麼做。古時候，與眾不同的人會被綁在木樁上燒死或是亂石打死。當然，在現代社會裡與眾不同還是有些缺點，所以我才要費這麼大的心力融入社會，不過那些缺點通常只是一些騷擾或歧視，和爲了娛樂大眾而慘遭處死相比已經好太多了。

現代社會的生活有不少類似的改進。我認識的老傢伙大多認爲現代化最吸引人的地方在於室內管線和太陽眼鏡。但對我而言，美國眞正引人入勝的地方在於它基本上是個無神之地。在躲避羅馬人追捕的年代【註二】裡，我在歐洲幾乎每走不到一哩路就會踏上某個神祇的聖地。但是在亞歷桑納，我只要擔心偶爾會遇上土狼神凱歐帝【註三】就好了，而且我還滿喜歡他的。（首先，他與索爾大不相同，光憑這點就表示我們可以相處愉快了。要是本地大學生不幸遇上索爾的話，鐵定會叫他「超級大混蛋」。）

除了神祇密度很低外，亞歷桑納更棒的地方在於這裡幾乎沒有妖精的蹤跡。我指的不是迪士尼那種長翅膀的可愛「小仙女」；我是指妖精、希夷族【註四】、圖阿哈．戴．丹恩【註五】的後裔，出生於提爾．納．諾格——永恆青春之地——每個妖精都有可能會把你分屍或擁抱你。他們不太喜歡我，所以我會盡量住在他們無法輕易抵達的地方。古時候他們在世界各地都有傳送門，但在新世界裡，他們需要橡樹、梣樹，以及山楂樹才能進行傳送，而亞歷桑納很少會在同一個地方看到這三種樹。我有找到兩個可能的傳送點，在新墨西哥邊境的白山山脈及土桑附近一處河岸，但這兩個地方距離我在坦佩市大學附近、道路平整的社區都超過百哩之遙。我認爲妖精從那些地方進入人間，然後穿越一大片無樹沙漠尋找流亡德魯伊的機率極低，所以當我在九〇年代末期找到這個地方時，我就決定要定居下來，住到當地人開始起疑再說。

這個很棒的決定讓我安安穩穩地度過十幾年。我弄了個新身分，租了間店面，掛出寫著「第三隻眼書籍藥草店」的招牌（營造吠陀教【註六】與佛教信仰的假象，因爲我覺得用凱爾特店名可能會引來不必要的注意），然後在騎腳踏車可達的距離內買了棟小房子。

我賣水晶與塔羅牌給想要嚇嚇他們新教徒父母的大學生，賣了許多荒謬的魔法典籍給多愁善感的威卡教徒【註七】，還賣一些藥劑給不想去看醫生的人。我甚至囤積了大量德魯伊魔法書籍，全都是維多利亞年代德魯伊復興時期的作品，也全都是毫無用處的垃圾，每賣出一本我就會暗自偷笑。我

註一：阿拉姆語（Aramaic），與希伯來語、阿拉伯語近似的閃族語言，是世上少數存活千年以上的古老語言之一。

註二：羅馬帝國時期，德魯伊被視爲異端，遭到獵殺。

註三：土狼神凱歐帝（Coyote），美國原住民信仰中的惡作劇神靈。

註四：希夷族（Sidhe），愛爾蘭、蘇格蘭神話中的超自然部族，類似妖精，也作Aos Sí。

註五：圖阿哈·戴·丹恩（Tuatha Dé Danann），凱爾特神話中定居愛爾蘭的部族之一，又稱達那神族（peoples of the goddess Danu），奉女神達努爲母。

註六：印度吠陀時期（約在前一千五百年至西元前五百年間），印度河流域當地人們的原始信仰，其信仰反映在最古老的吠陀經《梨俱吠陀》中。婆羅門教與印度教的起源。

註七：威卡教（Wicca）是近代在英美盛行、以巫術爲基礎的多神宗教。

大概一個月會遇上一個眞正的魔法客戶要找眞正的魔法書，也就是若非當眞有點魔法底子絕對不能接觸甚至不會得知的那種東西。我通常是在網路上進行稀有書籍交易——又是一個現代化的大改革。

但是當我建立新身分並開店的時候，我沒想到別人能夠如此輕易地在網路上搜尋我的資料。因爲我從沒想過任何古老勢力會搜尋網路——我以爲他們會用水晶球或是其他占卜法來尋找我的下落，反正不會用網路——所以在挑選姓名的時候沒有那麼謹愼。我應該要叫自己約翰・史密斯或是其他差不多可悲又常見的名字，但我的自尊不允許我挑選基督教姓名。於是我選了歐蘇利文，我眞正姓氏的英文版，然後挑選了阿提克斯這個希臘名字。然而對於想要找我的妖精而言，表面上經營神祕學書店、販賣他根本不該得知的極其稀有珍本、姓歐蘇利文的二十一歲小夥子，已經是足夠的線索了。

薩溫節【註一】三週前的禮拜五，他們趁我離開書店去吃午餐的時候跳出來突襲我。在沒人大喊「看招！」的情況下，一支劍掠過我的膝蓋下方，不過持劍的手臂在我躍起閃避時失去平衡。我趁他試圖站穩時一手肘頂在他臉上，解決了一個妖精，還剩下四個。

感謝地下諸神賜我偏執妄想的個性。我將偏執妄想歸類爲生存技能，而非神經機能病症；那是銳利的刀鋒，數百年來在「想殺我的人」這塊磨刀石上越磨越利。是偏執妄想讓我在脖子上掛著一塊寒鐵護身符，並且用鐵欄杆圍起我的書店，外加專門用來抵擋妖精和其他不受歡迎人物的魔法印記；是偏執妄想讓我學習徒手搏鬥並和吸血鬼比拚速度；也是偏執妄想讓我多次從這種惡棍手中逃出生天。

或許叫他們惡棍有點太過分了；惡棍會讓人聯想到肌肉發達而頭腦簡單。這些傢伙一副從來不會上健身房或聽過同化類固醇的樣子；他們很瘦，刻意僞裝成橫越全國長跑者的模樣，打赤膊、只穿褐紫色的短褲和昂貴的慢跑鞋。在路人眼中，他們是在用掃把毆打我，但那只是施展在武器上的幻術；尖銳的部分隱藏在刷毛裡，如果我沒能看穿他們的幻術，肯定會在被刺中要害時大吃一驚。由於能夠看穿妖精的幻術，我注意到剩下的敵人中有兩個手持長矛，其中一個正繞向我的右側。在人類僞裝之下，他們看起來就是典型的妖精——換句話說，沒有翅膀、赤身裸體、帶有一點奧蘭多・布魯演的勒苟拉斯的男性美，就是會在美容產品廣告上看到的那種人。手持長矛的妖精自兩側同時對我出矛，不過我以手腕架開兩個矛尖，使它們分別從我的身前和背後掠過。接著我衝到右側妖精的身前，以摔角中的金臂勾擊中他的咽喉，氣管受創讓他難以呼吸。這下解決兩個了；但是他們動作迅速靈巧，深邃的眼睛裡沒有絲毫同情。

攻擊右邊的敵人讓我的背後毫無防備，所以我立刻迴身，揚起左臂抵擋預料中的攻擊。沒錯，眼前有一支劍正朝我的腦袋砍下，而我以手臂擋下此劍最前端。劍刃砍入我的骨頭引起一陣劇痛，不過如果不用手擋，情況肯定更糟。我吃痛皺起眉頭，上前狠狠一掌擊中妖精的太陽神經叢【註二】，打得他飛身而起，撞上書店圍有鐵欄杆的牆。解決三個，我向剩下的兩個微笑，他們看起來不再那麼

註一：古凱爾特的新年爲十一月一日，慶祝一年開始的節日爲薩溫節（Samhain）；慶典自十月三十一日日落開始，十一月一日日落結束。

註二：太陽神經叢（Solar Plexus），又作腹腔神經叢。人類腹部上方凹陷的心窩部位，攻擊此處可以衝擊到橫隔膜。

急著想動手。他們的三個夥伴不但在生理上受到傷害，還在和我肢體接觸的過程中遭受魔法毒害。我的寒鐵護身符與我的靈氣羈絆在一起，而現在他們肯定已經看出事實了：我是鋼鐵德魯伊，他們最深沉的夢魘。第一個被我打傷的妖精開始化爲灰燼，而另外兩個也開始了解世間所有生命都不過是風中的微塵。

我踢掉腳上的涼鞋，往街上退開幾步，讓妖精們背對圍有鐵欄杆的牆壁。這除了取得戰術優勢外，還讓我更加接近馬路和人行道中間的一小塊園藝造景，得以從泥土中吸收能量癒合傷口及壓抑疼痛。我可以晚點再來仔細縫合，但此刻我必須盡快止血，因爲不友善的魔法師可以用我的血做很多可怕的事情。

在我腳掌踏入草地、吸取力量展開治療的同時，我還發出一則求救訊息——類似透過土地傳送的即時通——給我認識的一個鐵元素，讓他知道我面前站著兩個妖精，問他想不想吃點零食。他很快就會回覆了，因爲正如我與大地羈絆在一起，大地也和我羈絆在一起；但他可能還要花一點時間。爲了幫他爭取時間，我對攻擊者提出問題。

「純粹出於好奇，你們是想抓我還是想要殺我？」

我左邊的妖精，右手拿著一把短劍，忽略我的問題，還對我大吼大叫：「告訴我們劍在哪裡？」

「什麼劍？你手上的那支劍？還在你手上呀，大個子。」

「你知道哪把劍！富拉蓋拉，解惑者！」

「我不懂你在說什麼。」我搖頭。「誰派你們來的？你確定有找對人嗎？」

「我們很確定。」持矛的妖精冷笑道：「你身上有德魯伊刺青，而且能夠看穿我們的幻術。」

「很多懂魔法的人都看得穿。而且並不是只有德魯伊才會喜歡凱爾特繩紋。想想看，兩位，你們跑來問我什麼劍的下落，但是劍顯然不在我身上，不然我早就拔出來使了。我只是想請你們考慮一下，是不是有人派你們過來送死的可能。你們肯定派你們來的人動機單純嗎？」

「派我們來送死？」持劍的妖精痛斥我的荒謬言論，「在五對一的情況下？」

「現在是二對一，別忘了我已經殺了你們三個夥伴。或許派你來的人曉得會是這種情況。」

「安格斯・歐格【註】絕不會那樣對我們的！」持矛妖精叫道，證實了我的懷疑。我知道對方是誰了，而這個傢伙已經追捕我超過兩千年。「我們是他的子嗣！」

「安格斯・歐格連自己爸爸都用計趕出家門。在他那種傢伙眼中，你們和他的血緣關係又算得了什麼？聽著，我以前遇過這種狀況，而兩位沒有。凱爾特愛神最愛的就是他自己，他絕對不會浪費時間親自參與搜索任務，所以每當他自認找到我時，他就會派幾個犧牲也無妨的子嗣來給我殺。如果他們有辦法回去，那就表示對手不是我，懂了嗎？」

他們臉上開始浮現理解的神情，隨即採取防守姿態，但是已經太遲了，而且他們也看錯方向了。

註：安格斯・歐格（Aenghus Óg），圖阿哈・戴・丹恩一族中掌管愛、美與青春的神祇。

書店牆壁上的鐵欄杆在他們身後無聲地融化，化爲一張銳利的鐵齒大口。巨大的咽喉向前探出一口咬下，像吃生乳酪一樣咬穿妖精的肉體，受害者甚至還來不及叫完就被當成吉露果子凍【註】吞了下去。他們的武器墜落地面，其上的幻象消失，接著大鐵嘴匆匆對我滿足一笑，再度凝聚爲原先牆壁上的鐵欄杆。

鐵元素消失前用他們充當語言的一串表情與形象對我發送一則訊息：「德魯伊傳訊，有妖精吃，美味，感謝。」

註：吉露果子凍（Jell-O），美國與加拿大的果凍品牌。

第二章

我環顧四周，看看是否有人目睹這場打鬥，不過附近沒有任何人——現在是午餐時間。我的書店位於大學南邊的艾許街，而所有餐廳都在大學北邊的艾許街和米爾街上。

我撿起人行道上的武器，打開書店店門，自顧自地對著「外出午餐」的牌子笑了笑。我把牌子翻到「營業中」那一面；既然善後工作會讓我一時走不開，乾脆開門做生意好了。我走到泡茶桌旁，倒了一壺水，然後看看手臂上的傷。傷口依然紅通通的、有點浮腫，不過癒合得不錯，而且完全不會痛了。儘管如此，我還是擔心拿水壺會導致肌肉進一步拉傷，必須跑兩趟才行。我拿起水槽下的漂白水瓶走到店外，把水壺留在櫃檯上。我將漂白水倒在所有血漬上，然後回去拿水壺來沖掉漂白水。

在我心滿意足地清理完血漬、打開店門放回水壺時，一隻大烏鴉飛了進來。牠停在一尊印度象頭神迦尼薩的半身像上，挑釁地伸展翅膀、豎起羽毛。那是莫利根，凱爾特信仰中的死亡挑選者與戰爭女神，她呼喚我的愛爾蘭名。「敘亞漢・歐蘇魯文。」她以嘶啞的聲音戲劇性地說道：「我們必須談談。」

「妳不能化身人形嗎？」我說著把水壺放在架子上晾乾。這個動作讓我察覺護身符上還有一點血漬，於是我取下護身符去洗。「妳那樣和我講話感覺怪可怕的。鳥喙沒辦法發出摩擦音的。」

「我大老遠跑來不是爲了要上發音課。」莫利根說：「我帶著壞消息而來，安格斯・歐格知道你在這裡了。」

「是呀，沒錯，我已經知道了。妳剛剛沒有處理到五個死妖精嗎？」我將護身符放在櫃檯上，拿條毛巾拍乾它。

「我把他們丟給馬拿朗・麥克・李爾了。」她說的是凱爾特信仰中帶領逝者前往死者之地的神。「但是我還沒說完。安格斯・歐格打算親自出馬，或許現在已經在路上了。」

我身體一僵。「妳確定？」我問：「有證據顯示他要親自出馬？」

烏鴉不太高興地拍拍翅膀，叫了一聲。「如果還想等證據，一切就來不及了。」她說。

我鬆了口氣，肩胛骨之間的緊繃感消失。「啊，所以只是隱現的徵兆。」我說。

「不，是非常明確的徵兆。」莫利根回道：「末日在你身旁凝聚，想要活命，你就必須離開。」

「看吧？妳又來了。每年薩溫節前後妳就會這個樣子。」我說：「不是索爾要來抓我，就是奧林帕斯眾神之一。記得去年妳說什麼來著？阿波羅爲了我和亞歷桑納州立大學太陽魔鬼隊的關係而大發雷霆——」

「那不一樣。」

「——完全不管我根本沒唸那所大學，只是在附近工作而已。妳說他要駕太陽馬車過來，在我身上插滿箭矢。」

烏鴉在神像上侷促扭動，神情有點尷尬。「那在當時感覺像是可信度很高的解讀。」

「希臘太陽神被位於地球另一面的老德魯伊與大學吉祥物產生的薄弱關係所觸怒，妳覺得這可信度很高？」

「那則預言基本上沒有說錯，敘亞漢。有人對你發射投擲武器。」

「幾個小鬼用飛鏢射破了我的腳踏車輪胎，莫利根。我認爲妳講得有點太誇張了。」

「那不重要。反正你不能繼續待在這裡了。徵兆很明確。」

「好吧。」我無奈地嘆了口氣，「告訴我妳看到什麼徵兆。」

「我最近在和安格斯閒聊的時候——」

「妳和他閒聊？」如果正在吃東西的話，我一定已經噎到了。「我以爲你們仇視彼此。」

「我們是呀。但那並不表示我們不能沒事閒聊幾句。我當時在提爾・納・諾格休息，因爲之前去美索不達米亞玩得太累了——你最近有去過那裡嗎？實在是太棒的運動了。」

「不好意思，但是現在凡人管那裡叫伊拉克，還有不，我已經好幾個世紀沒去那裡了。」莫利根和我對於運動的定義有很大的不同。身爲死亡挑選者，她最喜歡的東西莫過於漫長的戰爭。她喜歡和卡里【註】，還有北歐女武神混在一起，而她們會在戰場上舉辦死亡女神之夜。我不同，早在十字軍東征之後我就不再將戰爭視爲一種榮耀了。最近我比較喜歡的運動是棒球。「安格斯和妳說了什麼？」我問。

「他只是對我微笑，然後叫我去照顧我朋友。」

註：卡里（Kali），印度的死亡之神。

我揚起眉毛。「妳有朋友?」

「當然沒有。」烏鴉豎起羽毛，對我這種說法表達不滿。「好吧，黑卡蒂【註一】還挺有趣的，我們最近常常混在一起，但我認為他是在指你。」

莫利根和我有個共識（雖然我認為這個共識不太保險）：只要我的存在依然會激怒安格斯・歐格，她就不會來帶我離開人世。這算不上什麼友誼——她不是心裡容得下友誼的那種神——但是我們相識已久，而她每隔一段時間就會跑來警告我。「如果你的頭被人砍了下來卻沒有死，」她曾經在勸我退出高拉之役【註二】時解釋過一次，「我會很沒面子。我得向人解釋很多事情。怠忽職守實在很難自圓其說。所以從現在開始，不要讓我面臨必須為了面子而奪走你性命的局面。」當時我心底依然嗜血，能夠感受到力量在刺青裡流動；我當時是菲亞娜戰士團的一員，一心只想與那個自大浮誇的卡爾布雷王決一死戰。但是莫利根已經選擇了陣營，而當死亡女神叫你遠離戰場時，你一定會照做。打從幾個世紀前我引起安格斯・歐格的敵意之後，她就一直在警告我有攸關生死的危機即將到來，而儘管她偶爾會誇大威脅的程度，我還是該對她從未小看過這些威脅並來警告我而心存感激。

「他或許是在誤導妳，莫利根。」我說：「安格斯就是會做這種事。」

「我很清楚。所以我去研究烏鴉飛行的隊形，進而肯定你身陷險境。」我扮個鬼臉，莫利根在我開口前繼續說道：「我知道光是這種預兆並不足以說服你，所以，為求謹慎，我又擲了魔杖。」

「喔。」我說。她真的下了不少工夫；世界上有不少求籤、問卜，或是其他藉由解讀隨機圖案來預知未來的實用法門。我覺得那些方法都比觀察鳥群飛行的隊形或是雲層圖案來得可靠，因為這些解讀未來的法門會將機率集中在我身上。鳥之所以那樣飛是因爲牠們想要進食或求偶或是撿點東西回去築巢，將那種行爲所形成的圖案套用在我的未來或任何人的未來上，在我看來都有點牽強附會。就邏輯觀點而言，在地上丟些棍子以預知未來只比那樣好一點點而已，不過我知道我的媒介和意志將會吸引足夠的注意讓命運停下腳步，並說：「這就是你家附近的戲院最近會上演的戲碼。」

從前有一類德魯伊喜歡以動物祭祀，再以屍體內臟來預知未來；我覺得那有點太噁心了，而且很浪費雞或牛或是任何他們祭祀的動物。現代人面對那種行爲會說：「好殘忍！他們爲什麼不能像我一樣吃素呢？」但是德魯伊信仰裡有著非常歡樂的死後世界，甚至可以返回人間好幾次。既然靈魂永不滅，拿刀四處插插向來沒什麼大不了。儘管如此，我還是沒有參與過動物祭祀的儀式。想要偷看命運的裙底還有其他清潔衛生又可靠的方法。像我這種德魯伊會在袋子裡放二十根魔杖，每根魔杖上都刻有象徵二十種愛爾蘭原生樹木的歐甘文【註三】，而每種樹木都代表了很多預言意義。就和塔羅牌一樣，根據這些魔杖落地時相對於擲杖者方向的不同，解讀出來的意義也不一樣；如果是正向就有一組正面解釋，如果上下顛倒又有一組反面解釋。擲杖者會隨機自袋中抽出五根魔杖丟在面前

註一：黑卡蒂（Hecate），古希臘女神，除了常常和岔路、月光、魔法、巫術連結在一起，也和死亡、墳墓等象徵關係密切。

註二：高拉之役（Battle of Gabhra）。凱爾特神話英雄芬・麥克・庫威爾（Finn Mac Cumhaill）對抗統治古愛爾蘭的高王卡爾布雷（Cairbre）的戰役；最後芬戰死，他所統帥的菲亞娜戰士團（Fianna）也死傷慘重。

註三：歐甘文（Ogham），古愛爾蘭文。

的地上，然後試圖解讀它們排列出來的意義。「那魔杖落成怎樣？」我問莫利根。

「有四根落地。」她說，讓這句話的含意深入我心。這絕對不是什麼好兆頭。

「我知道了。那是哪些樹木和妳交流？」

莫利根用一副接下來的話會讓我像珍・奧斯汀筆下角色一樣被衣服束壓到昏倒的模樣看我【註】。

「費恩。清內。尼士爾。烏拉。伊由。」

赤楊、冬青、蘆葦、石南、紫杉。第一種樹代表戰士，是意義最明確同時也最曖昧的魔杖。不管戰士指的是誰，其他魔杖全都代表非常迫切的危機即將降臨在他身上。冬青代表挑戰與考驗，蘆葦強烈表達恐懼，石南宣告意外，紫杉則預見死亡。

「啊。」我盡量裝出滿不在乎的模樣。「那麼赤楊和紫杉落地時有產生關聯嗎？」

「紫杉橫躺在赤楊上。」

好吧，這倒說得十分明白。戰士會死。他會在意想不到的情況下死去，幾乎要嚇呆，然後發狂似地與死亡搏鬥，不過最後終將死去。莫利根看出我已經接受了預言的結果，說道：「那麼你打算去哪裡？」

「我還沒有決定。」

「莫哈維沙漠裡有些更加荒涼的地方。」她建議，稍微強調沙漠的名字。我認爲她是針對剛剛伊拉克的話題而想要展現一下她的美國地理知識。我懷疑她曉不曉得南斯拉夫政權瓦解的事情，或是外西凡尼亞現在已經隸屬羅馬尼亞。不朽的神靈常常跟不上時事。

「莫利根，我的意思是，我還沒決定要不要離開。」

待在迦尼薩神像上的烏鴉一言不發，但是雙眼閃過一瞬紅光，我承認這讓我有點不安。她眞的不是我朋友。有一天——可能是今天——她會認定我已活太久，變得太過傲慢，然後我死期就到了。

「給我幾分鐘想想擲杖的結果。」我說，接著立刻了解我應該更加愼選用字遣詞的。

紅眼再度出現，烏鴉的語氣變得比之前低沉，還夾雜著些許令我毛骨悚然的合聲，「你以爲你的預知能力比我強嗎？」

「不、不。」我立刻安撫她道：「我只是想要跟上妳的腳步，就這樣。現在，我只是大聲把我的想法說出來而已，好嗎？赤楊魔杖——那個戰士——並不一定是代表我，對吧？」

紅眼恢復成正常的黑眼，莫利根不耐煩地在神像上改變站姿。「當然不一定。」她以普通語調說道，剛剛的合聲消失了。「基本上，它可能代表任何與你對抗的人——只要你活下來。但是我擲杖時心思是專注在你身上，這表示你最有可能是赤楊魔杖所指的戰士。不管你願不願意參與，這場戰鬥即將發生。」

「但我有個問題：爲了能夠觸怒安格斯．歐格，妳讓我活了這麼多個世紀，安格斯和我在妳心中很可能有某種連結。所以當妳擲杖時，有沒有可能安格斯也存在於妳的思緒中呢？」

莫利根叫了一聲，跳到迦尼薩的象鼻上，接著又跳回到象頭上，翅膀微微抽動。她知道答案，

註：十九世紀英國女作家珍．奧斯汀（Jane Austen）的小說大多描繪當代故事，那時的女性通常有穿束腹。

但不喜歡這個答案，因爲她知道我想講什麼。

「有可能，沒錯。」她嘶聲道：「但是機會不大。」

「但妳也必須承認，莫利根，安格斯．歐格不太可能爲了追殺我而離開提爾．納．諾格。他比較可能會雇用代理人，就像過去幾個世紀一樣。」安格斯的力量著重在魅力與人際網路——讓人類愛上他，也就是說，讓人們願意爲他做任何事，像是殺掉討厭的德魯伊之類的。多年以來，他幾乎已經派盡世界上所有類型的惡棍和殺手——我最喜歡的就是騎駱駝的埃及奴隸兵——但他似乎認爲親自出馬會降低身分，特別是我總有辦法逃過一劫。繼續說下去時，我的語氣中或許多了點得意之情。「而我能夠應付他派來追殺我的低級妖精，這點剛剛已經示範過了。」

烏鴉跳下迦尼薩神像，朝我的臉直飛而來，不過在我開始擔心眼睛會被戳瞎之前，烏鴉形體已經在空中融化，重新凝聚成一名赤身裸體、體態優美、肌膚白皙、秀髮烏黑的女人。這是莫利根藉以誘惑男人的形象，而我沒有料到她會化身爲這種形象。她還沒碰到我，光是透過體香就讓我產生反應，而當她拉近我們的距離時，我已經打算要邀請她回家了。不然這裡也不錯，就在這裡，就是現在，就在泡茶桌上搞。她一手搭在我的肩上，指甲劃過我的後頸，讓我不由自主地顫抖。她的嘴角浮現一絲笑意，身體貼在我身上，湊上前來在我耳邊低語。

「萬一他派淫慾惡魔來殺你呢，最睿智、最古老的德魯伊？要是讓他察覺這個弱點，你轉眼間就會喪命。」我聽見她在說話，內心深處某個角落知道她很可能在說什麼重要事情，但是我的心思主要還是放在她對我造成的感覺上。莫利根突然後退，我伸手試圖抓她，但她狠狠甩了我一巴掌，在我癱倒在地板上時叫我振作一點。

我振作起來了。迷惑我的體香消失，臉頰上的痛楚驅退了我的生理欲求。

「噢。」我說：「謝謝妳唷，我正要完全進入磨蹭小腿的模式。」

「這是非常嚴重的弱點，敘亞漢。安格斯只要雇用個凡人女子就能達到目的。」

「上次在義大利的時候，他就用過這招了。」我說，抓著水槽邊緣撐起自己。莫利根不是會扶男人的那種神。「我也面對過淫慾惡魔。我有個護身符專門用來應付這種情況。」

「那你現在為什麼沒戴？」

「我剛剛才脫下來洗。再說，我在店裡和家裡很安全，妖精動不了我。」

「顯然不是這樣，德魯伊，因為我就站在這裡。」沒錯，她就站在那裡，赤身裸體。如果有人這時候走進店裡，場面就會很尷尬。

「不好意思，莫利根；在這裡除了圖阿哈·戴·丹恩外，誰都動不了我。只要看仔細點，妳就會注意到我在此地所羈絆的魔法。它們可以阻擋低級妖精，還有絕大多數他能從地獄派來的傢伙。」

莫利根揚起頭來，雙眼一時失去焦點，就在此時，兩名不幸的大學生晃進了我的書店。雖然才剛過中午，但我看得出來他們喝醉了。他們頭髮油膩膩的，身穿演唱會T恤和牛仔褲，而且已經好幾天沒刮鬍子。我了解這種人：他們是想看看我的藥劑櫃檯後面有沒有任何東西可以拿來抽的癮君子。和這種人交談通常一開始就是問我的藥草有沒有醫療效果；等我肯定地回應後，他們就會問我有沒有能夠引發幻覺的東西。我通常會拿包鼠尾草加百里香賣給他們，掰個什麼充滿異國風情的名稱，然後隨他們去爽，因爲把白痴與他們的錢分開完全不會讓我良心不安。他們會在爽完之後頭痛欲裂，然後永遠不再上門。我擔心的是，這兩個小夥子可能會因爲看見莫利根而無法生離此地。

果不其然，其中身穿肉塊合唱團【註一】T恤的傢伙，看見莫利根光著屁股站在書店中央、雙手扠腰擺出一副女神的姿態，便對身穿鐵處女合唱團【註二】T恤的朋友指了指她。

「老兄，那個馬子沒穿衣服！」肉塊小子叫道。

「哇，」鐵處女小子說著壓低太陽眼鏡，仔細打量。「而且很辣。」

「嘿，寶貝。」肉塊小子說，朝她走出兩步。「如果妳需要衣服的話，我很樂意脫下褲子給妳穿。」他和他朋友哈哈大笑，彷彿這話非常好笑，如同自動武器開火般不停發出「哈哈哈」的聲響。他們聽起來像羊，不過比較蠢。

莫利根眼中紅光大作，我立刻舉起雙手。「莫利根，拜託，不要，別在我的店裡動手。清理善後很麻煩的。」

「他們必須爲了無禮付出性命。」她說，令人毛骨悚然的合音再度回到她的聲音之中。任何稍微有點神話常識的人都知道，性騷擾女神的人絕對沒有好下場。看看阿緹蜜絲對不小心看到她洗澡的男人做了什麼【註三】。

「我了解羞辱妳的人必須付出代價。」我說：「但是如果妳可以在別處懲罰他們，不讓我的生活變得更加複雜，我絕對會很感激的。」

「好吧。」她對我嘟噥道：「反正我也才吃飽。」接著她轉向那兩個癮君子，讓他們看見她正面全裸的模樣。他們立刻樂翻了：他們的目光朝下，所以沒看見她的雙眼綻放紅光。但是當她開口說話時，那股超自然的聲音撼動窗戶，令他們立刻抬起頭來，隨即了解到在他們面前的並非某個普通的發春女孩。

「給我放尊重點，凡人。」她轟然說道，接著一陣狂風——沒錯，在我的書店裡颳風——吹開他們的頭髮。「今晚我將爲了你們的冒犯吞噬你們的心臟。這是莫利根的承諾。」我覺得她搞得有點太誇張了，但是我絕對不會去批評死亡女神的死亡宣告。

「老兄，搞什麼？」鐵處女小子說話的聲音比之前高了八度。

「我不知道。」肉塊小子說：「但是我的胃口沒了。我要走了。」他們爭先恐後地奪門而出。

莫利根以掠食者的目光看著他們離開，我一言不發地看著她轉頭透過牆壁打量他們的去向。最後她終於轉向我道：「他們是遭受污染的生物。他們玷污了自己。」

我點頭。「沒錯，但是他們沒辦法提供多少獵殺的樂趣。」我並不打算保護他們或是幫他們求情；我所能做的頂多就是暗示他們不值得她跑這一趟。

「說得沒錯。」她說：「他們是眞男人的可悲陰影。但是他們今晚無論如何還是得死，我已經發

註一：肉塊合唱團（Meat Loaf），以美國歌手Michael Lee Aday爲中心的樂團，「肉塊」是Aday的暱稱與藝名。

註二：鐵處女合唱團（Iron Maiden），英國重金屬搖滾樂團，也譯作鐵娘子合唱團。

註三：阿緹蜜絲（Artemis），希臘女神，司掌狩獵、原野、守護少女等等。曾把偷看她洗澡的男人變成女人，另外一個故事則是把對方變成鹿。

過誓了。」喔，好吧，我暗嘆一聲。至少我嘗試過了。

莫利根冷靜下來，將注意力轉回我身上。「你這裡的防禦機制非常精巧，出奇強大。」她說，我點頭感謝讚美。「但還是不足以對抗圖阿哈・戴・丹恩。我勸你還是立刻離開。」

我閉上嘴，花點時間愼選用詞。「我感激妳的建議，永遠不會忘記妳爲我的生存所花費的心思。」我回應，「但是我想不出還有什麼更安全的地方可去。我已經逃避兩千年了，莫利根，我倦了。如果安格斯當眞打算親自動手，那就讓他來吧，他無論在這裡或這世界的其他地方都一樣虛。該是我們了結此事的時候了。」

莫利根側頭看我。「你當眞打算在這個世界裡與他對抗？」

「是，我心意已決。」其實我沒有。但是莫利根並不以擅長察覺謊言的能力著稱，她比較爲人所知的是奇特的屠殺方式及折磨生靈的嗜好。

莫利根嘆氣道，「我認爲這並非勇敢，而是愚蠢，但是既然你已經決定了——那就讓我看看你的護身符，你所謂的防禦機制。」

「非常樂意。不過妳介意穿點衣服嗎？免得惹來更多凡人驚訝的目光？」

莫利根嘻嘻一笑。她不光擁有維多利亞的祕密【註一】模特兒的身材，而且窗口灑落的陽光還將她柔順無瑕的肌膚照得簡直和特級細砂糖一樣白。「只有在這個假道學的年代，人們才會把裸體視爲罪惡。但或許迎合本地的習俗才是明智之舉。」她比個手勢，身上隨即多出了一件黑袍。我微笑表達謝意，拿起櫃檯上的護身符。

或許稱爲符咒項鍊是比較精確的說法——不是蒂芬妮手鍊上的那種小墜飾【註二】，而是種符咒，能讓我迅速施展本來要花很長時間施放的法術。因爲它中央有塊專門用來對抗妖精以及其他魔法使用者的寒鐵護身符，我花了七百五十年才製作出這條項鍊。安格斯・歐格不斷派人追殺，導致我需要這條護身符。我將護身符和我的靈氣羈絆在一起，這是很痛苦的過程，但是成果十分值得。它讓我在所有低級妖精面前成爲萬夫莫敵的硬漢，因爲身爲純粹的魔法生物，他們無法承受任何形式的鐵：鐵是魔法的死對頭，這也就是世界進入鐵器時代之後，魔法就大幅消失的原因。我花了三百年將護身符與靈氣羈絆在一起，藉以提供強大的保護，以及對妖精而言貨眞價實的死亡之拳；剩下的四百五十年我都用來製作符咒，以及找出方法，讓我的魔法在如此接近鐵和靈氣遭受玷污的情況下運作。

圖阿哈・戴・丹恩的問題在於他們並不是純粹的魔法生物，不像他們生在妖精領地的子嗣：他們是這個世界的產物，只是施展魔法的技巧比其他人高超一點，而愛爾蘭人很久以前就將他們奉爲神祇。所以我書店四周的鐵欄杆無法阻擋莫利根或任何她的同類，我的靈氣也傷不了他們。鐵唯一的效果就是幫我增添一點優勢，不讓他們的魔法將我淹沒：想要傷害我，他們就必須採取物理攻擊。

註一：維多利亞的秘密（Victoria's Secret），美國女性內衣品牌，常找火辣模特兒拍攝廣告。
註二：符咒和手鍊上的小墜飾在英語中皆爲「charm」，故阿提克斯特別解釋。

這就是我至今還在呼吸最大的理由。撇開莫利根不談，圖阿哈・戴・丹恩不喜歡近身肉搏，因為他們和我一樣無法閃避計算精確的劍擊。他們透過魔法延長數千年的壽命（就像我能驅退歲月的蹂躪一樣），但暴力可能會讓他們面對死亡，就像盧和努阿達【註二】，以及其他同類一樣。這種情形讓他們在魔法難以生效時傾向於採取刺客、毒藥或其他懦弱的攻擊形式，而安格斯・歐格已經用過大部分這類手段來對付我了。

「很了不起。」莫利根以手指觸摸護身符，搖頭說道。

「不是我自誇。」我指出，「還不算面面俱到，但是已經很厲害了。」

她抬頭看我。「你怎麼弄的？」

我聳肩。「基本上是靠耐心。只要意志力比鐵強，你就能以意志力讓鐵彎曲。但是這種做法緩慢又費事，需要歷時好幾個世紀，而且還要有元素協助。」

「當你變形的時候，護身符會有什麼反應？」

「它會縮小或放大到適當大小。那是我第一個學會控制它的法門。」

「我從未見過這種法器。」莫利根皺眉。「這種魔法是誰教你的？」

「沒人教我。這是我的原創工藝。」

「那麼你就得要教我這種工藝，德魯伊。」這不是要求。

我沒有立刻回應，而是低頭看向項鍊，然後握起其中一個符咒。那是枚正方形的銀片，上面刻著類似海獺的淺浮雕，我將它拿給莫利根看。

「這個符咒一旦啓動，就能讓我在水裡呼吸，並且如同天生熟悉水性般游泳。它和中央的銀護身符連爲一氣，可以在賽爾奇【註二】、女海妖【註三】，以及類似的傢伙面前保護我。它能讓我在海裡成爲僅次於馬拿朗・麥克・李爾【註四】的強者，而我花了超過兩百年的時間琢磨它。這只是項鍊上許多威力強大的符咒之一。妳要拿什麼來和我交換這些知識？」

「你持續存在的權力。」莫利根不屑地回答。

我就知道她會這麼說，莫利根向來不是以外交手段見長。

「這是好的開始。」我回道：「要弄得正式一點嗎？我教妳這種透過幾個世紀嘗試錯誤的痛苦過程研發而成的全新德魯伊工藝，換取妳永遠忽略我的死亡——換句話說，妳永遠不會來帶我走。」

「你是在要求眞正的永生。」

「而我的魔法會讓妳在圖阿哈・戴・丹恩中取得至高無上的地位。」

「我已經至高無上了，德魯伊。」她怒道。

註一：盧（Lugh）是愛爾蘭神話中的太陽神（光之神），遭仇敵之子溺死；努阿達（Nuada）則是圖阿哈・戴・丹恩的第一任領袖，遭邪惡之神用計殺害並斬首。

註二：賽爾奇（selkie），蘇格蘭傳說中的海豹人魚。在海裡以海豹的形態生活，上了陸地就能脫下海豹皮變成人類。

註三：女海妖（siren），希臘神話中以歌聲與音樂誘惑水手的海妖。

註四：馬拿朗・麥克・李爾（Manannan Mac Lir），在凱爾特神話裡除了被視爲死神之外，也是海神李爾之子（Mac Lir意指「海之子」），掌管大海與風暴。

「妳有此表親可不這麼認爲。」我說，心裡想著布莉德，當前以第一妖精的身分統治提爾・納・諾格的神。「不管妳如何決定，我都完全出於己願地向妳保證，無論他們如何誘惑我，我也絕不會教其他圖阿哈・戴・丹恩這種魔法。」

「說得很漂亮。」她於片刻過後說道。我再度開始呼吸。「很好。你就依照你所說的，教我如何製造這條項鍊上的所有符咒，以及讓靈氣與鐵產生羈絆的方法，我就讓你獲得永生。」

我微笑，告訴她去找塊寒鐵當作護身符，然後我們就可以開始上課。

「你還是應該離開這裡。」她在我們達成交易時說道：「我永遠不帶走你並不表示其他死亡之神不會帶你走。如果安格斯擊敗你，遲早會有死亡之神找上門來。」

「安格斯交給我來擔心。」我說。擔心他是我的專長。如果愛與恨是硬幣的兩面，身爲愛神，安格斯倒是花不少時間在恨之上——特別是當事情與我有關的時候。我同時還要擔心老化狀況；還有要是斷手斷腳的話，手腳可不會長回來。擁有永生並不會讓我天下無敵。看看酒神女祭司對可憐的奧菲斯做了什麼【註一】。

「好。」莫利根說：「但是首先要小心人類信徒。在安格斯的指示下，一名信徒透過某種叫作網際網路的新裝置找出你的下落。你知道這種東西嗎？」

「我每天都在用。」我點頭說道。凡事只要還沒出現超過一世紀，對莫利根而言都是新玩意兒。

「根據這個人類查出的線索，安格斯・歐格將會派遣一些菲爾博格人【註二】來確認阿提克斯・歐蘇利文就是古老的德魯伊敘亞漢・歐蘇魯文。你應該選別的名字的。」

「我是個蠢蛋，毫無疑問。」我搖頭說道，慢慢了解他們是怎麼找到我的。

莫利根表情轉柔，伸手撩起我的下巴，將我的嘴拉到她的嘴前。她的黑袍消失，如同活生生的納蓋爾【註三】海報裡的女人般站在我面前，那股激起所有男人情慾的體香再度竄入我的鼻孔，不過沒有引發效果，因爲我已經戴上了護身符。她深深一吻，然後帶著那種令人痴狂的笑容退開；不管有沒有魔法輔助，我十分清楚她對我所造成的影響。「從現在起，隨時都戴著你的護身符。」她說：「有需要的時候就呼叫我，德魯伊。我現在要去獵殺幾個人類。」

說完之後，她再度化身烏鴉，飛出自動爲她開啓的書店大門。

註一：希臘神話中，酒神女祭司們因爲詩人與琴手奧菲斯不願爲她們彈琴而把他分屍。

註二：菲爾博格人（Fir Bolgs），比圖阿哈·戴·丹恩更早定居在愛爾蘭的部族，其後在戰爭中敗給圖阿哈·戴·丹恩。

註三：納蓋爾（Patrick Nagel），美國藝術家，擅長凸顯女性的優雅與美麗。

第三章

我的人生經歷已經多到足以看清大多數迷信的眞相：畢竟，在大多數迷信剛開始出現的時候我就已經存在了。不過有個迷信讓我深信不移：就是壞事總是連三發生。在我的年代裡，這句話是這麼說的：「暴風雲受到三倍詛咒。」但是我可不能一邊這麼說，一邊還妄想人們相信我是二十一歲的美國人，我得要說些像是「鳥事隨時都會發生，老兄」的話。

莫利根離開並沒有讓我放鬆，因爲我認定壞事還會接踵而來。我提前幾個小時打烊，將護身符塞在上衣裡，騎越野單車回家，有點擔心會有什麼在家裡等著我。

我從書店沿著大學路西行，然後在羅斯福路左轉，向南騎入米歇爾公園區。鹽河上游興建水壩之前，這個地區是片沖積平原，土壤十分肥沃。原先人們在這裡墾地爲田，一九三〇年到六〇年間，這塊土地被重新規劃，興建有著前廊和草坪的住宅。通常我會好整以暇地享受騎車的旅程：我會跟向我打招呼的狗說哈囉，或是停車與喜歡在黃昏時分坐在前廊喝圖拉摩爾露水【註】的寡婦麥當納聊天。她會用愛爾蘭語和我交談，說我是個有著老靈魂的年輕小夥子；而我很享受我們的交流，以及被當作年輕人的反諷感。我通常會一週幫她打理庭院一次，而她則喜歡看我工作，每次都會大聲地

註：圖拉摩爾露水（Tullamore Dew），一種愛爾蘭威士忌。

說：「如果年輕個五十歲，小夥子，我早就把你撲倒，而且保證除了上帝不會告訴任何人。」但今天我趕時間，只是朝寡婦的前廊揮了揮手，然後使盡全力踏下踏板。我在第十一街右轉，然後減速，擴展我的感官，尋找麻煩的蹤跡。在我家外面停車後，我沒有直接進屋，而是蹲在馬路旁邊，將滿是刺青的右手手指插入草坪裡檢查我的防禦力場。

我家是五〇年代建造的坐南朝北小屋，有著架高的白柱前廊，廊前還有一小塊花床。前庭的草坪中央偏右的位置上種了一棵大牧豆樹【註】，右側的車道通往車庫。一條石板道自車道通往我的前廊和前門。因爲被傍晚的陰影遮蔽，正面的窗戶看不出什麼。但是透過草坪檢視防禦力場……沒錯，屋裡有人。而既然沒有凡人或低等妖精能夠突破我家的防禦力場，這表示我有兩個選擇：拔腿就跑，或是進去看看哪個圖阿哈・戴・丹恩的成員解開了我打的結，在家裡等我。

對方有可能是安格斯・歐格，這個想法令我不寒而慄，雖然室外的溫度高達華氏一百度（亞歷桑納不到十月下旬絕不會降到合理的氣溫，而此刻還差一個禮拜左右）。但是不管莫利根如何堅稱他在來此途中，我還是不認爲他會離開提爾・納・諾格。於是我找我的寵物來問問——好吧，事實上，我應該說我的朋友——歐伯隆，我和他之間存在著特殊羈絆。

「情況如何，我的朋友？」

「阿提克斯？有人來了。」歐伯隆自後院回應道。我沒有在他的思緒裡察覺任何緊張的情緒，我感覺他似乎正在搖尾巴。既然我回家的時候他沒有叫，他顯然認爲情況並不危急。

「我知道，對方是誰？」

「不知道。不過我喜歡她。她說或許我們晚點可以一起去打獵。」

「她和你交談？像我這樣透過你的心靈？」要讓動物了解人類的語言需要花費很大的心力；這不是簡單的羈絆，並非所有圖阿哈．戴．丹恩成員都願意把時間花在這上面。大半情況下他們都以情緒與影像來溝通，就像與元素生物說話時一樣。

「對，她和我交談。她說我讓她想起我的祖先。」

這種說法評價很高。歐伯隆確實是很了不起的愛爾蘭獵狼犬，有著濃密的灰毛和壯健的體魄。他的祖先人稱戰犬，而非獵狼犬，他們會伴隨愛爾蘭人衝鋒陷陣，咬下騎兵、攻擊雙輪戰車。我年輕時，戰犬不是什麼友善的生物，和溫馴的現代獵狼犬大不相同。沒錯，現代獵狼犬大多很溫馴，經歷數世紀的配種養成溫和的性格，幾乎不會攻擊狗食以外的任何東西。但是歐伯隆擁有許多特質，能夠因應狀況啓動與關閉血緣中的野性。我是在對亞歷桑納的動物培育員失望之後，透過網路在麻薩諸塞州的動物收容所裡找到他的，人工培育的動物都太過溫馴了。我飛過去造訪歐伯隆，發現以現代標準而言，他基本上算是野生動物，不過當然，我只要和他聊聊就能了解他的想法。他只是希望偶爾有機會外出打獵而已。只要容許他這麼做，他就會成爲完美的紳士。「難怪你喜歡她。她有問你問題嗎？」

「她只想知道你什麼時候回家。」

註：牧豆樹（Mesquite Tree），主要生長在北美洲西部的樹種，生長速度快、耐旱。

聽起來是件好事。她顯然沒有在找我的寶物——這表示她或許不是安格斯・歐格雇的。「我知道了。她來多久了？」

「她是最近抵達的。」

狗沒有什麼時間概念。他們了解日夜的差別，但除此外，他們難以分辨時間的流逝。所以「最近」可能是指一分鐘到數小時前。「她來之後，」我問：「你有打過盹嗎？」

「沒。你回來前我們才剛聊完。」

「謝謝你，歐伯隆。」

「我們要去打獵了嗎？」

「那就得看訪客怎麼說了。不管她是誰，我沒邀請她。」

「喔。」歐伯隆的思緒中浮現一絲不確定。「我失職了嗎？」

「不必擔心，歐伯隆。」我說：「我對你沒有什麼不滿。不過我要到後面去找你，然後我們一起進屋。我要你貼身保護我，以免她不像你想像中那麼友善。」

「萬一她攻擊你呢？」

「殺了她。」你絕對不能給圖阿哈・戴・丹恩第二次機會。

「我以爲你說永遠不要攻擊人類。」

「她不是人類已經很久了。」

「好吧，不過我不認爲她會攻擊你。她是個友善的無人性。」

「你想說的是『非人類』，『無人性』是個形容詞。」我說著並站起身來，輕手輕腳地沿著房子左側走向後院。

「嘿，英文又不是我的母語。別找碴。」

我把腳踏車留在馬路上，希望幾分鐘內不會有人把它偷走。打開柵門時，歐伯隆正在等我，舌頭垂在嘴旁，尾巴晃個不停。我抓了抓他的耳後，然後一起走向我家後門。

露台上的家具看來沒有被人動過。我的藥草園——沿著後圍欄和通常被當作草坪的地方，有好幾排種在箱子裡的藥草——看起來也完好如初。

我在廚房找到我的訪客，她正在做草莓水果冰沙。

「願馬拿朗・麥克・李爾把這可惡的玩意兒帶去影子大地。」她一邊吼叫，一邊出拳捶打果汁機的按鈕。「凡人只要按下這些按鈕，這玩意兒就會運作。你的爲什麼動也不動？」她大聲問道，惱怒地瞪我一眼。

「妳得先插插頭。」我解釋道。

「什麼叫插頭？」

「把那條線末端有兩片分叉的東西插到那面牆上的縫上。那就會賦予果汁機，呃，運作的能量。」我想晚點如果有需要的話可以向她解釋電力；拿新的名詞讓她困惑沒有意義。

「啊。那麼，很高興見到你，德魯伊。」

「很高興見到妳，富麗迪許，狩獵女神。」

「我就說她很友善吧。」歐伯隆說。

我必須承認在眾多圖阿哈・戴・丹恩之中，我最願意在我的廚房裡見到的就是富麗迪許了。但是你知道那句提到暴風雲受到三倍詛咒的老話：富麗迪許在我意想不到的情況下帶來了第二團暴風雲。

第四章

「你知道在提爾·納·諾格裡是弄不到這種飲料的嗎？」在果汁機的嗡嗡聲響中，富麗迪許說道。

「可以想像。」我回應道：「那裡沒有幾台果汁機。那妳是打哪兒聽說這種東西的？」

「其實我也是最近才發現的。」富麗迪許說，一邊看著草莓被打爛，一邊吹開垂在眼前一綹紅鬈髮。那算是她的劉海，微微鬈曲，渾然天成到我以爲有幾根小樹枝慵懶地躺在她的髮絲裡。「我去獵人赫恩【註】的森林裡作客，發現有個入侵者駕駛一台那種叫大貨車的怪物進入森林。他殺了頭雌鹿放在貨車後座，用那種黑色塑膠被單蓋著。既然當時赫恩不在現場，我認爲幫雌鹿報仇就是我的責任，於是我駕駛我的雙輪馬車跟蹤他來到城裡。」她開始將冰沙倒入玻璃杯，看起來很美味。我發現自己期待她與我分享。接著我想起富麗迪許的馬車是由雄鹿拉的，而我認爲即使是現代含蓄的英國人也會在高速公路上出現那種東西的時候產生激烈反應。

註：獵人赫恩（Herne the Hunter），英國民謠中常現身於伯克郡温莎森林或温莎大公園的幽靈，頭上長有鹿角。被認爲與歐洲傳說中，森林生物會在神靈帶領之下群起狩獵人類的狂野狩獵（Wild Hunt）有關；另有人認爲他是凱爾特有角神賽努諾斯（Cernunnos）的一個形態。

「我猜，妳跟蹤他的時候是隱形的？」

「當然！」她雙手停止動作，綠眼朝我瞪來，眼中冒出一股和她烈燄般髮色差不多的紅光。「你把我當成什麼樣的女獵人了？」

糟了！我垂下目光，對著她的靴子說話；那雙靴子是以類似鹿皮軟鞋的棕色皮革製成。筒長及膝，她將褐色的皮褲塞入靴口之中——同樣也是陳舊的皮革。但是她身上的皮革製品不只如此；她喜歡所有的皮革製品，只要不是黑色的就好。她的皮帶和無袖背心都染成森林綠，其下和靴子一樣是巧克力棕色的補強材質，這些皮革顯然很喜歡自己的工作。她的左前臂上由一條綠色的生皮帶反覆包覆，以防她被弓弦彈傷，上面有著最近才被彈過的痕跡。「最好的女獵人，富麗迪許。我道歉。」富麗迪許是少數有辦法隱形的實體，而我最多只能弄出不錯的僞裝。她點了點頭，理所當然地接受我的道歉，然後繼續說下去，彷彿我不曾有過任何魯莽發言一樣。

「不過沒多久就變成追尋獵物的行動。我的馬車跟不上他的貨車。等我找到他時，他的貨車停在一座那種柏油荒地，那叫什麼來著？」圖阿哈・戴・丹恩不會不好意思詢問德魯伊問題。畢竟，我們存在的目的就是提供答案。成爲老德魯伊而非死德魯伊的要訣，就是絕對不要在回答最簡單的問題時表現得高人一等。

「那叫停車場。」我回答。

「啊，沒錯，謝謝。他從一棟名爲『克拉許』的建築中走出，手裡拿著一杯這種藥水。你知道那棟建築嗎，德魯伊？」

「我相信那是英格蘭的一間冰沙吧。」

「一點也沒錯。當我殺了他，把他的屍體放在雌鹿旁邊時，我就在停車場裡試喝了一下他的冰沙混合物，結果發現非常美味。」

看吧，就是這種話讓我對圖阿哈・戴・丹恩抱持著有益身心的恐懼。好了，我會毫不猶豫地承認在我那個鐵器時代，人命一點也不值錢，但是富麗迪許和她的同類永遠都活在青銅器時代的道德觀念裡，而那種觀念基本上是這樣：如果我喜歡某樣東西，那它就是好東西，而我還要更多；如果我不喜歡某樣東西，那就必須盡快摧毀它，但最好是以某種能夠幫我提升形象的方式摧毀，好讓我在吟遊詩人的歌曲裡獲得永生。他們就是不能接受現代人的觀念，而就是因爲他們，導致妖精產生出如此扭曲的對錯觀念。

富麗迪許嚐了一口冰沙，臉上容光煥發，對自己的手藝非常滿意。「啊，我認爲凡人發明了好東西。」她說：「總而言之，德魯伊——你現在叫什麼名字？」她雙眼之間浮現淡淡的皺紋。

「阿提克斯。」我回答。

「阿提克斯？」皺紋加深了。「眞有人以爲你是希臘人嗎？」

「這裡沒人在意名字的出處。」

「那他們會在意什麼？」

「大剌剌地展示個人財力。」我看著果汁機裡剩下的冰沙，希望富麗迪許看懂暗示。「華麗的貨車、手指上閃亮的石頭之類的東西。」我肯定她有察覺我的注意力沒有完全集中在她身上。

「你是在——喔，你想來點我的冰沙嗎？自己動手，阿提克斯。」

「妳真是太好心了。」我笑著伸手去拿另一個玻璃杯。我想到剛剛跑來我書店的那兩個癮君子，他們現在八成已經死在莫利根手上了。要是讓他們在廚房裡看到富麗迪許，現在大概一樣也已經死了。他們會在看到她的時候說些像是「喂，婊子，妳他媽的拿我的草莓做什麼？」之類的話，而那肯定會是他們此生所說的最後一句話。整體來看，現代人很難理解青銅器時代的行為標準，但其實很簡單：招待賓客要像招待神一樣，因為他搞不好真的是神假扮的。我毫不懷疑富麗迪許曾經殺過不少對她招呼不周的凡人。

「一點也不。」她回應道：「你是個殷勤的主人。不過回到你先前的問題，我走進那棟叫作克拉許的建築，觀察凡人怎麼用這台機器製作冰沙，我就是這樣得知這種東西的。」她看了看自己的飲料，雙眼間的皺紋再度浮現。「你會不會覺得這是個非常奇特的時代，同時有著這麼多美好的事物和令人厭惡的東西？」

「我確實有這種感覺。」我說著在我的杯子裡倒了些紅色冰沙。「幸好有我們這些剩下來的傢伙保留了一些美好時代的傳統。」

「我就是為了這個來找你的，阿提克斯。」她說。

「保留傳統？」

「不。剩下的這些傢伙。」喔，可惡，這話聽起來非常不妙。

「我等不及要聽妳說了。但首先，我可以幫妳拿點飲料嗎？」

「不用，我喝這個就夠了。」她說著搖搖杯子。

「那麼或許我們可以到前廊去聊？」

「前廊不錯。」我在前領路，歐伯隆跟著我們走出屋外，坐在我倆之間。他在想去啪啪高公園打獵的事情，希望我們能帶他去。看到我的腳踏車還在馬路上，我鬆了口氣，接著想到富麗迪許多半不是走路來的。

「妳的馬車有停好嗎？」我問她。

「有，附近有座公園，我把我的雄鹿綁在那裡等我回去，不必擔心。」她在看見我揚起眉毛時補充，「牠們隱形了。」

「當然。」我微笑，「那麼請告訴我，什麼事讓妳跑來拜訪一個已消失在人世間的老德魯伊？」

「安格斯・歐格知道你在這裡。」

「莫利根已經告訴我了。」我平靜地回應。

「啊，她有來找你？菲爾博格人也快來了。」

「我也聽說了。」

富麗迪許側頭打量我這種漫不經心的態度。「那你知道布雷斯緊跟而來的事情嗎？」

這話讓我一口冰沙吐在花床上，歐伯隆神色警覺地看著我。

「不，看來你沒聽說這件事。」富麗迪許說著揚起微笑，接著輕笑出聲，很滿意我的反應。

「他來幹嘛？」我一邊擦嘴一邊問道。布雷斯是當今世上最凶狠的圖阿哈・戴・丹恩，不過並不特別聰明。他曾經擔任他們的領袖數十年，後來因為同情巨大的佛摩人【註】更甚於自己族人而遭取代。他是農業之神，很久之前曾承諾會分享一切知識而從盧的手中死裡逃生。在那之後，他沒被除掉的唯一理由就是他是鍛造女神布莉德的丈夫，而沒有神膽敢惹她發火。她的力量無人能及，或許只有莫利根可以相抗衡。

「安格斯．歐格拿東西利誘他。」富麗迪許不屑地說道：「布雷斯只有在對自己有好處時才會出手。」

「我知道。但為什麼要找布雷斯？要他來殺我嗎？」

「我不知道。他肯定不會是來以智取勝的。說真的，德魯伊，我希望你們兩個大幹一場，然後你打敗他。他不尊重應當尊重的森林。」

我沒有回應，富麗迪許似乎也想給我一點時間想想她剛說的話。她喝了口冰沙，伸手抓抓歐伯隆耳後。他立刻擺動尾巴，拍打我們的椅腳。我聽見他開始告訴她啪啪高公園裡有些什麼獵物，而我很欣賞他這種全心全意投入在目標的態度——這是真正獵人才有的特質。

「那裡的山丘上有沙漠大角羊。妳有獵過牠們嗎？」

富麗迪許說沒有，她從來沒有獵過任何羊。牠們是群居動物，無法提供狩獵的樂趣。

「這群可不是普通的羊。牠們體型高大、棕色毛皮，在石地上移動迅速。我們至今未能成功將任何大角羊逼上絕境，不過我們也只試過幾次而已。反正我總是享受狩獵的過程。」

「你的獵狼犬是在和我開玩笑嗎，阿提克斯？」富麗迪許抬頭看我，聲音中流露出些許輕蔑。

「你沒辦法獵殺一頭羊？」

「歐伯隆從來不拿狩獵開玩笑。」我說：「沙漠大角羊和妳常見的羊大不相同。牠們是很難應付的獵物，特別是在啪啪高公園，那裡有不少險惡的岩地。」

「我為什麼沒聽說過這種動物？」

我聳肩。「牠們是本地土生土長的品種。這裡有好幾種妳可能會感興趣的沙漠獵物。」

富麗迪許靠上椅背，皺起眉頭，然後又喝了一口冰沙，彷彿那是治療認知失調的良藥。她凝視著我的牧豆樹上隨著沙漠微風輕輕搖晃的矮樹枝片刻，接著毫無預兆地面露微笑，然後發出愉快的笑聲——我差點要用嬌笑來形容，不過有尊嚴的女神是不會嬌笑的。

「新鮮的事物！」她大聲道：「你知道我有多久沒有獵過新獵物了嗎？啊，已經好幾個世紀了，德魯伊，甚至上千年了！」

我揚起玻璃杯。「敬新鮮的事物。」我說。對於長生不老的生命而言，新鮮的事物極具價值。她與我碰杯，我們神情滿足地喝著冰沙，分享片刻的寧靜，直到她問我什麼時候可以出門打獵。

「起碼要天黑後幾個小時。」我說：「我們得等公園關門，凡人都回家睡覺才行。」

富麗迪許對我揚起一邊眉毛。「那麼中間這幾個小時要怎麼打發？」

「妳是我的客人，就照妳的意思打發。」

註：佛摩人（Fomorians），愛爾蘭神話中的巨人。

她打量著我，我則假裝沒有注意到，將目光放在依然躺在馬路上的腳踏車。「你看來像是處於青春的全盛時期。」她說。

「謝謝。妳看起來還是像往常一樣。」

「我想知道你是否依然保有菲亞娜戰士團的耐力，還是說你在掩飾不符合凱爾特人形象的衰老與軟弱？」

我站起身來，伸出右手。「我的左手今天下午受了點傷，現在還沒有痊癒。然而，如果妳願意幫我療傷，我就會盡量滿足妳的好奇心。」

她的嘴角微微上揚，雙眼慾火悶燒，握住我的手掌起身。我和她四目相交，緊握她的手，然後一起回到屋內前往臥房。

我決定不管那台腳踏車了。反正早上我可能會有心情跑步上班。

第五章

現代的枕邊細語多半是在分享童年故事或討論夢幻假期。我最近有個性伴侶，一個名叫潔西的可愛小姑娘，右肩胛骨上刺了小叮噹【註一】（這種妖精大概是最不符合妖精形象的妖精了），想要和我討論科幻影集「星際大爭霸」【註二】中諷刺布希時期政治局勢的情節。當我坦承沒聽過這套影集，也沒興趣了解它或任何與美國政治有關的事情後，她立刻叫我「可惡的賽隆人」，然後衝出我家，留下我單獨一個人，既困惑又有點鬆了口氣的感覺。至於富麗迪許，她想談的則是馬拿朗・麥克・李爾的古劍「富拉蓋拉」——解惑者。這個話題有點破壞我的心情，讓我越來越煩躁。

「劍還在你手上嗎？」她問。她這麼一問後，我立刻懷疑她今天來找我——包括交配在內——完全是爲了得到這個答案。我下午對攻擊我的低等妖精肆無忌憚地撒謊，但是向富麗迪許撒謊可不是安全之舉。

「安格斯・歐格顯然如此認爲。」我規避答案。

註一：小叮噹（Tinker Bell），《小飛俠》中和彼得潘作伴的小妖精，在迪士尼版電影中確立了綁著包包頭、穿著綠色小洋裝的經典形象。

註二：星際大爭霸（Battlestar Galactica），故事是說人類在被自己創造出來的機器種族賽隆人摧毀星球之後在宇宙中遊盪，找尋許久之前移民到「地球」的族人。

「那不是答案。」

「這是因爲遇到這話題我有理由謹慎一點，甚至有理由偏執妄想。我對妳並沒有不敬的意思。」

她冷冷地看著我足足五分鐘之久，試圖透過沉默不語來逼我吐實。這招對人類大多很有用，但卻是圖阿哈・戴・丹恩於我出生前向德魯伊學來的技巧；於是我暗自偷笑，等待她採取下一步行動。我拿找出爆米花天花板上的圖案，以及若無其事地輕敲她的右手打發時間。她的右手和我的手一樣刺有刺青，隨時能夠以意志力擷取大地的力量。她再度開口前，我已經在天花板上看出一隻啄木鳥、一頭雪豹，還有看起來很像藍迪・強森【註一】在投滑球時的猙獰面孔。

「那就說說你當初怎麼得到這把劍。」她終於說道：「傳說中的富拉蓋拉，能夠刺穿任何護甲的魔劍。我在提爾・納・諾格聽說過好幾種不同的版本，而我想聽聽你的版本。」

她想要利用我的虛榮心來對付我。她要我自吹自擂，不小心脫口說出「劍就放在我的車庫！」或「我在eBay上把它賣了！」之類的話。

「好吧。我在莫伊・雷納之役中偷走了它，當時身經百戰的康恩正忙著趁夜斬殺莫・努阿達【註二】，沒注意手裡握的是哪把武器。」我揚起拳頭，彷彿手裡握著劍。「當時敵眾我寡，康恩心知正面交鋒打贏的機會不大，於是決定趁夜偷襲增加贏面。高爾・麥克・莫爾納【註三】，以及其他菲亞娜成員拒絕在天亮前作戰，宣稱那是不榮譽的做法；不過我在打仗時很少在乎榮譽，在乎榮譽是害死自己的絕佳做法。就像十八世紀的英國人因爲拒絕打散隊形而慘遭這塊大陸上的原住民屠殺一樣。」

富麗迪許哼了一聲，接著說道：「這是發生在芬・麥克・庫威爾統領菲亞娜戰士團之前的事情？」

「喔，沒錯，早多了。於是我偷偷溜出菲亞娜戰士團的營地，和康恩一起展開屠殺。他當時在莫、努阿達的部隊中殺開一條血路——對方約有一萬七千名蓋爾人和兩千名西班牙人，如果妳相信這個數字的話——接著他的雙手因爲沾滿敵人的鮮血而濕滑，在舉劍攻擊時放脫了富拉蓋拉的劍柄，導致這把偉大的魔劍飛越他頭頂、竄往他身後，在夜戰的混亂中直接落在我腳邊。」

富麗迪許哼了一聲，「我不相信。他自己放開的？」

「比較精確的說法是脫手而出。」我舉起右手。「我說的句句屬實，不然我就是山羊之子。我撿起富拉蓋拉，感受著魔法沿著手臂鼓動，將我籠罩在一陣迷霧裡，接著帶著我的寶物離開戰場，直到科麥克・麥克・艾爾特【註四】的年代才回來。」

註一：藍迪・強森（Randy Johnson），美國職棒大聯盟的投手。

註二：身經百戰的康恩（Conn of the Hundred Battles）是傳說中的古愛爾蘭高王之一，莫・努阿達（Mogh Nuadhat）則是康恩的死敵。

註三：高爾・麥克・莫爾納（Goll Mac Morna），菲亞娜戰士團的指揮官之一。

註四：科麥克・麥克・艾爾特（Cormac Mac Airt），古愛爾蘭高王，統治時代眾說紛紜，最早可能爲西元二世紀，但也可能是四世紀。

「不可能，他們才不會讓你帶著富拉蓋拉離開！」

「妳說得對。」我輕笑，「事情比我剛剛說的複雜一點。我以爲妳比較喜歡簡短的版本。」

富麗迪許似乎正認真考慮自己是否喜歡這個版本。「我很欣賞你這種不輕易滿足我期待的做法；這就像是打破常規的獵物更能增添狩獵的樂趣一樣。但是我知道你跳過了許多細節，而你的版本已經和我所聽說的大不相同，這下我必須聽聽完整的故事了。說說詳細的版本吧。」

「等等。提爾．納．諾格裡究竟是怎麼傳的？簡單說說。」

「我聽說你耍詐使奸從康恩那裡偷走劍。在一些故事裡，你用藥水迷倒他；而在其他故事裡，你施展幻術掉包魔劍。根據傳言，你不過就是個詭計多端的無恥小賊。」

「眞是太棒了。那好吧，我想或許必須解釋一下那把劍落在腳邊時我的心理狀況——因爲那才是事發當時的眞相。夜戰非常瘋狂；我無法肯定我所面對的一直都是敵人，妳知道。當時唯一沒讓戰場陷入全黑的光源就是微弱的新月月光、星光，以及幾道遠方的營火。我或許不小心殺了一、兩個友軍，而我也很怕會死在同樣的意外之下。所以我當下就在想，這局面實在太危險了，我到底在幹什麼，爲什麼要來這裡；而我想出的答案就是：我們之所以大半夜地跑來這裡互相殘殺都是因爲圖阿哈．戴．丹恩的盧．勞瓦度【註】給了康恩一支魔法劍。富拉蓋拉的力量讓他幾乎征服了整個愛爾蘭。儘管他很偉大，但少了那支劍，他還是無法達到這種成就。要是沒有富拉蓋拉，康恩絕對沒有膽子攻擊莫．努阿達。所有死在那場戰役裡的人都是因爲一支劍賜給了一個人渴望更多權力的力量。在我瘋狂地砍殺面前所有人時，我了解到儘管我們是爲康恩而戰，康恩卻是爲了圖阿哈．戴而戰，就像樹會喝水一樣，被盧和他的密友所操弄。」

「這下我想起來了。」富麗迪許說：「當時我沒參與，因爲我對森林外的人間事務毫無興趣。但盧對此深感興趣，安格斯・歐格更感興趣。」

「沒錯。我認爲他們打算以利劍爲愛爾蘭帶來和平。他們鼓勵康恩，還有他之後所有的高王去做那些事。或許那對愛爾蘭才是最好的做法，我不知道。我只是不喜歡圖阿哈・戴在早該遠離人世數個世紀之後又來操弄人間事務。」

「我們眞是愛管閒事，是吧？」富麗迪許諷刺地笑道。

「就那個事件而言，你們確實如此。當魔法劍落在我腳邊時，我正在腦中盤算哪些神站在康恩這邊，又有哪些神在幫莫・努阿達。我當時立刻就明白那是什麼劍；我感覺到劍的力量透過地面呼喚著我。接著我腦中響起一個聲音，而我本來就期待會聽見它，告訴我撿起魔劍，離開戰場。那個聲音說道，撿起來，我就會受到保護。」

「誰的聲音？」富麗迪許問。

「妳猜不出來？」

「莫利根。」她低聲說道。

「一點也沒錯，古老的戰爭烏鴉本人。我猜想魔劍脫離康恩掌心多少也和她有點關係。於是我

註：即太陽之神盧，勞瓦度（Lámhfhada）是稱號，意爲「長臂」。

撿起魔劍。當你身處戰陣之中，而天殺的死亡挑選者要你去做某件事時，你就必須照做。不過當然有不少傢伙，包括人類和神在內，不認同這種說法。」

「康恩有追殺你？」

「沒有親自出手。他當時正忙著用從屍體手中撿來的普通長劍死裡求生。他身處混戰之中，只能派遣身後的幾名頭目來找富拉蓋拉。他們發現有個德魯伊拿著他的劍，但卻不打算交出來。事實上，他們發現我試圖召喚迷霧來掩飾行蹤。」

「只是試圖？」富麗迪許揚起一邊眉毛。我注意到她眼睛下面、臉頰上方有些雀斑。她的膚色基本上是美麗的粉紅色，有些地方稍微讓太陽曬出古銅色，與莫利根大理石般的白色大不相同。

「那種情況下很難集中精神。安格斯・歐格和盧都在我腦中大吼大叫，要我把劍還給康恩，不然就得死，而莫利根則告訴我還劍就得死。我對莫利根說我想將富拉蓋拉據爲己有，安格斯・歐格和盧大叫不行，但莫利根當然立刻就同意了。」

富麗迪許笑道：「你把他們玩弄在股掌之間。這實在是太有趣了。」

「先等等，後面還有更有趣的。莫利根在緊要關頭將安格斯和盧趕出我的腦海。康恩的手下試圖除掉我，接著很快就發現儘管富拉蓋拉在康恩手中是把很偉大的劍，在我手中卻更可怕。他們全都在叫完『叛徒！』之後摔入泥濘，但是我也很快就被敵人團團包圍——毫無疑問是受安格斯・歐格和盧所驅使的敵人。莫利根建議最好的生路就是穿越莫・努阿達的部隊。我朝那個方向衝鋒，利用德魯伊能從大地取用的所有力量揮動富拉蓋拉，將敵人一分爲二、齊腰斬斷。四下翻飛的半截屍體撞倒敵人，鮮血如泉水般濺灑在我原先的友軍身上。最後我終於抵達莫・努阿達的西班牙部隊之前，而他們如同紅海在摩西面前分開般為我讓道兩旁——」

「誰？」

「不好意思。我說的是《舊約聖經》裡的人物，他祈求耶和華神的協助以逃脫埃及部隊的追捕。耶和華分開紅海，讓摩西和他的猶太朋友逃生，而當法老的部隊追上去時，紅海再度闔上，把他們通通溺死。康恩的人馬試圖追捕我時也一樣；西班牙人再度集結，阻擋他們，而我則毫無阻礙地逃到戰場的另外一邊，感謝莫利根的協助。接著安格斯・歐格決定親自處理這件事情。他以血肉之軀出現在我面前，要求我交還魔劍。」

「你最好不是在和我開玩笑。」富麗迪許說。

「我可以保證我記得清清楚楚。他當時身穿刻有神奇魔咒的上好青銅護甲，搭配深藍色的肩甲與腕甲。妳記得那套護具嗎？」

「嗯。很久以前，沒錯。但那不能證明什麼。」

「那就去找莫利根求證。因為當安格斯和我正要大打出手時，莫利根化身為戰場烏鴉降落在我的肩膀上，喝令安格斯滾開。」

「她當眞這麼說？」

「沒啦。」我微笑，「我承認那只是吟遊詩人的修辭誇飾。她說我受到她的保護，威脅我則可能會危及他的生存。」

富麗迪許開心地拍手。「喔，我敢說他差點拉出一頭牛來【註一】！」

這話讓我哈哈大笑——我已經很久很久沒聽過這種說法了。我沒有告訴她現代的用法是「他有一頭牛」，因爲我比較喜歡原始的說法。

「沒錯，他差點拉出來的牛足夠餵飽好幾個部族。」

「安格斯如何反應？」

「他說莫利根太過分了，這事她管不著。她回道，戰場本來就是她的領域，她可以爲所欲爲。她試圖讓他好過一點，對他保證康恩能夠撐過當晚，甚至還能贏得那場戰役。他接受這些讓步的承諾，但離開前還不忘對我威脅恐嚇。他用那雙冰冷的黑眼珠瞪我，保證會讓我有個短暫痛苦的一生——我很高興他這麼做了，因爲莫利根竭盡所能地幫我對抗他的威脅。」

「『你可以暫時享受你的勝利，德魯伊，』他說：『但你永遠別想得到安寧。我的手下，包括人類和妖精，將會持續獵殺你，直到你身亡爲止。你永遠都必須回頭注意身後的匕首。』安格斯如此發誓，吧啦吧啦吧啦。」

「後來你去了哪裡？」富麗迪許問。

「我照莫利根的建議離開愛爾蘭，增加安格斯除掉我的難度。但到處都有可惡的羅馬人，而他們對德魯伊並不友善。當時是安敦寧．畢尤【註二】當政的年代，爲了躲避羅馬人追捕，我東行前往萊茵河，加入日耳曼部落一起堅守防線。我生了個孩子，學會了一、兩種語言，等待兩個世代過去，好讓愛爾蘭人遺忘我。偷走富拉蓋拉導致了更多戰爭與可怕的死亡。少了富拉蓋拉的力量，康恩沒有辦法統一所有部落，而安格斯·歐格的愛爾蘭統一大夢就此幻滅。儘管康恩贏得那場戰役，殺死莫·努阿達，他還是必須透過一連串停戰協議和聯姻等手段來維持和平的假象，而那一切都在他死後分崩離析。在那之後，莫利根就一直利用我的名字去刺激安格斯·歐格，倒不是說他需要莫利根提醒，在我見證他在莫利根面前畏縮的模樣之後，他一心就只想要透過抹除我來抹除他所受到的羞辱。」

「你多久沒有揮動富拉蓋拉了？」

「我不會說的。」女神臉色一沉，顯然對於自己的計謀沒有得逞感到失望，我則微笑。「不過如果妳想知道我有沒有持續練劍，答案是肯定的。」

「喔？那你是和誰練劍？印象中當今世上已經沒有幾個劍術高超的凡人了。」

「妳的印象沒錯。我都是和李夫·海加森練劍，他是個古冰島維京人。」

「你是說他的血緣可以追溯到維京人？」

「不，我是說他眞的是個維京人。和紅髮艾利克【註三】一起來到這塊大陸。」

女神神情困惑地皺起額頭。世界上有少數像我這樣極端長壽的凡人，而她以爲她每個都認識。我看得出來她在腦中檢視那些人，而當她想不起來任何長壽的維京人時，她說：「這怎麼可能呢？

註一：俗語，形容很生氣的意思。
註二：安敦寧·畢尤（Antoninus Pius），西元一三八年至一六一年的羅馬帝國皇帝，《後漢書》中的大秦王安敦。
註三：紅髮艾利克（Eric the Red），著名維京探險家。

他是跟女武神達成了什麼協議嗎？」

「不，他是個吸血鬼。」

富麗迪許咆哮一聲，翻身下床，擺開防禦架勢，一副我打算攻擊她的模樣。我小心翼翼地不做任何動作，只是微微轉過頭去，欣賞她完美無瑕的身軀。窗葉間灑落最後一絲白晝日光，在她淡古銅色的雙腿上留下一道道陰影。

「你膽敢與不死怪物結交【註】？」她啐道。

我眞的很討厭「結交」這個字，雖然我偶爾也會用它。打從《羅密歐與茱麗葉》發表以來，我就很認同莫枯修在鐵豹宣稱他和羅密歐結交時所採取的舉動。爲了掩飾我的煩躁，我面露微笑，試圖模仿伊莉莎白年代的口音，「咄，結交？你當我是吟遊詩人嗎？」

「重點不是吟遊詩人。」她臉色一沉。「重點是邪惡。」

喔，好吧。她不是莎士比亞的粉絲。「對不起，富麗迪許。我是在引述莎士比亞大師的一齣老舞台劇，不過看得出來妳沒心情開玩笑。我不會說我和不死生物結交，因爲那感覺像我們的關係並不僅止於生意往來。我只是雇用海加森先生而已，他是我的律師。」

「你是要告訴我，你的律師是個吸血鬼？」

「沒錯。他是麥格努生與浩克律師事務所的合夥人。浩克也是我的律師；他也是冰島人，但是個狼人，負責處理白天的客戶，而海加森則顯然要等太陽下山後才開始工作。」

「我可以了解你和狼族成員交往，甚至可以認同。但是和不死生物混在一起可是禁忌。」

「這個睿智禁忌沒有在任何文化裡被強迫執行過。不過我從來沒有和他一起混過，也不打算這麼做。李夫不是喜歡與人鬼混的類型。我只是利用他的法律服務，偶爾和他一起練劍而已，因爲他是這附近最強——也是最快的劍士。」

「狼族成員爲什麼會和吸血鬼合夥？他應該一看到那個邪惡的生物立刻格殺勿論。」

我聳肩。「我們已經不再活在古老世界裡了。這是個新時代，是塊新大陸，而他們剛好有個共同的敵人。」

富麗迪許側過頭去，等著我說出敵人的身分。

「就是索爾，北歐的雷神。」

「喔。」富麗迪許鬆了口氣。「那我就可以理解了。他有辦法讓火蠑螈和女海妖結盟對付他。他對他們做了什麼？」

「海加森不肯告訴我，不過肯定很糟糕。他只要聽到有人提起『索爾』，獠牙就會當場冒出來，而且他會獵殺木匠，只因爲他們使用鎚子。至於麥格努生與浩克事務所嘛，索爾十幾年前曾經殺了他們幾個狼族成員。」

「這個麥格努生也是狼人？」

「對，他是阿爾法狼人。浩克是第二把交椅。」

註：結交（Consort），同時也有交配的意思。

們。

「索爾攻擊他們師出有名嗎？」

「浩克說當時他們在挪威某古老森林裡度假，索爾只是一時興起而已。八道精確無比的閃電自片刻前還萬里無雲的天空擊落，那不可能是剛好發生的自然現象。」銀並非唯一能夠殺死狼人的東西：只是人類沒有辦法使用閃電之類的武器，而閃電可以在這些傢伙的傷勢開始癒合之前烤焦他們。

富麗迪許沉默片刻，嚴肅地打量我。

「這片沙漠似乎吸引了許多不尋常的生物。」

我只是再度聳肩，然後說道：「這是個藏身的好地方。妖精難以輕易現身，這點妳已經知道了。除了凱歐帝和像妳這種不速之客，附近也沒有諸神閒晃。」

「凱歐帝是誰？」

「原住民所崇拜的一個足智多謀的神。這塊大陸上有好幾個不同版本的他在各地遊走。他是個好神，只要別和他打賭就行了。」

「這裡不是基督教神的地盤嗎？」

「基督徒對於神的想法有點亂七八糟，導致他通常只能以被釘在十字架上的形象現身，而那可不是什麼有趣的經驗，所以他鮮少現身。不過瑪利亞比較常出現，心情好的時候會做不少很了不起的事情。她大多只是愉快優雅地坐在那邊。雖然我年紀比她大，卻老喜歡叫我『孩子』。」

富麗迪許微微一笑，再度爬回床上，將吸血鬼拋到腦後。「你是什麼時候出生的，德魯伊？我第一次見到你時，以凡人的標準來看你就已經是個老人了。」

「我是康努拉．莫爾王年代出生的，他統治了七十年。竊取富拉蓋拉時，我將近兩百歲。」她一腳跨過我的身體，接著坐起身跨跪在我身上。「安格斯．歐格認爲富拉蓋拉理應歸他所有。」她的手指開始沿著我胸口蜿蜒的刺青撫摸，我故作深情款款地伸手握住她的手掌，藉以阻止她這麼做；我可不想讓她在我身上施法。倒不是說我覺得她會這麼做；我只是總是如此偏執妄想而已。

「這裡的人有句俗話——」我說：「東西在誰手上就是誰的。而富拉蓋拉在我手上的時間遠比其他任何生命都長，包括馬拿朗．麥克．李爾。」

「安格斯．歐格並不在乎凡人的俗話。他認爲你偷走了他與生俱來的權利，而他唯一關心的就是這一點。」

「他與生俱來的權利？馬拿朗是他的表親，不是他的父親。又不是說我偷走了他的傳家之寶。再說，如果他眞的如此看重此事，早就應該親自來取了。」

「你從未在同一個地方停留得久到讓他有機會親自出馬。」

我揚起眉毛看她。「所以要讓他親自出馬只要這樣就好了？待在同一個地方？」

「我認爲是這樣。他會先派手下來找你，如果你擊敗他們，他就別無選擇，只能親自出馬。不然，他就會被視爲懦夫，被我們逐出提爾．納．諾格。」

「那我就待著不動。」我說，仰頭對她微笑。「但是妳可以隨意動。我可以建議輕輕搖擺嗎？」

第六章

啪啪高公園位於鳳凰動物園北邊，由一堆奇形怪狀的獨立山丘組成，周遭都是泰迪熊仙人掌【註】、雜酚灌木、巨型仙人掌。山丘經過一千五百萬年的侵蝕風化，都是陡峭的紅岩、表面布滿坑洞。如今這些山丘成爲公園裡專供小孩遊玩的遊樂場、白天挑戰攀岩的場地，而在動物園中一塊用圍欄圍起來區域裡，這些岩丘也是一群大角羊的家園。如果大角羊群願意現身的話，偶爾可以從動物園裡名爲亞歷桑納步道的區域看到牠們。不過即使牠們出現了，遊客還是必須要用望遠鏡才能看清楚，因爲那裡比較像是保留區，而非展示區，基本上沒有人會去打擾這些大角羊——直到歐伯隆和我開始騷擾牠們爲止。

和歐伯隆一起打獵時，我會化身爲一頭身上有白色條紋的紅毛獵狼犬，肩膀比歐伯隆稍高，皮膚上的紋身在身體右邊形成深色斑紋。如果我帶著弓箭過去，讓歐伯隆把獵物趕往我這邊，狩獵過程就會變得非常簡單，同時也大幅降低成就感。歐伯隆想要以「傳統方式」獵殺牠們，毫不在乎古人培養獵狼犬是爲了在森林裡追蹤惡狼，以及在戰場上攻擊駕駛雙輪戰車的人，而不是在岩丘上跳來跳去、獵捕動作靈巧的公羊。

註：泰迪熊仙人掌（teddy bear cholla），外觀毛茸茸的仙人掌，就像泰迪熊一樣，不過那些毛茸茸還是刺！

這些羊這麼難獵的原因在於此地地勢險惡，不適合我們的爪子奔跑，而且在岩石上失足很可能會掉在仙人掌上——任何曾與泰迪熊仙人掌纏鬥的人都知道這玩意絕對不像名字那麼可愛。這裡的環境不允許我們全速衝刺追趕牠們。

抵達公園時，歐伯隆已經情緒高漲到隨時可以獵殺任何會移動的東西。他試圖威脅富麗迪許的雄鹿，結果發現牠們一點也不怕他，而這讓他更加激動。我在富麗迪許的雙輪戰車上聽到幾句他們的對話。

「要不是有女神在保護你們，我會把你們當成晚餐。」他對牠們道。

「如果你有很多朋友的話，或許。」牠們嘲弄他。「一條小狗絕對動不了我們。」喔哈！

「如果女神不在這裡，你們才不敢如此囂張。」

「是這樣嗎？她待會兒會把我們拴起來，離開很長一段時間。到時候你可以來試試看，小畜牲。」

歐伯隆齜牙咧嘴朝牠們低吼，我叫他閉嘴，盡量忍著不笑。喔，他眞是氣瘋了。叫他這種體型的狗小畜牲？牠們眞的很懂得如何激怒一條狗。

富麗迪許問我該把戰車停在哪裡，我建議她停在杭特之墓，那是位於一座岩丘旁的小型白色金字塔建築，亞歷桑納首任州長的安息地。這座陵寢有用圍欄圍起，但是雄鹿一躍而過，雙輪戰車劇烈震動，不過透過富麗迪許的魔法優雅地落在圍欄另外一邊。

「你能這樣跳嗎，小狗狗？」一頭雄鹿逗他道。

歐伯隆只是低吼一聲，已經完全不想說話。我們步下戰車，他對雄鹿吠了一聲，然後就被我牽過來。

「今晚我們的獵物是羊。」我提醒他。

「那就出發。」他在雄鹿哈哈大笑時回應道。

「準備好，德魯伊。」富麗迪許說著，將箭袋揹到身後。

於是我澄淨思緒，透過與大地連結的刺青召喚魔力，自沙漠中擷取力量。我四肢著地，將自己羈絆在獵犬的形體之中。

雖然都是利用魔法來產生變形，德魯伊的變形能力與狼人大不相同。其中一大不同處在於我可以任意改變形體，不會受限於時間或是月相；另外的差別在於我的變形毫不痛苦，不像狼人那樣；還有一點就是，儘管不是很多，但我可以變成不同的動物。

實際上，基於心理層面的理由，我不會長時間處於動物形態。雖然我可以吃任何化身動物會吃的東西，不會產生生理上的不適，但我在身爲貓頭鷹時，心理上還是不太願意吞下一整隻老鼠，身爲獵犬時也不太喜歡吃生鹿肉。（我們兩週前曾在凱巴森林獵捕一頭雌鹿，當牠倒地之後，我立刻走開，讓歐伯隆大快朵頤。）所以我們打獵比較是爲了滿足歐伯隆的需求，而不是我的：我只是享受追逐的樂趣，以及心知你在逗朋友開心的愉悅感。

但這回當我化身獵犬形態時卻不太對勁。我有點神智不清，而且異常嗜血。我在夜空中聞到大角羊的氣味，還有附近的雄鹿，但是我沒有冷靜地接受這些氣味，反而飢腸轆轆、開始流口水。這很不對勁，我應該要立刻變回人形。

富麗迪許大步走向圍欄，單手提起一片圍欄，吹聲口哨指示我們快步通過。我們躍過圍欄下方，朝向之前狩獵過的岩丘奔去，放輕腳步避免過早讓羊群發現我們的行蹤。要進入公園的保護區還要通過另一道圍欄，富麗迪許也幫我們搞定了。

「現在上吧，我的獵犬。」她在抬起另一塊圍欄時說道；而當她這麼說時，我覺得自己變成她的獵犬，而不再是一名德魯伊，甚至不再是人類，而是獵犬部族的一員。「將一頭公羊趕出岩丘，進入我的射程範圍。」接著我們出發，用遠遠超過我們這輩子曾奔跑的速度，在城市微弱的星光下閃避仙人掌，而我只隱約察覺此地除了我自身的魔法之外，尚有其他魔法在作用。如果這代表了任何凶兆，現下縮成頸環掛在我脖子上的寒鐵護身符應該會發揮守護作用，所以我並不擔心。

我們沒多久就發現了大角羊。牠們在一團雜酚灌木下睡覺，不過由於聽見我們接近的聲響，在進入我們視線範圍時牠們就已經跳上一道近乎垂直的岩壁。我們奮力跳上那道陡坡；我勉強落在一塊狹窄的石崖上，但是歐伯隆沒跳過來，於喘息聲中滑回沙地。

「繞到岩丘後面等。」我對他道：「我把牠們趕過去。」

「好吧。」他同意，「以智取勝總比四下奔走要強。」

我將目光保持在距離越來越遠的羊群上，不斷向上跳躍。難以置信的是，我似乎逐漸拉近了距離，而我讓勝利感沖昏了頭，竟然愚蠢地開口叫了幾聲，警告牠們。然而牠們天生就適合在這種地形奔跑，我則不是；當我必須持續站穩腳步、找尋其他落腳處時，距離又再度拉開。當牠們消失在丘頂，開始往另一邊向下奔跑時，我再度張嘴吠叫，確保牠們知道我就在後面不遠處，不給牠們時間停下腳步。我要牠們筆直衝向歐伯隆。

當然，我無從得知歐伯隆究竟等在哪裡，只希望我的叫聲能讓他預測我們的位置。

向下的過程比向上時還要危險。由於陰影甚多的緣故，我很難判斷下一步究竟是落在一呎遠還是一尋【註】遠。但是前方上下跳動的羊群所形成的夜空藍蹤跡提供了我判斷的依據。牠們幾乎是朝正南前進，而我耳中只能聽見牠們的蹄踏在岩石上的聲音和我自己的喘息與叫聲。如果歐伯隆和富麗迪許等在前方，他們肯定會小心掩飾行蹤。

我不停叫，主要是想掩飾歐伯隆可能發出的聲響，而不是因爲拉近距離而感到興奮。我跳上一塊岩石，發現我必須繞道向西，然後才能繼續向下，而我每浪費一秒鐘，羊群就離我越來越遠。於是我待在原地仔細觀察，很快就發現歐伯隆躲在距離羊群抵達地面不遠處的一團雜酚灌木叢裡。這裡和下一座岩丘還有五十碼左右距離，中間除了沙漠植物外空無一物。歐伯隆阻斷了牠們通往下一座岩丘的去路，於是羊群轉而向東，奔向岩丘之間的通道。當牠們的輪廓出現在地平面上時，一支箭射中一頭大角羊，令牠跌倒在地，眼睜睜地看著夥伴逃離現場，在咩咩叫聲中面對末日。

歐伯隆衝上前去，打算給牠最後一擊，但是沒有必要。富麗迪許的箭射中牠的心臟，要不了多久她肯定就會冒出來收拾戰利品。我開始步下岩丘，不知道她是否已經心滿意足。這場狩獵沒有持

註：一尋（1 fathom）等於六英尺，合一點八二八八公尺。

續多久，我們驅趕羊群的過程太順利了，或許是因爲我們最近來過，已經熟悉地形。

不幸的是，有人注意到了我們最近的幾度造訪：當我抵達獵殺現場，看到富麗迪許已經在處理屍體，歐伯隆則站在附近時，一名公園巡邏員突然出現，手持手電筒和一把手槍。他大聲命令我們不准動，以強光照得我們難以視物。

我們全都驚訝萬分。他不應該有辦法在不被我們任何一個發現的情況下接近我們，更別提能躲過我們三個的目光。不過讓圖阿哈·戴·丹恩的神受驚並非明智之舉。在我尚未轉完頭去面對巡邏員之前，富麗迪許已經拔出她的匕首射向手電筒的左側。她沒有瞄準，甚至沒有轉頭去看，所以匕首並沒有讓他當場斃命；匕首插入左肩，令他張口大叫、放脫手電筒，而如果他想開槍的話，這會讓他難以瞄準。結果他眞的想開槍；幾下槍聲響徹雲霄，我感到一枚子彈掠過我的背脊，另外一枚擊中我左邊的球刺仙人掌。富麗迪許在手臂中槍時悶哼一聲，接著在了解發生什麼事情後放聲怒吼。

「殺了他！」她叫道，我想也不想地奉命行事，歐伯隆也一樣。不過我和歐伯隆不同，奔出幾步之後腦中浮現一個獨立的想法，而那令我停下腳步。殺害巡邏員會引來警方調查，可能會迫使我們逃亡，而我不想離開亞歷桑納。我變回人形，思緒頓時清明。富麗迪許把我當成獵犬控制，就像控制歐伯隆——就像她能控制所有動物一樣。在缺乏寒鐵守護的情況下，歐伯隆無法反抗也沒有停步，這時已經把尖叫不停的巡邏員壓在地上。我試圖叫他住手，但是在富麗迪許的意志前根本毫無用處；我甚至無法像往常一樣感應到他的心靈。

「富麗迪許！立刻釋放我的獵犬！」我大叫，巡邏員也在此時停止尖叫。太遲了。沒有儀式、沒有任何戲劇性的吼叫或令人顫抖的小提琴配樂，我的獵犬已經咬斷了這個可憐人的喉嚨。

歐伯隆恢復理智，立刻往我心裡塞了一堆問題。「阿提克斯？出了什麼事？我嚐到血腥味。這個男人是誰？我在哪裡？我以爲我們是來獵羊的。這不是我幹的，是吧？」

「先離開他，我等會兒解釋。」我說。死亡對富麗迪許和我來說早已司空見慣，完全不會難以接受任何突如其來的死亡。我們不會喃喃自語，不會嚎啕大哭，不會亂扯頭髮，我們只會冷靜地衡量後果。然而當後果很難看的時候，我們倒是會流露情緒。

「妳沒必要那麼做！」我叫道，不過刻意將目光放在屍體上。「我們本來可以讓他繳械的。他的死會爲我和我的獵犬帶來很多麻煩。」

「我看不出來能有什麼麻煩。」富麗迪許說：「我們可以把屍體處理掉。」

「處理屍體沒有從前那麼容易了。他們遲早都會找到屍體的；而在找到之後，他們會在傷口上發現犬科動物的ＤＮＡ。」

「你是指凡人？」女獵人問道。

當你需要向神乞求耐心，偏偏讓你需要耐心的就是一個神的時候該怎麼做？「沒錯，凡人！」我氣急敗壞地說。

「所謂的ＤＮＡ是什麼東西？」

我咬牙切齒，聽見遠方傳來凱歐帝的短促叫聲。他是在嘲笑我。

「別管了。」

「我認為他死了是件好事，德魯伊。他開槍射我，還想要射你。而且我沒發現他接近，這應該是不可能的。」

我必須承認這點也激起了我的好奇。我走到屍體旁邊，趕開歐伯隆。

「阿提克斯？」他幾乎是在哀鳴，「你在生我的氣嗎？」

「不，歐伯隆，」我說：「這不是你幹的，是富麗迪許幹的。她把你的牙齒當作武器，就像她的匕首和弓箭一樣。」

他傷心地哀鳴道：「我覺得很糟、很噁心。啊！」他大咳特咳，在乾燥的岩地上嘔吐。

我蹲下身去，仔細打量巡邏員。他是個年輕的拉丁人，留著稀疏的小鬍子，還有一對厚嘴唇。他的靈氣已經消散，靈魂遠離人世，但我利用一道符咒檢視魔法光譜，在他左耳的鑽石耳環上看見德魯伊魔法的痕跡。情況不妙。

我站起身來，指著男人。「富麗迪許，他戴的是魔法耳環。妳看得出來它的用途，或是魔力來源嗎？」我很清楚耳環魔力的來源，但卻沒見過組成這道特殊法術的凱爾特繩紋。我這麼問其實是在測試她：如果富麗迪許肯定那是德魯伊魔法，甚至認出法術的功用，那她就不是在玩弄我。如果她告訴我那是巫毒，或是其他截然不同的法術，那她就不是和我站在同一陣線。富麗迪許將公羊戰利品和受傷的手臂拋到腦後，朝我走來。她在巡邏員的腦袋旁蹲下，檢視那枚耳環。「啊，沒錯，我認得這些繩紋，這不是妖精有辦法施展的法術。這個人受到圖阿哈・戴所控制。」

「知道這些就夠了。」我說，很高興她是在說實話。「我敢說是安格斯・歐格親自出手。他對這人施展隱形魔法，然後在他開口之前突然解除，確保我們受驚和他的死亡。安格斯就是喜歡這樣操弄傀儡。」我沒有提起富麗迪許似乎也很喜歡這麼幹。我有點想和歐伯隆一起狠狠吐它一場，因為我實在非常痛恨這些剝奪其他生命自由意志的傢伙。

我曾在網路上搜尋安格斯．歐格，想看看凡人是否了解他的眞面目。他們將他描述為愛與美貌之神，身邊隨時圍繞著四隻小鳥，代表他的吻或是類似的鬼扯。誰能忍受四隻小鳥一直在腦袋旁邊振翅，沒事就大個便、叫一叫這樣？我認識的安格斯肯定不能。不過有些文章透過描述他的作為呈現較為眞實的個性，像是用計奪走他父親的房子，還有殺掉他的繼父與養母；或是拋棄那個深愛他的女孩，任由她於數週之後傷心至死。那比較像是眞正的安格斯．歐格。

不，凱爾特愛神並非長著可愛翅膀的小男孩，也不是自海中頂著蚌殼出生的女海妖。基本上他並不仁慈、寬厚，甚至脾氣不好。不過想到這個就讓我有點難過，因為這道出了我族人的性格，我們的愛神是個殘暴不仁的征服者，徹底自私自利，而且報復心超重。

彷彿為了強調這個想法，黑夜中開始傳來警笛聲。

「那種噪音是凡人警方在用的，對不對？」富麗迪許問。

「是，沒錯。」

「你認為他們正朝這裡趕來嗎？」

「當然。安格斯派這個人來送死。」我朝巡邏員揮揮手。「他要我們儘可能感到不便。」我認為警方不知道死者所在正確位置的機率接近零。

「而我想……」她粗聲粗氣地說：「你不希望我殺光這些凡人權威，好讓我有時間領取戰利品？」

她不是在開玩笑。她眞的會毫不遲疑地殺光他們。從她的語氣聽來，我應該感激她看得出來我的輕重緩急與她不同。

「妳想得對，富麗迪許。想要生活在凡人之中，我就必須遵守他們的法律，不希望引來不必要的注意。」

女獵人著惱地嘆了口氣，「那我們就得動作快。現在最好的做法就是讓大地吞噬他。」她說著，自死者肩膀上拔出匕首。

我搖頭。「我們一離開，警方就會把他挖出來。但既然那是我們此刻最好的做法，請動手。這樣或許可以污染證據。」

富麗迪許以古老的語言唸誦咒語，她身上刺青附近的皮膚在她擷取大地能量時短暫泛白。她微微皺眉：這裡的魔法不像古世界那麼充裕，她必須耗費更大的心力才能施法。但她揮揮手指，說道：「歐斯奇爾。」巡邏員下方的黃土當即依命行事。首先地面上的碎石朝向四周散開，接著地表開始崩塌，產生陣陣波紋，屍體向下沉去。當他沉入地面兩呎左右時，富麗迪許朝反方向揮動手指，唸道：「度恩。」地面開始自其上方封閉。我也有能力施展這道法術，不過無法像她這麼快。但是這道法術十分粗糙，地表看起來就像被挖過的樣子，警方可以輕易看出該上哪兒去找剛剛死亡的屍體。現在警笛聲已經非常接近了。

「回到戰車上。」她說；我立刻點頭，拔腿就跑，命令歐伯隆緊跟上來。富麗迪許停留片刻，撿起獵弓，自公羊身上拔出她的箭，然後跟上來和我們一起奔跑。

警笛聲停了，我們在抵達她的戰車時聽見南方傳來車門關閉的聲響。如果他們有嚮導，而我毫不懷疑他們有，警方很快就會找到屍體。

「尾巴怎麼不搖了，小狗狗？」一頭雄鹿說道。

「你是壞狗狗嗎？」另外一頭插嘴道。

在我開口之前，富麗迪許叫牠們閉嘴，幸好歐伯隆也吞下了所有可能出口的回應。富麗迪許對我們施展隱形法術——這是很棒的把戲——我們不再拖延，揚長而去。

狩獵女神滿腔怒火。「進入人類時代後第一次遇上新獵物。」她咬牙切齒地說道：「結果卻毀在安格斯・歐格手上。好了，我要報仇。女獵人是很有耐性的。」

「妳比我更懂得調適。」我說，雖然我認為她是個危險的反社會分子。「我的耐性已經快磨光了。」

第七章

我向富麗迪許表達歉意，同時感謝她的陪伴，然後告訴她如果我回家不久就會有一群菲爾博格人找上門來，那我就得做點事前準備。她立刻接受暗示，準備離去。

「如果你活了下來，德魯伊，或許改天我們可以再一起去打獵。我祝福你。」她溫柔地拍拍歐伯隆的腦袋——他試圖閃躲——向我們兩個道別，然後離開我們的視線範圍，回戰車去。我們或許得到她的祝福，但卻沒有她的援助。她不能讓其他圖阿哈·戴·丹恩看到她與我一起對抗他們。

我深深吐了口氣，釋放她的存在所造成的壓力，然後沉入我餐桌旁的一張椅子上。歐伯隆來到我身邊，低著腦袋、夾著尾巴。

「阿提克斯，我很抱歉。」他說。

「不是你的錯。」我提醒他，「她利用你當作武器，而安格斯·歐格本來就打算害死那個人。但現在你和我必須面對後果。」

「因爲我殺了他。」歐伯隆說。

「富麗迪許逼你殺他。不管怎麼樣，這都表示如果警方發現是你幹的話，你遲早也會被殺。」

「我甚至不記得當時的情況。」

「我知道。這就是我們永遠不要再跟她一起去狩獵的原因。她對我也造成了強烈的影響，而我不喜歡受她控制，一點也不想。」

「你從前沒有和她一起狩獵過？」

「沒有以動物形態。我以前在烏克蘭跟她一起狩獵過很長一段時間，她教我在馬背上射箭的技巧。那很難，我告訴你，但既然成吉思汗的部落辦得到，我當然也學得會。」

「我完全不懂你在講什麼。」

「別管了。聽著，我們得要幫你洗個澡。進澡盆。」

「我不能在土裡打滾就好了嗎？」

「不行，我們要把你洗得超乾淨。在這種情況下，只要有人在你身上找到一滴血，你就死定了。」

「你不會讓他們找到我的，對不對？」

「我會盡力而爲，歐伯隆。來吧，去洗澡。」

我站起身來，歐伯隆在我前面小跑步，沿著走廊朝向浴室前進，再度搖起尾巴。「我洗澡的時候，你會跟我聊聊成吉思汗和他的妓女嗎？」

「是部落，不是妓女【註二】。不過既然你提起了，其實他兩種都有。」

「聽起來他很忙。」

「你不知道有多忙。」

我們開開心心地玩肥皀水，簡單地講講成吉思汗帝國的故事，接著我就開始準備對付菲爾博格人的工作——不過就是好好睡一覺。他們不會進攻我家，因爲他們會認定我家防禦森嚴——確實如此。他們會等我離開家門，然後像是校園惡霸一樣群起圍毆。於是我放鬆心情，好好睡個美容覺。

第二天早上，我平靜地給自己做了份起司韭菜歐姆蛋，在上面淋了點塔巴斯可辣醬，搭配一片全麥吐司。我也弄了點香腸，不過大部分都讓歐伯隆吃了。我爲我們煮了壺來自中美洲剛磨好的有機咖啡配早餐（我通常是喝純咖啡，但歐伯隆喜歡加點愛爾蘭奶精並以冰塊降溫）。

「成吉思汗喝純咖啡嗎？」歐伯隆問我。聽完我的澡盆故事之後，他就想要成爲狗中成吉思汗。他想要一座滿滿都是法國貴賓犬的後宮，所有嬪妃都叫作「菲菲」或「斑比」。這是他一種有趣的嗜好：歐伯隆以前曾經想要當過穿刺者弗拉德【註二】、聖女貞德、伯特蘭・羅素【註三】，以及所有我在幫他洗澡時提過的歷史人物。他的利柏瑞斯【註四】時期對我的靈魂特別有好處：看到愛爾蘭獵狼犬披著萊茵石金屬板走來走去，能夠給人一種不枉此生的感覺。

註一：部落（hords）音近妓女（whores），歐伯隆搞混了。
註二：穿刺者弗拉德（Vlad the Impaler），羅馬尼亞人，曾將兩萬名土耳其士兵釘死在木樁上，插在城外嚇退敵軍。相傳他就是吸血鬼德古拉。
註三：伯特蘭・羅素（Bertrand Russell），英國哲學家、數學家、邏輯學家，畢生致力於哲學的大眾化與普及化，曾獲諾貝爾文學獎。
註四：利柏瑞斯（Liberace），美國著名鋼琴家，以華麗的表演服裝知名。

「他不喝咖啡。」我回答：「成吉思汗比較喜歡喝茶，或是犛牛奶。他的年代還沒有咖啡。」

「那我可以喝點茶嗎？」

「當然。我煮好後可以幫你放點冰塊，這樣就不會燙到舌頭。」

等我洗好碗盤，歐伯隆汗也享用完茶後，該是讓我出去當靶的時候了。

我赤腳大步走出後院，叫歐伯隆進入警戒模式。我由右至左爲藥草澆水，和植物說話，爲它們加油打氣。我把藥草種在後院圍欄邊花架上的花盆裡，其下的土裡則種了蔬菜，然後留了些空地讓歐伯隆打滾。花盆裡大多種著藥草，不過我還是留了一些空間給廚房香料。

我趁著進行這些例行公事的時候，利用與大地的連結檢視我家的防禦。將意識透過刺青散入四周，尋找防禦力場的漏洞、任何不尋常的地方，確保沒有人在監視我。有一隻仙人掌鷦鷯自我鄰居的派洛沃德樹【註】上打量我，但是在我揮手作投擲貌時飛走，這表示牠是普通鳥，而非某人的魔寵。當我來到最左邊的花盆時，我放下澆水壺搖了搖頭。

「總是少了點百里香。」我說著自花架上拿起藥草盆放在草坪上。土壤與堆肥的味道飄入我的鼻孔，一個細細長長的油布包裹出現在我面前。「喔，看呀！」我故作驚訝地說道。歐伯隆認出這個語氣，連頭都懶得轉過來。「有人在我的藥草底下藏了一把遠古魔法劍。眞是太可笑了。」

此刻是我最脆弱的時候，因爲儘管魔劍出現了，劍上卻有三道羈絆法術和一道隱形法術導致沒有人能夠使用它——包括我在內。羈絆法術是我自己施的，基本上德魯伊的能力大概就是這樣。我們能夠羈絆元素力量，或是解除羈絆：當我施展變形術時，就是將靈魂羈絆在動物形態中；召喚霧或風——那也是一種形式的羈絆，偽裝自己和讓歐伯隆聽見我的想法也都是。我能夠做到這些，是因爲我們已經透過居住在世界而和世界產生羈絆。如果我們與自然界一切的連結不是早就存在的話，我們就不可能與任何東西產生羈絆。而由於德魯伊能夠看穿這些連結，知道看似獨立的各種元素其實都有著密不可分的關聯，所以我們比大多數魔法使用者更能夠掌握近神的力量。我們的自然知識讓我們成爲高強的藥水、毒藥，甚至飲料的製造者。我們有辦法透過擷取大地的能量毫不疲累地奔跑，而且我們自我療傷的速度很快。我們對別人很有用處。但是我們不會從手裡發射火球，或是騎在掃把上飛行，或讓別人的腦袋爆炸；那種類型的魔法需要本質截然不同的世界觀——並且將自己的靈魂與名聲極度不佳的實體羈絆在一起。

富拉蓋拉上的羈絆法術簡單而有效。一道法術保持油布封閉；一道法術讓劍待在劍鞘裡；還有一道法術讓它無法離開我的後院。這些都可以透過一點我的血液和唾液——我不會免費提供的體液——解除。

但是當前施在富拉蓋拉上最厲害的法術就是覆蓋住整支魔劍的魔法隱形法術，不讓這支劍顯露任何魔法氣息。儘管我知道劍上有我的魔法羈絆，我還是無法感覺到它們。即使富拉蓋拉是從古至今最強大的法器之一，理應綻放強大的妖精魔法能量，它還是像舞台道具一樣躺在我面前。我曉得這種魔法隱形法術對圖阿哈・戴・丹恩同樣有效，因爲富麗迪許來訪時顯然無法感應到它。

註：派洛沃德樹（Palo Verde Tree），亞歷桑納州的州樹，是種耐熱、綠意盎然的樹。

這道隱形魔法遠遠超越我的能力範圍：這類型的法術不在德魯伊的能力範圍中。那是本地一位名叫拉度米娃的友善女巫幫我加持的。爲了感謝她的幫助，我跳上飛機跑去舊金山，開車前往曼度西諾，然後化身爲一隻海獺，在她精準告知所在位置的水底骷髏手中、取得一條鑲有數顆大紅寶石的華麗金項鍊。收到這條項鍊似乎讓她欣喜若狂，但是儘管我腦中有著超過兩千年的神祕知識，我還是不知道這項鍊的價值何在。女巫就是這個樣子。

這筆交易眞正划算的地方在於，隱形魔法需要大量我的眼淚才能解除。從前要從我身上榨出眼淚幾乎是不可能的，我承認，直到我看了《夢幻成眞》【註】。當凱文・科斯納在最後問他父親要不要玩接球時，我眞是哭得亂七八糟。男人如果看到那一段卻沒哭的話，要嘛就是跟很多人一起看，不然就是有個異常感性的老爸。每次看到那一段時，我就像個被人拋棄的女孩一樣哽咽啜泣，有時候光想到都會如此。我爸絕對不會和我玩接球遊戲——而那可不是因爲他已經死了兩千多年，當時根本沒有棒球的緣故。我爸對於親子聯絡感情的做法就是把我丟到焦油坑裡學點教訓，雖然我不太確定除了盡量離我爸遠一點外，到底要學什麼教訓。所以如果哪天我找到了需要解除隱形魔法的理由，我只要想想凱文・科斯納和他與父親寧靜相處的機會，我的眼淚就會像山泉一樣湧出。

我從手指上刺出的一滴血和一口唾液解除了羈絆，小心翼翼地解開油布，露出精心製作的褐皮劍鞘，劍鞘上有道金黃色護手，以及用遠古生皮帶纏住的劍柄，皮帶上的紋路早已磨光。劍刃上並沒有布滿寒鋼特有的渦紋：它就像把殺人武器一樣筆直、銳利、致命。

劍鞘的鐵環上綁著一條皮繩，讓我能夠把劍掛在背上；一方面充當誘餌，一方面也是在向試圖奪劍的人宣告將會面對的懲罰。我原先以爲自己是爲了檢視劍刃而拔劍出鞘，不過事實上，我是爲了要欣賞它。我早就清楚它乾淨無瑕：因爲劍鞘上沒有任何潮濕的跡象。劍刃在陽光下閃閃發光，我再度對隱形法術的威力讚歎不已。即使我知道手裡握著的是富拉蓋拉，它的重量、平衡感，以及刻在劍刃上熟悉的繩紋都像老朋友一樣向我招呼，我還是沒有感受到從前那股魔法脈動。菲爾博格人在他們的護甲和骨頭如同米紙般被我砍斷之前，都不會相信我手裡拿的就是富拉蓋拉。

「跟我來，歐伯隆。」我在還劍入鞘、站起身來時說道：「在有人接近時警告我，但是在我下令前都不要展開攻擊。」

「我要跟你去書店？」他豎起耳朵問道。

「對，在這件事情結束之前，你都要和我形影不離。我有必要提醒你不要聞顧客的屁股嗎？」

「你已經提醒了。而且很委婉，非常謝謝你。」

我輕笑，「如果冒犯了歐伯隆汗的話，我很抱歉。都是死刑判決造成的壓力讓我口不擇言。」

「我這次暫且原諒你。」歐伯隆回應道，心情好到搖起尾巴來。

「我還要在你身上施展僞裝術。」我說：「只要你能保持不動——不搖尾巴、不喘氣——就不會有人看見你。就算你動了，也難以看見你，不動的時候基本上就和隱形了一樣。」

註：夢幻成眞（Field of Dreams），一九八九年由凱文．科斯納主演的勵志電影，講述聽到奇妙訊息的愛荷華州農夫在玉米田上建棒球場的故事。著名台詞是：「只要你建好了，他就會來。」

「我為什麼要隱形？」

「因爲在昨晚的事情之後，或許有人會來獵殺你。也因爲如果有妖精跑來獵殺我的話，我要你出其不意地突襲他們。」

「那樣很沒運動家精神。」

「我們打獵的時候可以要求運動家精神。打仗的時候來這套就有點荒謬了，而且常常會害人送命。」

我對他施展能把他的皮膚和毛色羈絆到周遭環境色的法術，他好像渾身濕透般搖晃身體。

「嘿，好癢。」他說。

「這樣就好了。」我回道。他在腳踏車旁小步奔走，和我一起前去工作，爪子在柏油路面上嘎嘎作響。如果有人順著這個聲音看，他將會看到一團游絲現象，只是空氣中一道流動的波紋。

寡婦麥當納已經拿著晨間威士忌站在前廊上，當我路過的時候對我揮手。

「你今天下午會過來嗎，阿提克斯？」她問道。

我迅速瞄了她的草坪一眼，知道差不多該除草了；她的葡萄柚樹也需要修剪一番。

「像妳這般年輕貌美的女孩不用要求男人第二遍。」我大聲回應，希望她的老耳朵有聽懂我的話。爲防萬一，我還豎起大拇指強調我的意思。

抵達書店時，我唯一的員工已經到了。禮拜六早上總是很忙，所以我將雇用幫手。開門的時候，我切換到和歐伯隆無聲溝通的模式。「去我的藥劑師櫃檯後躺下，耳朵豎高一點。」

「沒問題。到底要我聽什麼？」

「非常沉重的腳步聲，巨人會發出的那種。」

「早安，阿提克斯。」一個低沉的聲音愉快地說道。

「早安，培里。」我回道：「你聽起來異常開心。不小心點的話，會被人看出來的。」

二十二歲的高個男子露出最近清理過的白牙齒對我微笑。培里・湯瑪士有著一頭黑髮，故意梳成漫不經心的雜亂模樣，戴著一副黑色粗框矩形眼鏡，下唇下方的小鬍鬚裡穿了一塊珍珠般的銀飾片。他雙耳上掛著大銀耳環，還有對於所有歌德族而言似乎都是主要配備的蒼白膚色。當然，他穿得一身黑，迷幻山區搖滾樂團「瘋狂馬姬和石匠」的演唱會T恤、飾釘皮帶、褲腳開花的馬丁大夫貼身牛仔褲。培里沒有看見歐伯隆穿過我們中間朝櫃檯後方前進。

「是呀，我應該要為了耀眼的陽光而感到厭倦與悲哀，是不是？別擔心，開門之後我就會進入狀況了。嘿，好酷的劍。」

「謝謝。」我等著他進一步提問，但是培里顯然已經結束這個話題了。年輕人有時候真是非常單純。

我看了一眼櫃檯後方的鐘，還有五分鐘開門。「好了，給我時間煮點茶，然後放音樂、開門做生意。今天我要開兩座收銀台。」我的藥劑師櫃檯和泡茶桌都靠東面的牆邊，就在一進門的左手邊，或是南邊。櫃檯後方的木櫃上放著瓶瓶罐罐和塞有藥草包的抽屜，其中有不少來自我的後院藥草園；我還在後面放了兩塊加熱板，煮煮開水什麼的。裝牛奶的小冰箱、水槽，還有幾個總是在沖洗晾乾的茶杯。我還賣一些餅乾和鬆餅，不過最主要還是在賣藥茶和大批藥草買賣。有不少本地老人家是我的常客，他們通常是爲了能夠治療關節炎並且補充活力的私房藥茶而來（我稱之爲莫比利茶）。喝了這種茶後十個小時之內，他們會覺得好像年輕了十歲，並因此感謝我。老人家們會一大早跑來點這種茶、買份報紙，坐在櫃檯前的五張桌子旁，大聲討論政治並且批評年輕人。那裡有一座收銀台，另外一座則位於書店「後方」，西面牆邊，專門應付只想買書的顧客。

我進的書基本上就是巴諾書店【註一】的宗教與新世紀書櫃上的藏書，不過更加豐富一點，但是我也在北牆的玻璃櫃裡放了些眞正的魔法典籍。櫃子上擺著佛像、焚香，以及各式各樣印度教神像；如果有顧客要求的話，我也會在店裡擺些十字架，不過虔誠的基督徒都會基於某些理由而避開我的書店。凱爾特十字架倒是很受歡迎，綠人的象徵物【註二】也一樣。

培里揚起眉毛，「開第二個收銀台？你覺得今天生意會這麼好？」

我點頭。「我有預感今天會是個不尋常的日子。」事實上，我只是不想讓他待在歐伯隆藏身的櫃檯後方而已。「有時間的話，看能不能擺個塔羅牌展示櫃；或許我們可以多賣幾副。」

「那樣擺設很容易遭竊。」

我聳肩。「我不擔心那個。」我眞的不擔心。店裡的東西都有著和我施展在後院裡的富拉蓋拉上相同的羈絆法術。除非先放在櫃檯的收銀機旁，不然沒有東西可以離開書店；曾經有好幾個小賊被口袋裡的贓物強行拉回店內。

「好吧，我先去放音樂。凱爾特笛？」

「不，今天早上我們來點吉他好了——那個墨西哥二重奏，羅德利哥和蓋柏瑞拉。」

「好。」培里走向書店後方擺音響的地方，我則在水槽裡接滿兩個水壺，放到加熱板上煮。等我們一開門，馬上就會有幾個常客走進來，所以最好還是先煮好水。我看了一眼紙架，發現培里已經補好貨了。

音響裡傳來西班牙吉他音樂，這種世界音樂會讓顧客覺得他們不但可以逃離主流音樂的荼毒，還可以遠離精心包裝的陳腔爛調與欠缺神祕感的環境。培里晃回門口，揮動他的鑰匙，說道：「可以開門了嗎？」我對他點頭。

第一個進門的是我白天的律師霍伯瓊・浩克——他以「霍爾」當作現代生活使用的美國名字。他身穿深藍色的條紋西裝、白襯衫、淡黃色的領帶。頭髮就和往常一樣梳成完美無瑕的喬・巴克【註三】頭，下巴上的小窩斜著朝我微笑。如果我不知道他是個狼人，我一定會投票給他。

「你有看到晨間新聞嗎，阿提克斯？」他劈頭就問。

「還沒。」我回答：「早安，浩克先生。」

「是喔。那好吧，或許你該看看。」他抓起一份《亞歷桑納共和報》，大力甩在我面前的櫃檯

註一：巴諾書店（Barnes & Noble），美國最大的連鎖書店之一。

註二：綠人（The Green Man）是凱爾特信仰中代表森林的精靈，綠人那用樹葉組成、口鼻部位會有樹枝或藤蔓的人臉像，常被作爲建築裝飾。

註三：喬・巴克（Joe Buck），著名體育播報員，總是梳著略短的西裝頭。

上，指著右邊欄位上的頭條。「現在，告訴我，小夥子，」他以微帶冰島口音的假愛爾蘭口音說道：「你該不會知道任何與此事相關的內情吧？」

頭條寫著：「巡邏員陳屍啪啪高公園」。

我收起美國口音，和顏悅色地說：「基於律師與當事人保密特權，我知道的比你想要知道得還多。」

「我想也是。昨晚我聽到凱歐帝在笑，而他不會嘲笑無害之人，是不是？」

「對，他不會，先生。我可能很快就會需要你的協助。」

「好。那我中午和你共進午餐吧，魯拉布拉？」那是米爾街北端的一家愛爾蘭酒吧，我最常混的地方。「我認爲我們是該來段交心長談了，沒有理由不一邊吃著三十州內最棒的炸魚薯片一邊談。」

我點頭說道：「正午，先生。」我不知道他那三十州的數字是打哪兒來的。全美哪二十州裡有比魯拉布拉更好的炸魚薯片？他顯然比我更爲注意炸魚薯片方面的事，而我必須承認這讓我有點罪惡感。追逐這塊土地上最好吃的炸魚薯片對我而言並非微不足道，但我已經忽略它很久了。大多數店家不是魚炸得比較好，就是薯條更爲美味，很少有店家兩種料理並重。魯拉布拉是少數把薯條炸得和魚一樣好的愛爾蘭酒吧，而我之所以選擇在坦佩市定居，這家店是決定性因素。

「好。」他說：「到時候見。」然後二話不說馬上離去。

我的年長常客們進來了：蘇菲、阿尼、喬許華和潘妮洛普。喬許華拿了一份報紙，指出霍爾剛剛給我看的報導。「天呀，看看這個。」他揮著報紙說道：「好像我們又回到紐約了一樣。」他每天早上都會針對一篇報導做出這種評論，所以我完全沒把它當一回事。

一名追求信仰的顧客上門，想找一些不是猶太教和基督教的東西，買了一系列佛教、印度教，以及威卡教的入門書。「願你心靈和諧。」我說。他離開的同時朝我點了點頭。我對他抱持敬意：至少他不會滿足於電視上的傳教節目。接著有個不尋常的傢伙步入我的店門。

她是女巫，身上的魔法散發出各式警訊，儘管不清楚那些魔法的用途，能夠在什麼力量之前保護她，我依然能從她的靈氣看出她是女巫。我連忙低聲唸誦羈絆咒語，將我所有的毛髮保留在身上。女巫能用他人的毛髮、血液，甚至指甲做出非常可怕的事情，而我還不清楚她是否友善。不過她的外表看來只是個時髦的大學生：沒有黑袍或尖帽，也沒有長在大鼻子頂端的毛痣。她將褐髮綁成馬尾，這顯然是基於臉上的妝和嘴上的粉紅唇蜜而做出的謹慎決定。

她身穿白色比比牌的無袖上衣，戴著超大白框太陽眼鏡。一手拿著粉紅手機，以及噹啷噹啷的鑰匙圈。接近端莊邊緣的藍棉短褲下露出古銅色的柔順大腿，腳下穿著粉紅夾腳拖，腳趾甲塗了粉紅色帶了金粉的指甲油。

她花了點時間四處逛逛，注意的都是看不見的地方，而非看得見的商品，接著她轉身走向我的藥劑師櫃檯。她看起來和我猜的差不多，二十一歲左右，但我很清楚外表多會騙人。在缺乏更多信息的情況下，我沒辦法確定她的眞實年齡，但是太陽眼鏡後方的雙眼肯定不只二十一歲：她曾經見識過的景象讓她遠離年輕與愚蠢。儘管如此，從靈氣來看，她還是不到一百歲，因爲她的靈氣依然持續流動，沒有任何久歷風霜的特徵。既然她能夠察覺我書店周遭和內部的羈絆法術，那她肯定知道我的年紀也比外表看來更老。

「你是這家店的老闆嗎？」她來到櫃檯前問道。

「我是。有什麼我能為妳效勞的嗎？」

「你是阿提克斯・歐蘇利文？」

「嗯哼。」我點頭。有人告訴她該來找誰，我可沒有把名字貼在窗上。

「我聽說你會調配一些很了不起的藥茶。」

「這個，沒錯，我可以幫妳煮點具有抗氧化效果的超棒烏龍茶。想來一杯嗎？」

「聽起來很棒，但是我說的不是那種茶。」

「喔，那妳想找什麼？」

「我需要一種能夠……讓喜歡我的男人不舉的藥茶。讓我對他喪失魅力。」

「什麼？等等。妳希望失去魅力？」

「在這個男人面前，沒錯。你調得出來這種藥茶嗎？」

「我沒聽錯的話，妳要的是某種反威而剛藥茶？」

「你一點也沒聽錯。」

我聳肩。「這我應該辦得到。」她微笑。她的牙齒潔白又整齊，簡直像是牙膏廣告裡的主角。

「妳從哪裡聽說我的？」

「我是拉度米娃的女巫團成員之一。」她說，伸手和我握手。「事實上，我是最年輕的一員。我叫艾蜜莉雅，不過在美國就用艾蜜莉。」

我鬆了口氣：拉度米娃和我有著專業又友好的關係。她是坦佩女巫團的領導人，由十三個貨眞價實的女巫組成的女巫團。這個女巫團有個更華麗的正式名稱，不過她們沒有大肆宣揚。拉度米娃法力高強，我可不打算惹火她。喔，一對一的話，我或許有辦法擊敗她，但接著她整個女巫團的人都找上門來時，她們就會把我生呑活剝，然後叫莫利根滾一邊去，因爲她們多半也有自己的女神。

「妳爲什麼需要我，艾蜜莉？」我問，和她握了一下手，心知她想要透過肢體接觸測試我的力量。這種方法對德魯伊不大有效。我們會在需要的時候自大地擷取力量，所以她大概只能感應到我用來維持歐伯隆隱形法術的少量法力。這種情況經常導致敵人低估我的實力，所以我並不在意。我不喜歡大肆宣傳我的實力。「難道拉度米娃沒有辦法照顧女巫團成員了嗎？即便如此，妳還是有辦法自己解決這個問題。妳根本不需要我。」

「說得沒錯。」她說：「但是拉度米娃並不打算參與製作這種藥水。我也不想。我們需要……外來協助。」

「所以妳就來找我？我只是個知道女巫確實存在的友善藥劑師。」

「我祈求你能坦白一點。我很清楚你的身分，德魯伊。」

好吧，這已經是在向我攤牌了。我又看了她的靈氣一眼，由於渴望力量的緣故，她的靈氣呈現四下綻放的紅光。或許她已經超過一百歲了。這年頭的大學生不會用「我祈求」當作句子的開頭，而且他們以爲「坦白」是出售偷來的汽車音響的意思。

「我也知道妳的身分，曙光三女神女巫團的艾蜜莉。」聽我說出女巫團眞正的團名時，她的嘴脣形成驚訝的「O」形。「如果妳不打算親自讓這個男人不舉，那我也不想幹這種事。」

「如果你願意幫忙，拉度米娃及她的女巫團算是欠你一份人情。」艾蜜莉說。

我揚起一邊眉毛。「拉度米娃授權妳提出這種條件？」

「沒錯。」她說，將一張紙條放在我面前的櫃檯上。拉度米娃曾經拿過這張紙，濺在最底下的血跡是拉度米娃的血——即使已經乾了，我還是可以看出其內蘊含的力量。喔，沒錯，她確實有授權。

我一把抓起紙條，塞入口袋。「很好。」我說：「基於貴女巫團未來將會償還的人情債，我同意幫妳調配這種藥茶，不過妳必須同意完全遵照我的指示去做，並且支付一般行情價。」

她面露怒容，顯然以爲那張字條就足以擺平一切，但最後她還是草草點了點頭。「同意。」她說。

「很好。」我笑道：「妳想要在這男人面前失去魅力多久？」

「一個禮拜應該就夠了。」

「那麼妳必須在明日此時來我這裡喝下一杯特調藥茶，而且接下來一個禮拜內天天都得如此。如果沒有出現，我們的交易就會取消，我也不會退費。」

「我了解，也同意。」

「明天妳要帶張一萬元的支票給我。」

她雙眼大張。「太過分了！」她啐道，而且她有理由這麼生氣。我調配藥茶從未收超過兩百元的費用。「這不可能是你的行情價！」

「如果坦佩女巫團不願意親自解決妳們情夫的性慾，而妳們動手比我動手簡單多了，那我就要有危險津貼。」我說。

「但也不至於那麼多！」她怒道，這麼說等於是承認了此事確實有風險存在。

我取出紙條，拿到她面前。「那麼祝妳有美好的一天。」

艾蜜莉一臉沮喪。「你很會討價還價。」她說，目光飄向我的桌面。她沒有任何拿回紙條的動作，我也沒有放下紙條。

「這是說妳明天會拿支票給我？」我問。

「對。」她說，聽到這話，我又將紙條放回口袋。

「那麼我們就明天開始。」

「不是現在？」

「在我拿到支票之前不能開始。」

「如果我今天就拿支票來，你可以開始嗎？」

「可以，艾蜜莉，我提出的條件就是如此。」

「一旦開始，你就不會反悔？」

直接提出這個問題不太尋常，不過也不算太奇怪；所有合約都該讓客戶擁有合約履行的期待。

但是讓一個男人不舉一個禮拜似乎犯不著搞得這麼麻煩。

「我向妳保證，艾蜜莉，一旦收到支票，我就會履行合約，只要妳每天同一時間來此喝茶。」

她在掌心吐口水，然後對我伸手，「提出合約了？」

我盯著她的手掌，但是沒有握手。如果我也在掌心吐口水和她握手，她就會有我的唾液可以施法；將體液交給女巫就跟在屁股上割下一塊肉給狼人一樣。「接受合約了。」我說，雙手始終放在櫃檯上。「我的承諾就是我的羈絆。」

她面露勝利的笑容，完全沒有被我冒犯的樣子，在沒有假裝對我任何商品感興趣的情況下離開我的店；不過她倒是刻意朝櫃檯後方揮手，說了聲：「再見，小狗狗。」只為了讓我知道她能看穿僞裝法術。儘管已經太遲了，我還是不禁好奇同意這項交易是否爲明智之舉。或許不是。女巫有更好的辦法控制她們的身體，不須喝德魯伊的藥茶，如果她們願意窮整個女巫團之力供我差遣並支付一萬塊錢，只爲了擺脫一個好色之徒，那我多半將會面對一頭淫慾夢魔【註】，或是差不多可怕的東西。

在現代，魅力魔法其實和科學差不了多少。我會幫她調配一些壓抑她的天然費洛蒙——也就是讓對方感到興奮氣味的藥草，然後再用些巧妙的羈絆法術讓她散發出臭鼬的化學特徵。除非這傢伙是個未出櫃的臭鼬癖，她整晚都將面對像濕麵條一樣軟趴趴的東西。除此之外，我還打算在茶裡添加一些天然單胺情慾抑制劑，確保她自己不會情慾大發。我曾經調配過這類藥劑：我把它們當作陽痿茶賣給女學生聯誼會的人。她們會把茶用在前男友、跟蹤狂身上，有時候也會在沒有好理由分手的時候拿出來用。

當初學會調配這種藥茶時，我完全不知道這些藥草產生的化學反應是什麼玩意兒——藥草學對我而言就像我的羈絆法術在門外漢眼中一樣，是種魔法。科學為我揭開了部分藥草學的神祕面紗，不過卻帶不走我有辦法調配出製藥工業夢寐以求藥物的那種超級酷的感覺。

但我不會假裝我在幫艾蜜莉擺酷。我打算盡快履行我的合約，因為欠我人情的女巫團是股非常強大的力量，而如果莫利根的預言成真，我就會需要很多這種人情債。

註：淫慾夢魔（Incubus），一種雄性惡魔，會在夢裡去與女性交合。

第八章

結果今天早上還眞的異常忙碌，打開第二個收銀台的決定看來很明智。培里忙了好久才有空去弄塔羅牌陳列架，而我則一直沒有時間去詳讀公園巡邏員的報導。不過等我到了魯拉布拉，霍爾就會告訴我詳情。

「來吧，歐伯隆。午飯時間。」

「漢堡？」他滿懷期待地抬起頭來。

「魚。我們要去餐廳吃飯，所以你得乖一點，別擋路。」

「不管去哪裡都是一樣的規矩。乖一點，別擋路。」

我向培里揮手，告訴他我一個小時左右回來。「看好堡壘，好嗎？」

他揮手回應：「沒問題。」

我側身走出門外，然後拉開店門，讓歐伯隆跟出來，接著打開腳踏車鎖、跳上車。

「不要停下來聞樹或消防栓。」我說：「我不能每隔幾分鐘就回頭叫一頭隱形狗快點走。」

「我什麼時候才能有點樂子？」他嘀咕道。

「等我打烊以後。你可以在寡婦家附近玩。你可以隱形追逐她的貓，把牠們嚇得半死。嘿！」

歐伯隆發出一陣嚓嚓聲響，也就是犬科動物的笑聲。「喔，那聽起來應該很歡樂！我可以偷偷溜到有斑點的那隻後面大叫一聲。牠會跳到天花板上去的。」

我們一起笑了笑，沿著米爾街走，路過酒吧、精品店，還有幾家畫廊。歐伯隆告訴我他計劃伸出爪子放在波斯貓的尾巴上，看看會發生什麼事情。

霍爾．浩克已經在魯拉布拉佔了一張靠窗的桌子，還幫我們各點了一杯史密斯威克【註一】。這讓我同時感到開心與失望，因爲這表示我不能親自前往吧檯去聞聞女侍的體香。

這其實沒有聽起來那麼變態。

關妮兒——魯拉布拉吧檯後的紅髮美女——其實並不完全算是人類，但我依然沒弄清楚她到底是什麼，而她的體香就是我唯一的線索。她對我而言是一團謎，還是一團美麗的謎。長長的紅色鬈髮披落在她的肩膀上，而她的肩膀總是包在樸實的緊身T恤下。她沒有像許多吧檯女侍一樣利用乳溝來賺取小費，靠的卻是她的綠眸、翹唇，以及臉頰上淡淡的雀斑。她擁有白皙滑順的皮膚，手臂上還有稀疏的金毛，而指甲則配合雙眼塗成綠色。

她不是妖精：我可以看穿他們的幻象，再說她從來沒有在我的寒鐵護身符前臉色發白。她也不是不死生物，不然絕不可能上日班。她不是任何種類的變形者，霍爾提過這一點，不過我早已透過自己的方式確認過。我本來想過她可能是女巫，但是她的靈氣中不帶有女巫的特徵。如果她是來自地獄的產物，應該會聞到硫磺氣味，但是她身上帶著難以形容的氣味；不是花香，比較像是混合了灰皮諾葡萄，以及某種像番紅花與罌粟之類令人聯想到印度的東西。我的結論是她是某名女神，掩飾自己的眞實天性跑到這裡來隱姓埋名，就像許多超自然界的人物一樣，自世界各地遷徙而來。她美麗的愛爾蘭僞裝搞得比我還要厚顏無恥，因爲我懷疑她在那外表之下根本不是愛爾蘭人：她必定來自其他神話的萬神殿，而我下定決心要在不開口問她的情況下自己想出答案。

我步入店內時，她對我面露微笑，我感到心跳突然加速。她知道我的眞實身分嗎，還是只看見我無趣的大學生僞裝？

當我路過吧檯走向霍爾那桌時，她的臉垮了下來。「你今天沒打算坐我這裡，阿提克斯？」她噘嘴說道，我差點當場改變方向。

「坐下，孩子。」歐伯隆在我腳邊嘲笑說。我不理他。

「抱歉，關妮兒。」——這絕對不可能是她的本名；她必定是刻意挑選這個名字【註二】，藉以融入愛爾蘭酒吧——「我有事要和我朋友聊聊。」我說著，朝霍爾比了比。

她微笑。「如果你們在計劃什麼陰謀的話，我也要參一腳。我可以保密。」

「我敢說妳可以。」我說，她對我揚起一邊眉毛。我覺得自己臉上出現了一抹愚蠢的笑容。

「嗯。時間就是金錢，歐蘇利文先生。」霍爾叫道，我立刻轉頭，突然察覺自己停在酒吧中間，完全忘記自己的目的。霍爾的收費是一個小時三百五十塊。

註一：史密斯威克（Smithwick's），一種愛爾蘭麥酒。

註二：此名來自十六世紀著名的愛爾蘭女海盜Grace O'Malley，在愛爾蘭民謠中，大多用小名關妮兒，或是「康諾的海之女王」（The Sea Queen of Connacht）來稱呼她。現在有很多針對她傳奇一生進行的研究。

「下次你帶我去狗公園，然後叫我遠離法國貴賓犬的時候，我就會提醒你這件事。」歐伯隆說。

我困窘地走向霍爾那桌，在他對面坐下。歐伯隆擠到桌下窗邊，等待食物像雨一樣從天而降。

霍爾皺眉。「我聞到你的狗的味道。」

「他在桌下。隱形了。」我說。

霍爾瞪大雙眼，打量著我胸口的繫繩，以及突出於肩膀後的劍柄。

「那是我心裡想的那支劍嗎？」他問。

「對。」我回道，然後喝了一大口史密斯威克。

「昨晚的惡作劇和它有關嗎？」

「沒有，但是我認爲有備無患。我還會遇上更多麻煩。很多很多。」

「我須要告知部族嗎？」霍爾問。

狼人，凡事總是以部族優先。「嘿，遇上麻煩的人是我，不是你們部族。」我說：「這件事情不用告訴除了李夫之外的任何人。事實上，今晚他起床時我就想立刻見他。請他來我家找我。」

霍爾一副我剛叫他去舔嘔吐物的模樣。「你打算付錢支付他的時段嗎？還是要他自掏腰包？」

他是指我與吸血鬼之間的生意安排。李夫和我有個特殊的默契：有時候我付現金購買他的服務，有時候我會以上好飲料付帳——所謂的上好飲料就是我的血（我刻意沒向富麗迪許提到這一點）。兩千一百歲的人血，而且還是個德魯伊，對吸血鬼而言乃是非常強大、猛烈、極度稀有的美酒。我只要劃開自己的手臂，爲他倒滿一酒杯血，然後治療傷口，就可以購買他十二個小時的服務。然後我會洗乾淨酒杯，確保他沒有灑出任何血，因爲我非常擔心我的血會落入女巫手中。他會爲了喝我的血而自掏腰包付款給公司，這些年來他也透過我的血取得強大的力量。由於本地已經沒有生物想和他作對，所以我從未見過他施展這股力量，但我認爲李夫是想要有朝一日將實力提升到能與索爾作對的程度。

「有差嗎？」我問：「不管怎樣，公司都會收到錢。」

我們的女服務生來了，我們暫停片刻，點了三份炸魚薯片——第三份是給歐伯隆的，他正乖乖地保持隱形。她走開後，霍爾攤開雙手說道：「好吧，從實招來吧。」我把富麗迪許的事情告訴他，不過沒提莫利根；這算不上是從實招來，不過相去不遠。

「所以一個來自你們文化萬神殿裡的女神來了又走了。」他在我說完後道：「而在此事結束之前，可能還有兩個愛爾蘭神祇會來拜訪你？」

「對。安格斯．歐格和布雷斯，加上菲爾博格人。」

「加上他們。我從未見過那些傢伙，他們長怎樣？」

「對你來說，他們會是機車幫派或是類似的形象，不過聞起來像大便。」

「有時候機車幫派聞起來就像大便。」

「好吧，那就更能融入這種僞裝。」我說：「重點在於，你不會看見他們眞正的長相，因爲行走凡間時他們會在身上施加幻象。事實上，他們是口腔衛生不佳的巨人，偏好使用長矛。在古代，他們是個獨立種族，但如今淪爲圖阿哈．戴．丹恩的打手。」

「他們會造成多少威脅？」

「對我的性命？我並不特別擔心。我比較擔心他們會造成的間接傷害。」

「會惹來警察。」

「而這很肯定就是派他們來的理由，菲爾博格人可不是以行動謹慎聞名的。」

我們的炸魚薯片上來了，我愉快地嘆了口氣。就是這種渺小簡單的快樂，讓人生值得活上超過一、兩百年。我丟了塊鱈魚給歐伯隆，然後發出一點咀嚼聲來掩飾他狼吞虎嚥的聲音。

「那我要怎麼防止歐伯隆被動物管制局的人帶走？」我在嘴裡塞滿薯條和啤酒時問道。

霍爾聳肩。「最簡單的做法就是維持你現在的做法，然後說謊。」他回答，「把他藏起來，告訴任何來問的人說他跑了。過一個月左右，他們就會忙著處理其他案件，根本沒空去管他還有沒有和你住在一起。到時候你就告訴鄰居說你放棄尋找了，要再弄條新狗，然後哇啦，歐伯隆又出現了。喔，是我的話就會在接下來的一年左右不再去啪啪高公園打獵。」

歐伯隆哀鳴一聲，我又丟了一塊鱈魚到地上讓他閉嘴。

「這一切都是假設警方當眞跑到你家來追查他的下落。」霍爾說：「他們還沒找上門來，是吧？」

我搖頭。「還沒。但既然我認爲有人在引導他們辦案，我毫不懷疑他們很快就會上門。現在告訴我，如果不想說謊的話，我該怎麼做？」

霍爾不再咀嚼，冷冷打量我一段時間。「你不想說謊？」他說，完全沒料到我會這麼說。

「我當然想說謊！我只是想知道有沒有其他我沒想到的辦法。這就是我付錢請你的原因，霍爾。我是說，狗屎，想點辦法。」

霍爾微笑，「你聽起來眞像那些現代小鬼。我眞不知道你是怎麼辦到的。」

「融入現代生活是我最頂尖的生存技巧。只是仔細聆聽，有樣學樣就好了，眞的。告訴我，如果被迫說實話的話，我該怎麼辦？」

「說實話是指在警方有辦法看穿你的隱形法術，知道歐伯隆就在他們面前的意思？」

「當然，假裝我是個不懂魔法的正常人，我要怎麼保護歐伯隆？」

狼人喝了一大口史密斯威克，一邊沉思一邊神情嚴肅地打嗝。接著他雙手貼上桌面，說道：「想要在沒有人證的情況下讓案件成立，他們就要比對DNA。歐伯隆沒有人權，但是身爲他的主人，你可以要求他們申請搜查令，然後才能進行這整個無理取鬧的搜捕行動。不過如果他們帶著搜查令前來，那你就只能讓他們爲所欲爲了。而從你告訴我的情況來看，如果讓他們弄到DNA，就罪證確鑿了。」

「說得是。」我點頭道。

「好吧，另外一個拖延時間的辦法就是以宗教名義提出抗議。」

「什麼鬼？」

「你用違背你的信仰爲由，抗議他們對你的狗進行DNA採樣。」

我一副彷彿他在向我兜售聲哇神奇吸水布加拍拍刀，而且含運費及手續費只要十九點九九塊錢的樣子。「我的宗教並不反對DNA測試。鐵器時代我們根本不知道DNA是什麼玩意兒。」

他聳肩。「他們不知道這一點。」我們兩個都不會有機會獲得任何道德獎。「鐵器時代，呃？」霍爾猜我的年紀已經猜了很長一段時間，而我又不小心透露了一點線索。

我忽略他的提問，一臉懷疑地皺眉。「這種說法可行嗎？」

「不行，法官會當場反駁，說你的狗不可能分享你的宗教觀念之類的東西，但那會拖延一點時間，足夠讓你想到該把歐伯隆藏去哪裡——如果，依照你對這整個情況的假設，你完全不能施展魔法的話。」

「說得好，老傢伙。」我以剛剛離開皮卡迪利廣場【註】時的愉快語調說道：「我就知道內心深處，你其實是個很開朗的推銷員。」

「喔，給我閉嘴，」霍爾好聲好氣地說：「就給我躲好、說謊，讓所有人都好過一點，好嗎？」

我面露微笑。「可以。下次滿月，你們部族要去哪兒狂奔？」

「葛利爾附近的白山山脈。你想一起來嗎？」部族有時候會讓我和歐伯隆跟去跑跑，而我們每次都玩得很開心。唯一敏感的是我在部族裡的地位，因爲狼人很看重地位。麥格努生不喜歡我跟，因爲嚴格來說他必須服從我這個客戶的指揮——如果我在乎這種事情的話——而阿爾法變形者不喜歡在部族面前服從任何人的指揮。我不怪他，當然，我們想出了折衷的辦法，讓我以「部族之友」的身分跟去，也就是和部族所有成員地位相等的客人，獨立於他們的指揮體系外。這種做法可以消除大家的疑慮，但這同時也表示要由浩克，而非麥格努生擔任我的律師。身爲部族第二把交椅，他已服從阿爾法的指揮，不必擔心爲了提供我法律諮商而降低他的身分。

「我很想去，但是那離薩溫節太近了，我有自己的儀式要辦。」我說：「不過謝謝你的邀請。」

「我的榮幸。」他自桌面上伸手過來。我和他握了握手，接著他說：「午飯我請，晚點李夫起床後我會告訴他，還有什麼需要就打電話給我。另外離那個紅髮女酒保遠一點，她只會帶來麻煩。」

「那就像是叫蜜蜂遠離鮮花。」我對他微笑。「謝謝，霍爾。代我向部族問好。走吧，歐伯隆。」我們一同起身，朝向門口走去。關妮兒朝我揮手微笑。

「快點回來找我，阿提克斯。」她說道。

「我會。」我承諾。

「你根本不知道她是不是眞的喜歡你。」歐伯隆在我們離開酒吧、解開腳踏車時說道：「她說不定只是職業性地說個再見，順口講點好話，期待你下次來的時候能夠多付一點小費。如果是狗狗的話，你只要上前去聞聞她們的屁股，立刻就會知道你在對方心裡的地位。這實在太簡單了。人類爲什麼不能這麼做？」

「如果我們嗅覺好一點的話就會這樣做。」我說：「自然界顯然在這方面比較寵愛你們。」

當我回到書店，叫培里出門吃飯時，女巫艾蜜莉已經在店裡等，喝著一杯培里幫她泡的甘菊茶。他不擅長調配藥茶，但只要我有好好在茶包上貼上標籤，他就可以煮點開水，倒在預先包好的

註：皮卡迪利廣場（Piccadilly Circus），倫敦的娛樂中心，有許多劇院與頂級餐廳。

茶包上。

「這麼快就回來了？」我問：「妳一定迫不及待想要開始。」

「沒錯。」她說，然後自桌旁起身，邁開芭比娃娃般的碎步朝我走來。她對我揮揮支票，放入我的手中，然後語帶諷刺地說：「你的危險津貼，雖然調配藥茶根本沒有什麼危險。我從沒想過德魯伊會這麼貪心。」

我接過支票，故意仔細檢查它，只因爲我知道這樣做會讓她不爽。她故意挑釁我，我不能坐視這種無禮的舉動。我看見她臉色漲紅，知道她雖想抱怨我拖延時間，不過還是明智地保持安靜，自顧自地生悶氣。

最後我說道：「這支票看起來沒有問題。因爲妳的女巫團幫助過我，我會開始妳的療程，但是萬一支票無法兌現，那當然就是違反合約。」我這話說得實在很沒必要——甚至有點侮辱人——但她實在太討人厭了，我覺得她活該。

「好。」她咬牙說道，我微微一笑，回到櫃檯後面開始調配藥茶。我默不吭聲地弄了一會兒。店裡只有我們兩個人，而我們都沒心情閒聊。歐伯隆打破沉默。

「成吉思汗絕對不會忍受這種態度。」他說。

「你說得對，我的朋友。但我也沒有比她好到哪裡去。我們兩個對彼此都不太友善。」

「看得出來。但爲什麼要這樣呢？通常她這種女性不是很合你胃口嗎？」

「如果她眞的長成那樣，當然。」我說：「但事實上，她現在大概已經快九十歲了；再說，我不相信女巫。」

「你認爲她會亂來嗎？我要到她後面去嗎？」

「不，她曉得你在這裡。她能夠看穿僞裝。但我認爲她有事情沒對我吐實，而我在等她脫掉另外一隻鞋【註一】。」

「她什麼時候脫掉第一隻鞋了？我沒看到。」

「別管了，專心聽。等喝下茶後，她就會講些讓我吃驚的話。她在等合約完全生效後才要告訴我。」

「這樣啊，那退還支票，趕她出去！我們不用陪她玩女巫遊戲。她們總是想要惡搞你和你的小狗。」

「我就知道不該讓你看《綠野仙蹤》。」

「托托【註二】不該經歷那些事。牠那麼小。」

艾蜜莉的茶泡好之後，我放在櫃檯上。「喝純的。」我說：「不加糖，喝完三小時內不能吃甜食。切記從今天開始，每次喝藥茶前三個小時都不能進食。胰島素會影響藥效的新陳代謝。」這完全是胡說八道，我只是編出這些鬼話來惡搞她。「效果要兩個小時才會顯現，所以暫時不要跳上他的

註一：脫掉另外一隻鞋（Drop the other shoe），完成某件事情的意思。

註二：托托（Toto），《綠野仙蹤》主角桃樂絲的寵物小狗。

床。」

「好。」她說著開始大口喝茶，彷彿把它當作什麼愛爾蘭汽車炸彈一樣，完全不管熱茶會對舌頭和喉嚨造成傷害。她眞的很想盡快把茶喝完。她重重放下茶杯，彷彿那是一口杯，而非茶杯，接著她對我露出怨毒的微笑。

「好了，德魯伊，這下你涉入了無法在不付出慘痛代價的情況下違約的合約，我很高興能夠告知你，這杯不舉藥茶所要對付的目標就是安格斯・歐格。」

好了，這話眞的讓我大吃一驚。這掀起了各式各樣的問題，而其中最重要的是：「安格斯·歐格現在在哪裡？」如果他已經抵達鎭上，正在和本地女巫鬼混打發時間，那麼我的偏執妄想就沒有白費。這表示他比我想像中更爲直接地參與了昨晚的惡作劇，也代表了另一個事實，也就是艾蜜莉顯然在等我想到的：提供這種令安格斯·歐格蒙羞的藥茶會讓他產生非要盡快殺了我不可的理由。他不會再滿足偶爾來點遠程攻擊；他必須主動獵殺，讓我付出代價。

沒錯，暴風雲就是會有三倍詛咒。首先是妖精發現我躲在哪裡，接著我的狗殺了人，現在我又完全激怒了一個數世紀以來都滿足於派手下來教訓我的神。

不過艾蜜莉不會在我臉上看見一絲擔心的表情。她想在我眼中看見恐懼，但我壓抑下那一切，假裝她說的是某個人畜無害的傢伙，像是史努佛佩佳斯【註一】或是袋鼠隊長【註二】。

「所以妳來找我就是要讓他像萵苣般萎縮？」我問：「妳只要脫掉身上那層皮，讓他看看妳的眞面目就能達到這個目的了。」

註一：史努佛佩佳斯（Snuffleupagus），《芝麻街》裡的猛瑪象布偶。
註二：袋鼠隊長（Captain Kangaroo），美國著名兒童節目的角色。

哇。不敢相信我說了這種話。她的眼珠氣到凸出來，舉起右手朝我的臉甩來。好了，我能應付普通女人的巴掌。我要是向普通女大學生說這種話，連我自己都會請人家給我一巴掌。但是女巫的巴掌是絕對挨不起的，因為就像月亮每個月都會滿月一次，她肯定會用指甲刮走我臉頰上一點皮膚，甚至有可能會抓出些血痕，然後我就成了她的囊中物。幾百年前，我有個朋友就是落入這種圈套，那之後我就對所有女巫懷抱敵意。她刺激他說出粗言穢語，然後甩了他一巴掌，當晚，他的心臟就在胸腔裡爆炸了。不是心臟病發，他的心臟是真的爆炸了，彷彿有人在裡面放了顆炸彈，而當時還沒有發明火藥。我和其他德魯伊將他帶往樹林進行原始的驗屍，看看我們能不能研究出他猝死的原因，結果在他的胸腔裡找到一個大洞。當時我才知道，他在被甩巴掌的時候就已經死定了。

我沒有幫他報仇——那個女巫跑掉了——數百年後，那件事依然令我心痛。這就是艾蜜莉試圖甩我巴掌的舉動何以會引發激烈暴力反應：我右手橫過臉前擋開她的手臂，接著反手狠狠就是一掌，狠到我實在不該那麼使勁。我根本不該動手打她；我應該要退出她的攻擊範圍，但是每當有人試圖殺我的時候，我就會怒不可抑——而她確實想要殺我，這點絕對錯不了。她尖叫一聲，摀著鼻子向後跌開幾步。

我打斷了她的鼻子；儘管她打算對我造成更大的傷害，我還是覺得自己像個混蛋。趁她還沒回過神來、試圖理解剛剛出了什麼事，我嘗試靠三寸不爛之舌打消她進一步衝突的念頭。「妳先出手，所以我動手自保。我知道挨妳一巴掌就會送命，或至少有送命的可能，而我不允許這種情況發生。如果妳打算在我的書店裡施展魔法，我得要提醒妳勇氣有時候必須建立在謹慎之上。」

「而我要提醒你，我不是軟腳蝦。拉度米娃將會得知此事！」

「沒問題。我會給她看我的監視影片。」我說著指向收銀台上方的攝影機。「很明顯是妳先動手。再說，妳已經給了讓我相信妳和我一個老敵人關係匪淺的理由。我有權將妳視爲威脅。」

「動手啊，試試看。」她挑釁道，雙眼彷彿要噴出火來。

「我不須要動手。」我輕笑，「這裡我說了算。」

「你繼續認爲你說了算吧，德魯伊。」她啐道，怒氣沖沖地走向大門，夾腳拖啪吖啪吖直響。

「你很快就會發現自己錯到家了。」

「明天喝茶時間見。」我在她甩門時神情愉快地揮手道。

「喔，她一定會想報仇的。」歐伯隆在店門關上、只剩下我們兩個時說道。

「不必擔心她。」我說著抓起一支湯匙，迅速走出櫃檯。「她不是工具間裡最銳利的工具。」

「你在幹什麼？」歐伯隆問，好奇地跟著我走出櫃檯。我矮身蹲下，研究地毯。

「啊，有了。」我在地毯上找到一滴還沒完全滲入地毯的鮮血；血量不多，但是夠了。我用湯匙刮起血滴，走向門口，偷看玻璃窗外有沒有艾蜜莉的行跡。她正坐入一輛停在馬路對面往北一點、亮黃色的福斯金龜車。她必須看向左後方才能看到我，於是我矮身出門，告訴歐伯隆我很快就會回來，然後踢掉涼鞋。我將腳趾沉入昨天助我醫療手臂的狹長草地，自地面吸收魔力，唸誦羈絆咒語。艾蜜莉感應到魔力流動，迅速轉頭，看見我站在那裡。我揚起湯匙，面露微笑；她張開嘴巴，驚恐地發現自己有多不小心。我看見她嘴唇在動，眉頭緊皺，精神集中，這表示我沒有時間可以浪費。我舔下湯匙上的血滴，即時完成羈絆。她對我輕彈手指，我心知她對我施法，不過卻只感受到一陣微風。

數秒後，她的上半身突然向前撞上方向盤，壓響汽車喇叭。哈！她試圖吹走我手中的湯匙——順便讓我摔倒，離開草地與我的力量來源。聰明，可惜不夠快。我所施的羈絆法術其實是道防禦力場，她對我施展的任何法術都會反彈回她身上。擺脫這道法術的唯一方法，就是把體內的血全部換掉。

她緩緩向後靠，然後伸手壓著胸口，或許撞痛了一、兩根肋骨。加上鼻子斷掉和自尊受辱，她今天造訪本地德魯伊的過程並不順遂。我不禁懷疑別人到底是怎麼對她形容我的。她知道我年紀有多大嗎？以爲我是什麼拿著冬青樹枝和槲寄生招搖撞騙的新世紀德魯伊遜腳？她轉過頭來，怨毒地看著我，我則開心地朝她揮手，然後吹個飛吻。她對我比中指——這手勢在我的文化中不具有任何意義——然後發動金龜車，朝大學路揚長而去。

我輕聲竊笑，回到店裡，歐伯隆迎上來磨蹭我的腳，這在他處於隱形時其實還怪嚇人的。

「現在這裡沒人了。我要你幫我搔搔耳後。」

我伸手摸索，找到他的腦袋，然後整整幫他搔了一分多鐘。「是呀，你今天很有耐性，是不是？」我說：「這樣吧，我們下次去切利卡華山打獵。那是在南邊，我想你會喜歡的。」

「那裡有什麼？」

「騾鹿。幸運的話，或許還能找到大角羊。」

「什麼時候能去？」

「或許要等到這件事情結束。」我承認道：「我知道對你來說要等很久，但我保證出發之後，我們就會專心打獵。那會是一段屬於你的旅程，但這並不表示出發前你會一直無聊下去。我們或許隨時會遭遇襲擊。」

「眞的嗎？」

「是呀，不過比較可能是等我們離開書店。」

歐伯隆豎起耳朵，轉向店門。「有人來了。」

一個顧客進門想找一本吠陀教的《奧義書》，接著又有不少客戶上門，有的是閒逛，有的則有購物。午餐時間結束了，沒過多久，培里回來幫忙。在給他一杯他常喝的「爹地的小幫手」（我給專門維護前列腺健康的藥茶取的暱稱）後，電話響了。是拉度米娃的女巫團中一個女巫打來的。

「歐蘇利文先生，我叫瑪李娜・索可瓦斯基。我可以請問今天下午你和艾蜜莉之間發生了什麼事情嗎？」

「好啊，當然。但現在我不方便說話，店裡有客人。」

「我了解。」她回道。她語氣很親切，帶有一種由她的姓名判斷肯定是波蘭人的口音。「我要問個問題：你認爲你和艾蜜莉之間的合約還有效力嗎？」

「喔，當然有效。」我點頭說道，彷彿她能看見我一樣。「沒有發生什麼必須取消合約的事。」

「那眞是太好了。你介意我明天和她一起去喝茶嗎？」

「我想那要看妳跟來的意圖了。」

「我坦白告訴你——」瑪李娜說。這個女巫團幹嘛這麼喜歡「坦白」這個字？「我的意圖就是防止你再度攻擊艾蜜莉。」

「我知道了。所以根據艾蜜莉的說法，我至今已經攻擊她幾次了？」

「一次物理攻擊，一次魔法攻擊。」

「好吧，至少這部分她沒說錯。但是兩次都是她搶先動手的。我只是有辦法讓兩次攻擊導回到她身上，進而造成妳顯然已經看到的傷害。」

「所以就是你們各說各話。」她嘆氣。

「是呀。而我認為妳一定比較相信她的話。但妳也必須了解，她告訴我她的情人是我的死敵之一。她這麼做就等於是讓妳們整個女巫團都與他結盟。」

「不，絕對沒有這回事！」瑪李娜辯駁道：「如果要和那傢伙結盟，我們就不會試圖羞辱他。」

「妳們為什麼要試圖羞辱他？」

「這個問題最好是由拉度米娃來回答。」

「那就讓她聽電話。她在嗎？」

「拉度米娃現在不方便。」對正常人而言，這表示她在洗澡或什麼的。但就拉度米娃而言，這可能表示她在施展一道牽扯到青蛙舌、蠑螈眼，或許加上一包代糖的複雜法術。

「我知道了。」一個油髮垂在臉前的顧客拿著一大包香來到櫃檯。「聽著，我得掛了。明天很歡迎妳和艾蜜莉一起來，但妳最好提醒她在我附近時保持安靜。我可以默不作聲地幫她煮茶，她也可以默不作聲地喝茶，這樣就不會有人被觸怒或受傷。如果妳願意在喝完茶後留下，或許我們可以好好坐下來談談。」

瑪李娜同意，說她很期待能好好談談，然後我們掛斷電話。油頭男問我有沒有辦法以藥劑師的身分取得藥用大麻，我一邊換上悲哀的表情告訴他說不能，一邊幫他用來掩飾吸毒臭味的香結帳。

我不懂吸毒的人。就歷史的角度而言，他們是近期才出現在世界上的。所有人都有一套理論——一神教徒喜歡把吸毒怪在不信神上——但我認爲那是從工業革命時代髒兮兮的襯裙，以及伴隨而來的勞工階級所發展出來的瘟疫。一旦人們發展出勞力專長，不再參與生產食物，以及日常生活中與生存相關的事物之後，他們的生命就會出現一種不知道該如何塡補的空洞。人們大多會找出健康的方式加以塡補，像是嗜好、社交俱樂部，或是類似沙狐球【註一】和挑圓片【註二】的假運動。其他人則沒有這麼做。

培里終於找出時間去弄塔羅牌，在關門前擺出了個還不錯的展示台。打烊之後，我騎車飛快趕到寡婦家，從後院的工具間裡拿出除草機。

註一：沙狐球（Shuffleboard），起源於十六世紀英國貴族中發展出來的推硬幣遊戲，將硬幣推到長桌的另一端，遠者爲勝。後來不斷演變、盛行，以特製「沙狐球」取代硬幣。

註二：挑圓片（Tiddlywinks），利用大圓片把小圓片彈入杯子裡面的遊戲。和沙狐球一樣是室內遊戲。

「啊，你真是個好孩子，阿提克斯，這絕不是瞎說。」她走到前廊，對我舉起威士忌酒杯說道。她喜歡坐在搖椅上唱愛爾蘭古調——至少對她而言算是古調——搭配除草機扇葉旋轉的聲音給我聽。有時候她會忘記歌詞，只是哼著曲調，而我也很喜歡這樣哼歌。除完草後，我總會陪她度過一段愉快的時光，聽她講些年輕時在古老國度裡所發生的故事。那天，當太陽下山、陰影拉長的時候，她對我述說和一群沒出息的傢伙在都柏林街頭鬼混的故事。「那都是遇上我丈夫之前的事了，當然。」她刻意補充。

我讓歐伯隆在接近馬路的草坪邊站崗。當寡婦對我講述著她黃金年代的那些風流情事時，我必須依賴他來警告我逼近的危險。

「阿提克斯。」他在寡婦總結這段發生在更好的國度、更好的年代的故事時說道：「有人自北方徒步前來。」

「陌生人嗎？」我和寡婦聊天時將富拉蓋拉放在一旁，現在我站起身來將劍鞘甩回身後，導致寡婦皺起眉頭。

「沒錯，非常陌生。我從這裡就能聞到他身上散發出海洋的氣味。」

「呃喔，那可不妙。不要動，盡量不要發出聲音。」

「對不起，麥當納太太。」我說：「有人來了，而且可能不太友善。」

「什麼？誰來了？阿提克斯？」

我還不知道，所以沒回答。我踢掉涼鞋，在走向馬路、望向北方的同時自寡婦的草坪上吸收魔力。我的項鍊上有個熊形符咒，可以儲存一些魔力，讓我在水泥或柏油路上行走時可以施展魔法；我在可能的敵人接近而來時打開魔力槽。

一個身材高大、身穿護甲的傢伙，在兩棟屋子以外的柏油路面上發出噹啷噹啷的聲響，在我進入他的視野時舉手招呼。我啓動名爲「妖精眼鏡」的符咒，在眼前形成一副遮罩，讓我看穿妖精的幻術，並且偵測各式各樣的魔法。它顯示出正常的光譜，接著又加入了一道綠色圖層，呈現所有與魔法相關的景象，而此刻這兩個圖層顯示出同樣的畫面。不管對方是誰，我眼前就是他的眞身。如果他有類似妖精眼鏡的東西，他或許能夠看穿歐伯隆的僞裝，不過話說回來，也可能看不穿。

他身上穿著一套古時候沒人會穿的俗氣銅甲。鑲有靛青硬皮革的胸甲覆蓋太多部位，限制了動作；青銅裙甲上覆蓋葉形的護片；同時還穿戴五件式的護肩，以及類似的臂甲與腿甲。就算在愛爾蘭穿這種護甲也不會涼快到哪裡，而這裡的氣溫約有華氏九十幾度，所以他在裡面鐵定熱斃了。頭盔荒謬到難以形容：那是一頂在他停止殺戮過後千年才開始流行的中世紀全罩式頭盔，戴著它肯定是在耍寶，雖然我不覺得這有什麼特別有趣之處。他身側掛著一把未出鞘的長劍，不過幸好他沒有攜帶盾牌。

「你好，敘亞漢．歐蘇魯文。」他說：「很高興見到你。」他透過頭盔對我露出得意洋洋的笑容，而我很想當場把他幹掉。我沒有撤除妖精眼鏡，因爲我一點也不相信他。要是沒有看穿幻象的方法，他可以在一刀插入我肚子裡的同時，讓我的雙眼相信他雙手舉在頭上、站在三呎之外。

「叫我阿提克斯。你好，布雷斯。」

「不高興見到我？」他在全罩式頭盔允許的程度下向右側了側頭。

「先看看這次會面的情況如何再說。我們已經很久沒見了，而我不介意更久不見。順便一提，文藝復興節【註】要明年二月才到。」

「這樣可不是待客之道。」布雷斯皺眉說道。歐伯隆說得對：他滿身都是鹽和魚的味道。身為農業之神，他應該要散發泥土和花朵的味道才對，但他卻沾滿了碼頭的臭味，或許是因為他那群住在海邊的佛摩人祖先的緣故。「我高興的話，可以說你冒犯了我。」

「那就趕快被我冒犯，然後打一打收工。我想不出你還有什麼其他理由來此。」

「我是受老朋友所託而來。」他說。

「他有要求你穿成那樣嗎？因為如果他這麼要求，那他肯定不是你的朋友。」

「阿提克斯，是誰呀？」麥當納寡婦在前廊上問道。我目光沒有離開布雷斯，大聲回應她。

「我認識的人。他不會待太久的。」該開始安排包抄行動了。我用心靈感應對歐伯隆說道：「待著別動，當我下令時，你就跑到他身後，抓住一隻腳，將他拉倒。等他摔在地上後，你立刻跳開。」

「知道了。」歐伯隆說。

布雷斯好像寡婦沒出過聲一樣，繼續說下去：「安格斯・歐格要那支劍。把劍給我，他就不會再來煩你。事情就是這麼簡單。」

「他為什麼不親自前來？」

「他在附近。」布雷斯說。這話是刻意用來激發我的偏執妄想。很有效，但是我打定主意不要讓他利用這一點。

「此事對你有何好處，布雷斯？還有那套盔甲是怎麼回事？」

「那個與你無關，德魯伊。你唯一要擔心的就是把劍交出來，然後活下去；或是拒絕交劍，然後面對死亡。」最後一絲陽光自地平線下向我們道別，薄暮降臨——妖精的時刻。

「他為什麼想要這把劍。」我說：「愛爾蘭已經沒有需要圖阿哈・戴・丹恩幫忙統一部落的高王了。」

「你沒有資格提問。」

「我當然有資格。」我說：「不過我想你沒有資格回答。富拉蓋拉就在這裡。」我比了比肩膀後方的劍柄。「如果我現在把劍給你，你就會立刻離開，而我永遠不會受到你或安格斯的騷擾？」

布雷斯一臉嚴肅地看著劍柄片刻，然後輕笑，「那才不是富拉蓋拉。我見過它，德魯伊，我曾感受過它的魔力。那劍鞘裡只是一把普通長劍。」

哇。拉度米娃的隱形魔法實在厲害。

接著我眼前的綠色圖層開始出現和普通光譜不一樣的變化。布雷斯漫不經心地拔劍，看看我有

註：文藝復興節（Renaissance Festival），以中古世紀為主題的市集與遊樂園，參與者會扮裝成中古世紀的模樣，並表演當時的騎士競技或音樂節目等等。每年二月的亞歷桑納文藝復興節是美國規模最大的文藝復興節之一。

沒有任何反應，所以我試圖保持輕鬆，讓他以為我根本搞不清楚狀況。要嘛他就是知道我背上的確實是富拉蓋拉而打算使詐；要嘛就是他打算殺了我，藉機打響名號。他肯定會為這場戰鬥編個很棒的故事，雖然他心裡的計畫與在背後捅我一刀沒什麼兩樣。

「我保證那是真品。」我對他說，然後對歐伯隆說：「改變計畫。我一下令就到他身後躺下。我會推他，讓他被你的背絆倒。」

「好。」

布雷斯的幻象聳肩說道：「你喜歡的話可以交出那把不值錢的爛劍。那只是拖延時間而已，然後我又得再跑回來提出其他條件。但是我可以保證接下來的條件不會像現在這麼慷慨。」

就在此時，綠色圖層中布雷斯的真實影像露出邪惡笑容，雙手持劍、高舉過頭，準備將我砍成兩半。

「動手，歐伯隆。」我說，臉上維持嚴肅的神情，彷彿我在考慮布雷斯的話。我開始大聲說話，希望藉此掩飾歐伯隆移動時的聲響。

「布雷斯，我認為你錯過了一個重點。」我說，在他使盡吃奶的力氣砍下的最後關頭向右跨出一步。他的幻象依然笑嘻嘻地站在原地，不過我已經沒有去管那條身影了。綠色的他——真正的布雷斯——剛剛試圖砍殺我。趁他收勢不住，難看地彎腰向前時，我一腳踢中他手腕上的神經叢，迫使他撒手放劍，跟著朝他臉上又是一腳，令他再度起身。這一腳被他的頭盔擋下，不過任何針對頭部的攻擊都會迫人閃躲。接著我以左腳為重心，順時針踢出迴旋踢，在他站穩腳步前擊中他的太陽神經叢。他向後跌去，被歐伯隆絆倒，發出一陣青銅和硬皮革的撞擊聲；儘管沒有受傷，不過已經非常丟臉了。他放棄幻象，笑嘻嘻的布雷斯與地上的布雷斯合而為一，我的妖精眼鏡和正常視覺再度顯示同樣的景象。

我本來可以就此罷手。他武器脫手、對我毫無威脅，如果附近有妖精看到他四腳朝天摔在地上的模樣，他就要無地自容到進入傳奇層面的地步。而且，他還試圖利用幻象殺我。他永遠不會和我公平一戰，因為那樣毫無勝算——他在戰場上向來不是多麼可怕的威脅。如果我饒過他，他就會像數世紀以來的安格斯．歐格，派一大堆殺手來殺我。我原本就已經夠頭痛了，不須火上加油。

再說，以我們那個年代的說法，他是個混小子。

所以我沒有就此罷手。趁他還躺在地上，我拔出富拉蓋拉筆直插入他的胸甲中央，而他的胸甲完全無力抵抗魔劍。布雷斯瞪大雙眼，難以置信地看著我：在經歷過本來可以身穿體面盔甲壯烈犧牲的古愛爾蘭史詩大戰後，只因為過度自信，他即將在一場不到十秒就結束的戰鬥中死去。

我沒有幸災樂禍，因為那會招來詛咒。我迅速拔出富拉蓋拉，他痛苦喘息，接著我對準他的脖子一劍砍落，在他出聲咒罵前斬斷他的腦袋。

「他說把劍給他時，我想他並不是要你把劍插到他身上。」歐伯隆說。

「他對我揮了一劍。」我回道。

「有嗎？我沒看見。」

「他也沒看見你。幹得好。」

「你殺了他。」我聽到一個細微的聲音說道。我轉過頭去，看見寡婦站起身來，威士忌酒杯不住顫抖，接著自手中滑落，在前廊上摔成碎片。「你殺了他。」她聲音顫抖，「你現在也要殺我嗎？送我回到主的懷抱，和我的史恩團聚？」

「不，麥當納太太，不，當然不會。」儘管沒有清理劍刃，我仍還劍入鞘，消除富拉蓋拉帶來的威脅。「我沒有殺妳的理由。」

「我是你犯罪的目擊證人。」

「我沒有犯罪。我非殺他不可，這是正當防衛。」

「在我看來不像正當防衛。」她說：「你踢他、推他，然後刺他一劍，砍下他的頭。」

「我認為妳沒有看見事情的全貌。」我搖頭答道：「因為我遮蔽了妳部分視線。他試圖用他的劍刺殺我。看到躺在地上的那支劍了嗎？先拔劍的人可不是我，是他。」我待在原地，讓她好好想想。當有人認定你要殺他們時，迎上前去安撫他們是最糟糕的做法，但是電影裡似乎都是這麼演的。

寡婦瞇起雙眼看著長劍黯淡的輪廓，她臉上浮現疑惑的表情。「我想我有聽見他威脅你，」她說，「但是在你踢他之前，我都沒有看到他移動。他是誰？他想怎樣？」

「他是我的老敵人……」我開口，寡婦立刻插嘴。

「老敵人？你不是才二十一歲嗎？你的敵人能有多老？」

看在諸神的份上，她真的毫無概念。「他在我的觀念裡算很老了。」我說，接著想到了一種說法。「其實他是我父親的一個老敵人，所以打從我出生開始，他就已經是我的敵人了，如果妳懂我的意思。而在我父親多年前去世之後，我就變成了他的目標。這就是我搬來這裡的理由，妳明白的，爲了遠離他。但是兩天前我聽說他找到我了，而且即將趕來，所以我就隨身佩劍藉以防身。」

「你爲什麼不像那些美國男孩一樣佩槍防身？」

我對她微笑。「因爲我是愛爾蘭人，麥當納太太。而我是妳朋友。」我換上誠懇的表情，雙手合在一起。「拜託，妳一定要相信我，不是他死，就是我亡。我希望妳了解我永遠、永遠不會傷害妳。」

她依然不太信服，不過已經有點動搖了。「他到底在和你吵些什麼？」她問。

我沒辦法當場掰出可信的說詞，於是講了部分實話。「事實上，他是爲了這支劍而來。」我說著伸起大拇指指向身後的劍柄。「我爸很久以前從他那邊偷走了這支劍，不過比較像是取回劍。這是把愛爾蘭劍，妳知道，但這傢伙將它拿去私人收藏，而這是不對的，因爲他是英國人。」

「他是英國人？」

「對。」我對於如此欺騙寡婦感到羞愧，但是我不能在馬路上躺了具無頭屍體的情況下一直跟她耗下去。她丈夫在北愛爾蘭動亂時期參與愛爾蘭共和軍，結果死在北愛爾蘭自願軍手中；而不管她的想法有沒有根據，寡婦一直認定北愛爾蘭自願軍乃是英國的傀儡。

「啊，這樣的話，你可以把那個混蛋埋在我的後院裡，願上帝詛咒英國女王和她所有邪惡手下。」

「阿門。」我說：「謝謝妳。」

「不必客氣，小夥子。」寡婦說，接著笑了笑。「你知道我的史恩——願上帝讓他安息——以前總是怎麼說的？他說：『朋友會幫妳搬家，但是真正的朋友會幫妳搬屍體。』」她沙啞地輕笑幾聲，然後拍了拍手：「不過並不是說我能幫你搬這麼一個大塊頭。你知道鏟子在哪吧？」

「是，我知道。我在想，麥當納太太，妳家裡有沒有檸檬水？我有預感會需要它。」

「喔，當然，孩子，我可以幫你弄點檸檬水。你去忙你的，我會幫你端出來。」

「非常謝謝妳。」等她進屋後，我轉向依然隱形的歐伯隆，「你能把那顆腦袋弄到後院去嗎？我們必須盡快善後。」天黑了，但是街燈快要亮了，而且任何開車路過的人都能透過車頭燈看出麻煩。

「那個頭盔沒有可供施力的地方。我想我可以用鼻子頂它過去。」

「那也可以。」我說。當我彎下腰去抬屍體、歐伯隆開始玩可怕的鼻子足球遊戲時，戰場烏鴉出現了。她看了屠殺現場一眼，對我發出憤怒的叫聲。

「我曉得。」我語氣急迫地低聲道：「我麻煩大了。如果妳願意和我去後院一趟的話，我們可以在那裡私下交談。」烏鴉叫了一聲，竄入空中，飛過屋頂。

我將布雷斯抬離馬路，然後用消防員扛人的姿勢把他扛到肩上；我感覺到他的血滲入我的上衣背部——我得燒了它。

抵達後院時，莫利根已經化身人形，膚色白皙，一言不發、雙手扠腰地站在原地。她的眼睛在發光。這不會是段溫和的交談。

「我同意讓你獲得永生，並不表示允許你殺害圖阿哈・戴・丹恩。」她啐道。

「正當防衛應該不須經過允許吧？」我問：「他試圖利用幻象砍殺我，莫利根。要不是我戴著項鍊，根本不會看到他砍來的那一劍。」

「你會存活下來。」莫利根指出這一點。

「沒錯，但是活成什麼樣子？請原諒我不想要體驗各種層面的痛苦與酷刑。」我說，接著壓低肩膀，讓布雷斯毫不優雅地摔在寡婦的百慕達草上。

「告訴我究竟發生什麼事情，把你們兩個的所有對話通通說出來。」

我告訴她，她面無表情地看著我，雙眼綻放紅光。當我說到我叫一條隱形狗去絆倒他，並且了結他時，她眼中的紅光終於黯淡下來。

「好吧，他眞是自大到了無可救藥的地步。他活該死得像個白痴。」她說：「看看這身可怕的盔甲。」但接著她看到躺在右邊一碼外的頭顱，雙眼再度綻放紅光。「等布莉德聽說此事時，她會要我帶你的頭去見她，而我必須拒絕！你知道那會讓我面臨什麼處境嗎，德魯伊？」

「很抱歉，莫利根。但只要妳告訴布莉德他確實的死法，或許她就不會那麼想要血債血還。想想妳自己的反應：這是所有圖阿哈・戴・丹恩裡最不名譽的死法。再說，他爲什麼要幫安格斯・歐格做事？幫他這種神血債血還簡直荒謬。」

她思索我的話，逐漸冷靜下來。「嗯。你說得很有道理。只要以恰當的方式告訴她，或許我們就能夠避免衝突。」她再度看向布雷斯的無頭屍體，以及躺在歐伯隆腳邊的頭顱。「把屍體交給我。」她說：「我來處理。」

我很高興讓她處理。「謝謝妳。如果妳不反對的話，我這就去清洗馬路上的血跡。」

「不反對，去吧。」莫利根輕蔑地輕拍手掌，目光依然停留在屍體上，我當即走開，以免她改變心意。再說，我眞的不想看到她怎麼處理屍體。

我拿起接在房子前面的園藝水管，水量開到最大。寡婦幫我端了檸檬水出來，她自己則是一杯威士忌。她有點驚訝看到我這麼快就回來。

「你已經埋好那個天殺的混蛋了？」她問。

「沒。」我承認道，試圖掩飾在聽見寡婦說出這種粗俗言語時的驚訝神情。「我回來清洗馬路上的血跡。」

「啊，那好吧，我就不打擾你了。」她說著將檸檬茶遞給我，然後輕拍我的手臂。「《命運之輪》【註】就要開演了，你知道。」

「晚安，麥當納太太。」

她身體微側，伸手去拉門把。「你是個好孩子，阿提克斯，既幫我除草，又幫我殺英國佬。」

「別放在心上，拜託。」我說：「這件事我們最好別向別人說。」

「當然。」她說，終於找到門把，拉開房門。「晚安。」

關上屋門之後，歐伯隆說：「你知道，我想電視讓她變得對暴力冷感。」

「也可能是在北愛爾蘭動亂時期生活在北愛爾蘭的關係。」我說。

「北愛爾蘭動亂時期是在動亂什麼？」

「自由、宗教、權力。還不就是那些。你可以在我清理血跡的時候去草坪外圍幫我站崗嗎？」

「沒問題。」

我先拔出富拉蓋拉沖水，然後將水管對準馬路，沖掉大部分的血跡。快弄完的時候，我的腦中傳來歐伯隆的聲音，聽起來非常緊張。「嘿，你之前說過要注意沉重的腳步聲。好了，我聽到一大堆，而我認爲是朝這裡來的。」

註：命運之輪（Wheel of Fortune），美國電視上的益智遊戲節目。

第十章

「該回家了！」我說著丟下水管，連忙跑回去關水。我跳上腳踏車，叫歐伯隆全速前進。我得遠離寡婦的住所，不然她會被牽連。

「那腳步聲是什麼東西發出來的？」他問，在我死命加速時跟上我的腳踏車。

「菲爾博格人。」我透過心靈告訴他，避免打亂呼吸的節奏。

「我想他們速度變快了，他們在跑步。」

「他們發現我們了。不要回頭，繼續前進。現在，聽好了：這些傢伙佩戴長矛，但是你看不到。相信我，他們有帶。他們也不會看見你。你要做的就是，攻擊他們左腳踝上方柔軟的地方。」

「阿基里斯腱？我記得。」

「很好。但是你必須攻擊他們的小腿。這些傢伙實際上比他們的外表要大多了，他們的阿基里斯腱約莫在人類小腿的地方。我要你咬他們一口，然後立刻跳開，免得他們摔倒在你身上，或是掙扎的時候打到你。」

「萬一他們有穿護甲呢？」

「不會。你看到的都是幻覺。他們最可能會打赤腳，他們的皮很厚。」我在轉向第十一街時冒險回頭看了一眼羅斯福路。我的正常視覺看到九個身穿哈雷機車裝的混蛋在街燈下朝我們奔來，一副我剛剛在撞球間外弄倒他們機車的模樣。我的妖精眼鏡讓我看到九個身上只有纏著腰布和靛青染料，基本上算赤身裸體的菲爾博格人。他們右手持長矛、左手拿大木盾，臉上浮現期待的笑容，因爲他們快要趕上我了。

到家時，我直接騎上草坪，跳下腳踏車，讓它在沒人駕馭的情況下自行滾上前廊。前廊上傳來一聲咒罵，我立刻拔出富拉蓋拉，想弄清楚是誰在我家等我。

「可惡，阿提克斯，你到底在搞什麼？」一個熟悉的聲音在我的腳踏車突然停止前進，接著又被拋回來時說道。

我緊繃的嘴角轉爲一絲微笑。「李夫！」我叫道，他立刻聽出我那種鬆了口氣的語調。「眞高興你來了。」我都忘了有請霍爾天一黑就叫他過來。「我希望你的穿著適合打架。」

「打架？追上來的那些傢伙是來打架的嗎？」我的吸血鬼律師步出前廊陰影，來到街燈照射範圍中。濃密的白髮在他蒼白的臉旁飄動，他對我皺起眉頭，身上穿了套完美無瑕的訂製西裝。這表示他沒穿戰鬥服。

菲爾博格人轉過轉角，不用吸血鬼的強化感官也聽得出來，逐漸逼近的腳步聲令人膽顫心驚。

「我也不想這樣，李夫。」我說：「但如果不出手相助，你可能就會失去你最喜歡的客戶。我付兩杯血請你幫忙。」

「外加我的鐘點費？」他揚眉問道。

「不，一杯是你的鐘點費，另一杯是請你幫忙打架。」

沒有時間討價還價。他點頭說道：「他們看起來不是很剽悍。」

「他們是施展幻術的巨人，不要相信你的眼睛，用其他感官。他們的血聞起來如何？」

他們幾乎已經趕到我們面前，不過這是個值得思考的問題。李夫在聞到他們的血味時瞪大雙眼。「很強烈的血。」他說：「謝了，阿提克斯。」他張嘴微笑，冒出獠牙。「我還沒吃早餐。」

「就當作是吃到飽自助餐。」我說，然後就再也沒有時間說話了。李夫不是害羞的人，當場來個超人跳躍，撲向領頭的菲爾博格人遠遠高於正常凡人眼中的腦袋所在位置。那是因爲巨人的脖子其實在他頭頂約莫三呎處，而所有菲爾博格人通通放慢腳步，看著他們的老大讓個身穿英式西裝的傢伙撲倒在地。不過放慢腳步和不再前進還是有差別的。

「上，歐伯隆！打個好獵！」他展開行動，我則從前院草坪上吸收魔力，在力量透過我古老的紋身穿透細胞時欣喜若狂。錯綜複雜的繩紋沿著我的右腳掌上移，經過腳踝外側一路蜿蜒而上，來到右胸，環繞肩膀，接著如同瀑布般洩入二頭肌；它在二頭肌上纏繞五圈，跟著向下來到前臂，以我手背上的循環迴路作爲收尾（如果凱爾特繩紋有收尾這種東西的話）。紋身與我緊密羈絆在一起，透過它們，我可以取用大地的力量，只要我的腳掌能夠接觸地面，力量就會源源不絕。實際應用上，表示我永遠、永遠不會在戰場上感到疲憊。我完全不會累。必要時，我還可以施展一、兩個羈絆法術對付敵人，或是短暫召喚能夠和熊角力的強大力量。

我已經很久、很久沒有必要召喚這種力量了。不過話說回來，自從上次在潘特拉樂團演唱會的衝撞【註】以來，我就再也沒有陷入如此混亂的場面。九名菲爾博格人——好吧，現在剩下八個——比我預期的多了一點。

我移動到我的牧豆樹前，以免對方想到要包圍我。接著伸手指向第一個踏入我草坪的菲爾博格人，說道：「康尼。」——這個咒語的意思是囚禁或扣留——大地隨即依照我的意志而動，地面先是下沉，接著在菲爾博格人腳下重新塑形，突然將他牢牢固定在原地。說他大吃一驚算很溫和的說法。在如此強大的前進動能下突然止住衝勢，導致他腳踝上的骨頭當場折斷。骨頭自小腿後方的肌肉突出，整個人就在我面前直接癱平，腳掌離體，放聲慘叫。這和我想像的不太一樣。我本來以為他會採取守勢，站穩腳步，在我和其他菲爾博格人之間形成一座高牆。沒那麼好運。他的夥伴繼續撲上，並沒有因為倒下的同伴而變得謹慎，反而越來越火大，而我面前多了三把刺向要害的長矛。

眞正的戰鬥不像電影裡演的那麼有看頭。那些都是事先套好招的，特別是功夫片的動作場景，看起來和跳舞沒什麼兩樣。眞正的戰鬥裡，你不會暫停、擺架勢，還整理儀容。你只能在別人殺了你之前搶先殺了他，而「勝之不武」依然還是勝利。那就是布雷斯始終沒搞懂的部分，也就是我能如此輕易解決他的原因。菲爾博格人完全不來那一套——就算他們本來打算這麼搞，但在看到李夫於馬路上解決他們老大，而另一個夥伴又在我的草坪上裡失去雙腳後，他們也會停止這種行為。不，這些傢伙認定我沒辦法閃開同時自上方三個不同角度刺下的長矛。我或許可以架開一把、閃開一把，但是第三把長矛肯定會刺中我；如果向上或向後跳開，我就會撞上自己的牧豆樹；如果矮身向前滾去，他們就會直接把我踩扁。我猜這些傢伙將近六百磅重，所以我一點也不想身陷他們的木屐舞中。這表示我只有不到一秒鐘來解這個不可能的任務。左邊和中間的菲爾博格人都有站穩腳步，但是右邊的對手必須站在倒地大聲慘叫的無腳夥伴背上，所以我打算把機會賭在他身上。我跳向左邊，而他們顯然沒想到我會如此反應。既然右邊的對手已經刺不到我，我立刻揮劍砍向其他兩把長矛的矛頭，滿足地看著富拉蓋拉輕易砍斷它們。但是輕易得有點過頭了：這一砍乾淨俐落到雖然矛頭掉了，矛柄還是持續刺落，狠狠擊中我的身體——一柄擊中肩膀，一柄擊中腹部。我向後飛出，重重撞在牧豆樹幹上。不過如此優雅的縮身翻滾本來也就在我的計畫裡。

右邊的菲爾博格人完全錯過目標，矛頭劃過我原先所在的位置，不過他離開還在慘叫的朋友背上，再度準備出矛。「康尼。」我指著他說道，他驚訝地發現自己無法移動。趁他想辦法脫身之際，我將注意力轉回之前那兩個巨人身上，現在他們手上拿著兩根長木棍。我假設其他四名菲爾博格人也迫不及待地想要上來打我，但或許李夫和歐伯隆讓他們忙得不可開交。我除了自己的戰況之外，什麼也看不見。中間那個攻擊者決定去拿斷腳夥伴的長矛，反正他的夥伴除了流血至死外什麼也不能做。而當他彎腰去撿矛時，左邊的巨人決定試試把我的頭當高爾夫球打。好吧，要處理這種狀況可簡單了。我舉起富拉蓋拉，放在他揮棍的路徑上，接著我有兩秒鐘可以好好感受一下剛剛所受的傷。我的肩膀肌肉嚴重瘀傷，在治療之前都派不上用場；肚子上挨的那棍就嚴重多了：棍頭刺穿了我的皮膚，雖然沒有傷及內臟，還是血流如注；至於我的背，沒被撞斷已經算很走運了。現在它大

註：潘特拉樂團（Pantera），美國重金屬樂團。衝撞（mosh pit）指演唱會現場大量歌迷不斷往前推擠、衝撞的行爲，後來美國搖滾演唱會開始會在台前畫一個搖滾區，供歌迷玩衝撞。

概可以讓脊椎按摩師爽到夢遺。

真希望我會仙女教母那種荒謬的把戲，只要一揮魔杖，眼前魔光閃爍，然後一切就沒事了，可惜我的魔法不是那樣運作的。我可以開始醫療程序，並且加快速度，也可以強迫身體無視疼痛，但我沒辦法就這樣讓傷害消失。於是我在兩秒內做了能做的處置：我啓動項鍊上的醫療符咒壓抑痛楚，並且開始治療，但接著我得移動了。高爾夫男孩已經準備好要再度揮桿，第一桿讓他的矛柄又被富拉蓋拉砍短了一呎左右。這時中間的傢伙已經撿起了斷腳夥伴的長矛，準備一矛把我刺穿；儘管重心非常不穩，動彈不得的巨人仍決定用矛射我。換我主動攻擊了。

我縮腿矮身，隨即跳起，不過這一跳比較像是李夫剛剛那種跳法：我在腳上凝聚大地的力量，朝著想當菲爾．麥克森【註】的菲爾博格人撲去。他看出我的意圖，當即舉起盾牌，但我就是期待他這麼做：我由右至左橫揮魔劍，乾淨俐落地砍斷了他的盾牌和腦袋，接著右肩撞上他還拿在手上的半截盾牌，順著軟癱的屍體滑落地面。

在我眼中，菲爾博格人是戰場上最殘暴的敵人：其他巨人毫不理會戰死的夥伴，專心找尋我攻擊中露出的破綻。我必須反手舉起富拉蓋拉，架開無法移動的巨人投擲而來的長矛，接著下移魔劍擋下另外一個巨人的刺擊。

「康尼。」我再度唸咒，後者也被困在原地。這下我可以丟下他們，先去解決其他威脅，稍後再回來處理。另外一名菲爾博格人試圖包抄我，但過程中太過接近我的屋子，觸發了防禦法術。如今他在一團試圖扯倒他的九重葛藤蔓中奮力掙扎，而他不喜歡那些尖刺。

我轉身面對馬路，想了解整體狀況，結果在馬路上又看到兩個倒地的巨人。其中一個慘遭分屍，而李夫正咬著另一個巨人的脖子大口吸血。

旁邊還有一名巨人，而他正笨拙地逆時針轉身，對著看不見的敵人不斷刺矛。那是歐伯隆在菲爾博格人的腳邊騷擾他。

我不能眼睜睜地看著朋友落敗，於是衝上前去幫忙。我在巨人再度轉身時將他持矛的手臂齊肘斬斷，接著將富拉蓋拉插入肋骨之中，結束這場戰鬥。

「謝謝。」歐伯隆在巨人重重倒地時說道：「他們的皮膚比我想像中還厚，我只能激怒他而已。」

「那就夠了，我的朋友。待在這裡，我去解決還在掙扎的那些。」我在自己和劍上施展僞裝法術，悄悄來到無法移動的兩個菲爾博格人身後，將富拉蓋拉插入他們的腎臟。懦弱的舉動？呿！這樣說吧：讓我們來辯論榮譽的意義，然後看誰活得比較久。

最後一名菲爾博格人死在一團藤蔓和血泊裡，直到此時我才解除草坪的羈絆，讓地面吐出巨人的腳掌。我撤除僞裝法術，以雙眼和其他感官掃視四周，看看有沒有其他威脅，不過只看到九具龐大的屍體和很多、很多血。菲爾博格人的幻術隨著他們的死亡消失，留下難以收拾的殘局。

我不想要求大地吞噬這些傢伙；我已經太麻煩它了，再說，我懷疑會有時間這麼做。我不像富

註：菲爾・麥克森（Phil Mickelson），美國高爾夫球手。

麗迪許一樣可以在短時間內移動大量土地，而我認爲現在已經有人報警了。

就像安排好的一樣，夜空中傳來警笛聲響，而這讓我的目光轉向對街鄰居家客廳窗口拉開的百葉窗葉，以及窗後那對充滿恐懼的目光，彷彿我是壞人一樣。太好了。

「李夫？」我說：「嘿，李夫，你還沒吃飽嗎？」

「啊。」我的律師說，丟下他的早餐，然後輕輕打了聲嗝。「很飽，謝謝你。」

「好了，如果不會太麻煩的話，可以請你幫我一下嗎？警方即將趕來，而我們有好多證據要處理。」

「喔。」吸血鬼說，彷彿突然想起他的工作是讓我遠離監獄。他低頭看著現在沾上大量鮮血的訂做英式西裝，然後又看回我基本上和他不相上下的襯衫。「沒錯，看來有很多證據得處理。」

「進屋去，盡快換裝。我的衣櫥裡有套西裝，順便幫我拿件乾淨的襯衫。」我邊說邊脫下襯衫交給他。「然後回來，向我對街的鄰居施展你那可怕的記憶把戲。他是我們警方麻煩的來源。」

李夫以最快的速度展開行動。他知道警方最多只要兩分鐘就會趕到，或許更快。我們必須利用這點時間讓現場看起來像今晚沒有死過人。我回到草坪上召喚更多力量；這股力量讓我有辦法迅速拖動六百磅重的巨人到我家草坪的東邊，遠離車道，然後全部疊成一堆。馬路上的那幾具就讓李夫去處理：如果我想獨自搬運他們，儲存在熊符咒裡的力量就會迅速耗盡。但是我可以在那些屍體與附近的血泊上施展僞裝法術。喔，或許我也該藏起我的魔劍。這裡沒有東西好看，警察，離開吧。

李夫一分鐘後回來，身上是我在男性服飾店裡買的西裝。「你喜歡你穿這套西裝的樣子嗎？」

他一邊嘲弄廣告，一邊丟件乾淨的T恤給我。西裝不太合身：胸口太緊，而他的手腳都比我長——畢竟，他是個天殺的維京人。

警笛聲逼近。「你得要把那些屍體搬離馬路，然後疊在那裡。」我說著，指向我疊的屍體堆。「再去處理我鄰居的妄想症。」

「沒問題。」接著他衝上馬路，開始投擲巨人，小心不讓手沾到血。我穿上乾淨的T恤，目光盯在對街的百葉窗上。我的鄰居山莫建先生，向來很愛管閒事。打從我搬來的那天開始，他就因為我沒有車，認定我不對勁。

我開始對所有找得到的血跡施展僞裝法術，然後是屍體堆。李夫則跑過馬路，對山莫建先生下吸血鬼的魅惑術：「看著我的眼，你什麼都沒看見。」就像絕地武士【註】的心靈把戲。

在第一輛巡邏車轉過轉角時，我認爲我已經處理好所有可見的血跡。如果他們跑到我家草坪東邊去搜索，就會撞上一大堆隱形證據，不過他們應該沒有理由這麼做。趁他們呼嘯而來時，我唸誦一些咒語強化附近植物的氣味，希望能夠掩飾濃濃的血腥味。

我要歐伯隆安安靜靜地坐在我們前廊上，讓我和李夫應付警方人員。他可能還須要再洗個澡。

三輛黑白警車停在我屋前，弄得其他鄰居終於知道他們一直忽略的噪音原來是值得注意的騷

註：絕地武士（Jedi），電影「星際大戰」系列裡的武士團體，精通「原力」（the Force），使用原力的技巧中包括了心靈控制、隔空移物等等。

動。六名警員跳下警車，站在車門後拔槍指向我們。

「不許動！」一名警員叫道，雖然我們原本就站在原地沒動。另外一名警員叫道：「把手舉在頭上！」然後又有一個叫：「把劍放下！」

第十一章

一個人怎麼能在不許動的情況下把手舉到頭上？警校是不是基於某種邪惡意圖，教警察下達這些相互矛盾的命令？如果我違背一個警察的命令，另外一個就能說我拒捕？唯一讓我擔心的警察就是叫我把劍放下的那個——雖然還插在我背上的劍鞘裡，魔劍卻已經隱形了。難道他能看穿偽裝法術？

「晚安，各位。」李夫流暢地說道。我們兩個都沒有舉手。「我是這位歐蘇利文先生的律師。」所有警察看到他有恃無恐地站在原地時，都變得非常安靜。

「我是律師」是會讓警察神經緊繃的一句話。它告訴他們必須放慢腳步、遵守程序，不然法庭不會承辦他們的案子；這表示他們不能隨意揮槍，強迫我做任何事情。不幸的是，這同時也告訴他們我在度過二天正常的上班日後，會需要找律師來家裡聊聊。如果我會讀心術，我就能在所有警察腦袋裡聽見同樣的想法：「這傢伙罪證確鑿到連律師都已經找來了。」

「我們該如何為各位效勞？」李夫語氣愉快地問道。

「我們接獲報案，有人在這裡拿劍砍人。」一名警察說。

李夫愉快地發出嘲諷式的哼聲：「用劍？好吧，我想那倒新鮮，甚至復古得迷人。但如果有人拿劍砍人的話，這裡不該會有打鬥的跡象嗎？斷手斷腳、大量血跡，或許還有人真的手拿著一支劍？你們也看見了，這裡沒有那些東西。一切正常。我認為你們接到了惡作劇報案電話，各位警官。」

「那你在這裡幹嘛？」警察問。

「不好意思，請問你是……呃？」

「班頓。」

「班頓警員，我是李夫·海加森。我在這裡是因爲歐蘇利文先生不但是我的客戶，也是我的朋友。我們只是站在這裡，享受秋夜、聊棒球經，然後你們就突然開車過來，拔槍指著我們。說到這個，你們是不是該把槍收起來了？我們兩個都沒有構成威脅。」

「先把手攤開。」班頓警員說。

李夫緩緩將手抽出口袋，我也照做，將手舉到肩膀的高度。「看吧。」李夫說，有如彈鋼琴般搖晃手指。「沒有劍。」

班頓警員對他皺眉，接著不情不願地收起武器，其他警員則跟著照做。「我認爲我們應該四下看看，以防萬一。」他說著繞過車門，朝我們走來。

「你沒有正當理由四下看看。」李夫說著放下雙手交抱胸前；我將手插入口袋。

「報案電話就是正當理由。」班頓反駁道。

「那是一通顯然沒有實質證據的惡作劇電話。今晚這附近唯一騷擾安寧的就是你們的警笛聲，如果你們想要搜查我客戶的住所，就請你們去申請搜查令。」

「你客戶有什麼好隱瞞的？」班頓問。

「那和隱瞞無關，班頓先生。」李夫說：「我只是要保護我的客戶不會無緣無故遭受警方的搜查與扣押。你們根本沒有理由搜索這裡。你們的報案電話裡提到有人拿劍砍人，但是這裡沒有發生那種事情，所以我認爲你們最好把時間花在打擊眞正的犯罪之上，而不是追查幻想出來的犯罪。另外補充一點，如果報案者是對街那位黎巴嫩老先生的話，他一直以來都誣賴我的客戶擅闖民宅。我們已經在考慮對他申請禁制令。」

班頓警員看起來非常沮喪。他知道，他就是知道，我在隱瞞什麼，而他當然沒有想錯。但他不擅長應付律師——通常都是由警探出面應付他們——而且在看不出任何異狀的情況下，他沒有信心進行搜索。顯然叫我把劍放下的警員也看不見劍就綁在我背上，因爲打從下車之後他就沒有說過別的話，必定是因爲報案電話的內容所以才那樣叫的。全部都是道聽塗說。但是班頓還是忍不住要威嚇我。

「你難道沒有什麼要說嗎，先生？」他輕蔑地對我說道：「爲什麼有人打電話叫我們來？」

「這個嘛……」我說：「我是不敢肯定啦，當然，不過有可能是因爲對面的山莫建先生眞的很不喜歡我。你知道，大概三年前，我的狗跑到他家草坪上去便便。我向他道過歉，還負責清理乾淨，但他一直沒有原諒我。」

「嘿，我聽到了！」歐伯隆自前廊上叫道：「是你叫我去他草坪上便便的！」

「對呀，然後呢？」我問。

「你說得好像我是會到處便便的普通狗。」

「我知道，但這樣可以給山莫建那個傢伙惹上麻煩。」

「喔，好吧，那就沒關係。我討厭那傢伙。」

班頓警員虎視眈眈地瞪了我一會兒，接著又看向李夫，但如果他是期待我們認罪，那肯定要失望了。

「很抱歉打擾你們，」他終於大聲道，接著想到修正語調，「祝你們有個愉快的夜晚。」他轉身穿越馬路，前往山莫建先生的屋子，小聲告訴兩名警員他們可以先走，他留下來開罰單。他們說聲再見，然後爬回警車打開車燈，在班頓警員敲山莫建先生的門時揚長而去。

「我們該擔心他想起任何事情嗎？」我低聲問李夫。

「不，他依然處於我的控制之下。」他以同樣小聲的音量回道：「你打算怎麼處理這些菲爾博格人？」

「我其實還沒想那麼遠。」

「多付一杯你的好酒，我就可以幫你處理他們。只要幫我把他們運到米歇爾公園就好了。」

我花了點時間考慮他的提議。埋葬九具巨人屍體並不容易，就算他們已經被分屍了也一樣。我可以要求拉度米娃的女巫團幫我處理，但我眞的不想爲了這種小事就讓她們還清人情。

「你要怎麼處理他們？」我問。

他聳肩：「我認識一些食屍鬼。打兩通電話，他們過來吃晚飯，問題就解決了。」

「他們能夠吃光九個巨人？鎭上究竟有多少食屍鬼？」

「可能吃不完。」李夫承認道：「但是今晚吃不完的，他們可以打包帶走。」

我難以置信地看著他。「你是說像外帶袋？」

吸血鬼微笑點頭。「他們有一輛冷凍貨車，阿提克斯。他們都是很實際的傢伙，我經常雇用他們，麥格努生偶爾也會。這對大家而言都是令人滿意的安排。」

「那我就欠你三杯了。」

「沒有錯。而我要你盡快支付，因爲你顯然已經變成死亡標靶了。」

「嗯。」我說，藉以幫自己爭取時間。班頓警員正在馬路對面給一臉困惑的山莫建先生開罰單；報假案是很要不得的行爲。

「我可以今晚先付一杯鐘點費，明天晚上再付清其他兩杯嗎？」我問。

「爲什麼不今晚一次付清？」李夫問道：「你療傷超快。」

「是呀，我現在就在療傷。」我說：「我腹部有撕裂傷，左肩有嚴重瘀傷，還有幾節脊椎異位。」

「那你不是應該放聲慘叫嗎？」李夫語帶諷刺地打量我。

「沒錯，但是我封閉了我的痛覺。想要早上看起來和新的一樣，我就需要保留力氣。」

「你活過今晚的機率有多高？」

「我認爲很高。有人警告過我布雷斯和菲爾博格人來襲，而我已經解決他們了。」

「布雷斯死了？圖阿哈・戴・丹恩的前任領導人？」看在馬拿朗・麥克・李爾的份上，我眞是個白痴，我不該透露此事的！不過這時候要改口已經太遲了。我如果撒謊，他絕對會發現。

「是呀，我來之前沒多久，他在街上弄丟了腦袋。」

「是你幹的？」

「是我幹的。」

「那今晚就要三杯血，阿提克斯，管你要不要療傷。布莉德會殺了你，現在不喝就沒得喝了。」

我挫敗地深深嘆口氣。我不打算向他解釋我和莫利根之間的協議。「先等班頓警員離開。」我說：「然後你打電話，我們把屍體搬去公園。只有等我善後完畢，前院可以在沒有僞裝法術的情況下通過檢查之後，你才能喝到你的稀有美酒。」

「同意。」吸血鬼說：「反正我現在也很飽，必須先運動、運動。」他從他的——或者該說是我的西裝胸袋裡——拿出一支手機，然後用快速撥號打電話給某個名叫安東尼的人。「我現在在坦佩市的米歇爾公園安排了足夠所有員工吃的晚餐。開卡車來……沒錯，夠大家吃，相信我。待會見。」

哇，他的快速撥號裡有食屍鬼的電話。我的律師眞是太猛了。

第十二章

啊。噢。唉。

我在後院裡醒來，因爲在草地上睡了一晚而渾身僵硬發癢。歐伯隆縮在我的腳邊，頭躺在我的小腿上。我盡量放輕動作，好讓他想睡可以繼續睡。

我必須睡在戶外加速治療，特別是在我交出三杯鮮血給李夫之後，我需要與泥土以及大地的魔力接觸。值得弄得渾身發癢嗎？肯定值得。

我坐起身來，檢查肚子：有點僵硬，算不上疼痛，皮膚上的結疤已經掉了，留下一塊粉紅色的新皮。肩膀像新的一樣，至於我的背，儘管還是有點痠痛，但至少感覺又是直的了。我微笑。經過兩千一百年，魔法依然讓我覺得酷斃了。

歐伯隆在我起身時抬起頭來，而他覺得那表示他也該起床伸懶腰了。

「早安，阿提克斯。」

「早安。你要抓抓肚子嗎？最好趁我說要抓的時候快點說好。」

「好啊！」他立刻在我身邊仰天躺好，舉起前爪方便我抓。我蹲下去，好好給他抓了幾分鐘，他愉快地晃動尾巴，不停撞擊我的腳。

「你今天想吃什麼早餐？」

「香腸。」

「你每天都說香腸。」

「因爲香腸就是好吃。」

「我沒香腸了。來點豬排如何？」

「我不知道。成吉思汗吃豬排嗎？」

「這個嘛，我懷疑他吃不吃肉排，因爲那算是比較近代才開始流行的切法。他或許吃要在地上烤一整天的大塊火腿切片。」

「那我可以來點那玩意嗎？」

「我沒有全豬可烤，也沒時間做適當的處理。你能不能將就豬排，然後假裝是烤火腿肉？」

「好吧。但是吃完早餐後，我們能不能去征服西伯利亞或什麼的？」

「今天不行，歐伯隆。」我輕笑，「我得去履行女巫的合約。而且今天肯定會有人跑來威脅我，或是試圖殺我。我們還得確保寡婦安然無恙。昨晚我們走得有點匆忙。」我站起身來，拍掉短褲上的雜草。「來吧，我們進屋去做早餐。」

「好吧，但我認爲我們現在就該開始招募部族成員，讓他們在蒙古草原上集結。我們可以春天去跟他們會合，一起邁向榮耀之道。」

「我們要上哪裡去招募部族成員？」我在進屋時問他。富拉蓋拉躺在廚房桌上。

「我不知道。你才是天殺的德魯伊，我不是。不過我想你應該開始幫我多找幾隻法國貴賓犬，而那在報紙分類廣告欄就有了。等等，我去拿。」

「不、不、不要出去。」我說：「你還要藏匿行蹤，記得嗎？我去拿。」反正我也想看看白天在門外可以看到什麼。我解除草坪上的僞裝羈絆，檢視昨晚留下的殘局。我找到了幾處沒注意到的血塊，大多位於草坪東側，於是我拿出園藝水管，看看能夠沖掉多少。大部分血跡都在噴水柱下乖乖融入土裡，但有些草上就是沾有看起來很不健康的粉紅色調。我沒辦法靠僞裝法術處理它們，因爲粉紅小草附近只有更多粉紅小草。如果有人問起，我得掰點藉口才行。或許那個超大的酷艾德卡通罐子人【註】在這裡遇上了人生的終點？

除了粉紅色小草外，這裡看不出死了九個巨型生物的跡象。我自車道拿起我的報紙，回到屋中，只見歐伯隆在那裡搖著尾巴等我。「有人在賣法國貴賓犬嗎？」他滿懷期望地問道。

「我還沒時間看。」我笑道。

我們一邊討論入侵西伯利亞所需的物資與路徑，一邊煮咖啡和做兩種不同的早餐：歐伯隆吃的是一鍋淋滿融化奶油的豬排，我則是吃起司韭菜歐姆蛋。我另外烤了一片全麥吐司，在上面塗奶油和黑莓醬。

在早餐的烹飪聲、後院傳來的鴿子咕咕聲，以及比寂靜無聲好上一點的交談聲中，我們享受了片刻的家居生活。這也是我這麼喜歡歐伯隆的原因之一——將我自生活的憂慮中解放出來的能力。不

註：酷艾德（Kool-Aid）是美國一種飲料，該飲料有個專屬的卡通罐子人物打廣告。

過當我在餐桌旁坐下，看著我的食物和報紙時，我的憂慮當場回來了。

巡邏員命案又有追蹤報導。頭條標題寫道：「巡邏員死於犬科動物嘴下。」副標題說：「警方正追查幾條線索。」本來打算好好享用的食物，在我看報紙的時候被機械式地塞入口中。

【鳳凰城報導】

實驗室報告指出鳳凰公園巡邏員亞伯托．弗羅利斯是死在犬科動物嘴下，並非原本假設的刀刺身亡。

馬利科帕郡法醫艾利克．梅隆博士發現弗羅利斯喉嚨上的傷有遭牙齒撕裂的跡象。傷口採樣的DNA中化驗出犬科動物的唾液。

這項證據，加上弗羅利斯指甲中找到的狗毛及根據鳳凰城警探卡洛斯．吉門內茲提及的「其他線索」，讓警方相信受害人是被一條大狗攻擊致死，很可能是愛爾蘭獵狼犬。

「那個實驗室化驗的速度超快。」我大聲說，歐伯隆問我在說什麼。「他們盯上你了，老兄。」我指向報紙。「他們知道巡邏員是一條狗殺的。至於怎麼知道是愛爾蘭獵狼犬，我就不得而知了。據我所知，他們還沒辦法檢驗出狗的品種。我敢說警方有外來協助。」

歐伯隆豎起耳朵，腦袋轉向前門。「有人要敲門了。」他說。

「別叫。」我輕聲對他說道：「別出聲，或做任何會暴露行蹤的事情。我又要幫你偽裝了。」

接著我的房裡迴盪著四下響亮的敲門聲。我迅速在歐伯隆身上施展僞裝羈絆，然後弄出大聲走向前門。我透過門孔看了看，兩個穿西裝打領帶的人站在門外。我啓動妖精眼鏡，但是沒有什麼可看的。他們是人類，不是警察就是傳教士。既然現在是禮拜天早上，所有傳教士都在前往教堂的途中，我敢說他們是警察。

我打開大門，迅速走出來，把他們嚇了一跳，向後退開一步。我關上大門，對他們露出勝利的微笑。「早安，兩位。」我說：「有什麼我能效勞的？」我雙手保持在身側，盡可能表現出友善與無害的模樣；我同時也向左跨出一步，不讓他們面對粉紅色草地。

我右手邊的警察身穿藍色襯衫，打著藍白條紋領帶；穿著顯然是爲了遮蔽武器，而非保暖用的外套，而我看得出來他寧願直接把槍拿在手上。他是拉丁人，看起來約莫三十五歲，有點雙下巴。左邊的那位是專門用來表現愚蠢與凶狠的警探。他試圖裝出一副麥克・麥德森【註一】的模樣，戴了副寶麗萊太陽眼鏡，雙手抱胸靠在我的前廊欄杆上。我想他不會說太多話。他比旁邊那位還要年輕，身穿白色襯衫和黑色細領帶，沒穿外套，看來就像塔倫迪諾【註二】電影裡的逃亡者。他神色不善地看著我，因爲我在他們要求進屋前先走出門外，這讓他們的辦案小技巧無法施展。如果他們能夠讓你像個主人般跑來跑去，那麼他們就可以趁你忙著招呼他們時四下查探。

註一：麥克・麥德森（Michael Madsen），美國演員，經常飾演各種硬派角色。
註二：昆丁・塔倫迪諾（Quentin Tarantino），美國電影導演，作品有《黑色追緝令》、《追殺比爾》等黑色喜劇。

和我想的一樣，回話的是拉丁警探。「阿提克斯・歐蘇利文先生？」

「正是。」

「我是鳳凰城警局的卡洛斯・吉門內茲警探，這位是坦佩警局的達倫・法苟斯。我們可以進屋和你談談嗎？」

哈！他還是想要進屋。門都沒有，老兄。「喔，眞是個美好的早晨，我們就在外面談吧。」我說，「兩位來我家有什麼事嗎？」

吉門內茲皺眉。「歐蘇利文先生，我們最好還是私下談比較好。」

「這裡沒人聽得到我們講話。」我笑著說道：「除非你打算用吼的。你不打算對我大吼大叫，是吧？」

「這個，不。」警探說。

「太好了！你們爲何而來？」

吉門內茲警探終於認命，切入主題，「你有飼養一頭愛爾蘭獵狼犬嗎，歐蘇利文先生？」

「沒有。」

「動物管制局的人說你有一頭登記名爲歐伯隆的愛爾蘭獵狼犬。」

「沒錯，我有；好吧，以前有，先生。」

「所以你確實有養。」

「沒。他上週走丟了，我不知道他在哪裡。」

「那他在哪？」

「我不是剛才說過我不知道嗎？」

吉門內茲警探嘆了口氣，拿出筆記本和鋼珠筆。「他走丟的確實時間？」

「上週日。如我所說，就是一週之前。我下班回家，他就不見了。」

「幾點？」

「傍晚五點十五分。」該是扮演困惑市民的時候了。「你找我的狗有什麼事？」

吉門內茲沒有回答，又問了一個問題。「你當天是幾點出門上班的？」

「九點半。」

「你在哪上班？」

「艾許街的第三隻眼書店，就在大學南邊。」

「禮拜五晚上你在哪裡？」

「在家。」

「有人和你在一起嗎？」

「好了，那肯定不關你的事。」

「那很關我的事，歐蘇利文先生。」

「喔，現在你要告訴我究竟是怎麼回事了嗎？」

「我們在調查禮拜五晚上發生在啪啪高公園的謀殺案。」

我皺起眉頭，瞇眼看他。「我是嫌犯嗎？不是我幹的。」

「你有不在場證明嗎？」

「禮拜五晚上我沒去啪啪高公園。那裡晚上不是關起來了嗎？」

「禮拜五晚上有誰看到你？」

「沒人。我在家看書。」

「和你的狗一起？」

「不，沒和我的狗一起。他上週日走丟了，記得嗎？你都寫在你的小本子裡了。」

「你介意我們確認一下你的狗不在家嗎？」

「什麼意思？」

「我們想要看看你家裡和後院，確認他不在家。」

「抱歉，我今天不打算接待訪客，特別是假設我在撒謊的訪客。」

「我們可以帶著搜索令回來，歐蘇利文先生。」法苟斯說，這是他第一次開口。我轉過頭去瞪他。

「我知道，警探。如果你們喜歡浪費時間，歡迎申請搜索令。我的狗不在家，等你們回來他也不會在家。你們究竟爲什麼要找我的狗？你們有什麼理由跑來我家？」

「我們不能討論調查細節。」吉門內茲說。

「聽起來是條不錯的線索。芥末上校【註】和獵狼犬一起在公園裡殺人，呃？我不相信你們會造訪每戶有養獵狼犬的住家。如果是我家對門的鄰居告訴你們我還有養獵狼犬，他可不是個可靠的證人。昨晚坦佩警局的班頓警員才因為報假案，開了張罰單給他。」

兩名警探交換眼神，我立刻知道就是這麼回事，又是山莫建先生幹的。我得叫歐伯隆去他前門階梯上留點禮物，他可以在隱形的時候這麼幹，所以就算山莫建先生瞪大眼睛瞧著——而他很可能會這麼做——那坨屎也會成為難以否認的實質證據，證明人生有時候就是會遇上一些像大便的事情。

「你有去動物收容所找你走失的狗嗎？歐蘇利文先生。」吉門內茲問；法苟斯繼續透過太陽眼鏡瞪我。

「還沒。」我說。

「你難道不擔心他嗎？」

「我當然擔心。我有做過完整的登記手續，他的脖子上也掛了寫有我電話的牌子，隨時都會有人打電話來。」

他們嚴肅地瞪了我好一會兒，讓我知道他們不喜歡我諷刺的語調。我瞪回去，讓他們曉得我不是那麼好惹的。該你們出招了，年輕人。

我看得出來，他們不太確定我是不是在說謊。透過他們這種處理犯罪的角度來看，我應該要是個假裝在上大學的陰沉毒蟲小混混，偏偏我的言行舉止又不像。我太警覺、太謹慎了，這或許讓我

註：芥末上校（Colonel Mustard），遊戲「妙探尋凶」（Cluedo）裡的角色。

在他們心中成了毒販；或許他們假設我不讓他們進去是怕被發現屋裡的水栽大麻和衣櫥裡的迷幻蘑菇，又或許會在咖啡桌上看到三呎高的嬉皮彩色玻璃菸斗。

最後吉門內茲打破沉默。他給了我一張名片，說道：「如果找回你的狗，希望你打電話通知我們。」

我接過名片，看也不看就放入口袋。「再見，兩位。」我說，非常明確地暗示他們快點滾離我的前廊。吉門內茲接受暗示，但法荀斯卻不肯走，顯然他想來場瞪人大賽或是對我虛言恫嚇。眞是個白痴。我知道該怎麼表現耐心，我將雙手插入口袋，對他露出虛假的微笑。這樣做激發了他的反應。

他鬆開胸前的雙臂，伸手指著我道：「我們會注意你的。」

拜託，隨便啦。我保持沉默，繼續微笑。

吉門內茲在馬路上停步，轉過身來，故意裝作這才注意到法荀斯沒和他一起離開前廊。

「法荀斯警探，我們還要去找人。」他叫道。

眞是直接。法荀斯將聲音壓到只有我聽得見的程度，說道：「沒錯，像是法官。」看在地下諸神的份上，眞有人會被這種戲碼嚇到嗎？法荀斯又威脅地緊咬下頷，接著轉身離開前廊。這麼做的同時，他轉頭看向粉紅草皮所在的前院東側。只是隨便看看，沒有什麼反應。或許在太陽眼鏡前，那塊草皮根本一點也不粉紅。幹得好，警探！吉門內茲也沒發現，他一直盯著我，看看我的肢體語言有沒有在大叫：「有罪！」等法荀斯跟上後，他就不疾不徐地走向他們的維多利亞皇冠警車。

我在他們駕車離開後立刻進屋，歐伯隆隨即上來磨蹭我的手。

「我沒出聲。」他說，對自己的表現非常滿意。

我輕笑一聲，搔搔他的耳後。「沒錯，你沒出聲。成吉思汗會很佩服你的機智。」

我取消他的僞裝羈絆，讓他感覺自在一點，然後坐回去吃我吃到一半的微涼歐姆蛋，還有那杯必須加熱才能享用的咖啡。收拾好餐具後，我開始尋找如果警方進門搜索可能找到的蛛絲馬跡。他們要找的應該是狗，不過這並不能阻止他們四下搜查，除非我找個律師到場。即使在那種情況下，他們還是有可能找到或是損毀某些我不想讓他們找到或損毀的東西——大多是我的書籍。我書房的玻璃櫃裡有些珍貴的魔法書籍，年代久遠到書頁隨時可能粉碎。警方在翻閱這種書的時候絕對不會輕手輕腳；我必須支付霍爾一小時三百五十塊的鐘點費讓他待在這裡，確保警方不會到我的書裡去找歐伯隆。好吧，在我昨晚給了李夫那麼多血之後，他們應該要欠我一點時間才對。那場架根本沒有一個小時，善後或許搞了一小時，所以我應該起碼還有十小時可用。說起血，我把沾有拉度米娃血的紙片夾入一套菲亞娜戰士團的故事書，鎖在我書房的玻璃書櫃裡。

爲求安全起見，我對後院的藥草施展僞裝羈絆，讓圍欄旁的架子上看來什麼也沒有。我不確定警方會如何看待那些植物；他們大概會認定其中一定有非法植物，於是把所有藥草沒收化驗，等回到我手中時多半已經被整治得半死不活。法苟斯會因爲瞪輸我而這麼幹。

儘管這樣造成許多不便，我還是不能太過責怪他們，他們只是在做他們的工作。而話說回來，這件案子裡的壞人眞的是我——或至少，是歐伯隆。

在確定已經把所有該藏的東西都藏起來後，我打個電話到霍爾的手機，解釋本週日我有什麼樣的奇特需求。如果吉門內茲有辦法在週日弄到搜索令，那我也可以在週日弄到律師。霍爾說他會派個資淺合夥人來守護城堡。

「是部族成員嗎？」我問。

「是。這有差嗎？」

「叫他拉長耳朵和鼻子。既然此事的幕後主使是我文化中的神，他很可能會利用魔法搞點小動作。比方說，警方可能會帶個不完全算人的傢伙一起回來。」

「他們也可能根本不會回來，我從沒聽說有人針對狗發布搜索令。你或許是我這輩子見過最偏執妄想的人。」

「我肯定是你這輩子見過活最久的人。」

「我懂你的意思，我會告訴他的。」

我沖澡換裝，又在歐伯隆身上施展僞裝羈絆，然後將富拉蓋拉掛在背後。我急著想去寡婦家看看，確認她安然無恙。

從馬路上看，沒有什麼不對勁，血跡幾乎都已經洗掉或滲入柏油路面。我繞到屋子後面，什麼也沒看見，地上就連一點被挖開過的痕跡也沒有。想到莫利根有可能把他給吃了，我微微顫抖。我搖頭拋開這個可怕的畫面，再度回到前院，身後傳來歐伯隆輕輕的喘息聲。我敲了敲寡婦的前門，片刻過後，她來應門，看來精神飽滿。

「啊，我親愛的孩子阿提克斯，很高興再度見到你，這可不是隨便說說。你還有幫我殺掉更多英國佬嗎？」

「早安，麥當納太太。不，我沒有殺掉更多英國佬。我希望妳不要向任何人提起那件事。」

「眞是的，你以為我發癲了嗎？我還沒老到那個地步，感謝主。一切都是良好的生活習慣和上好愛爾蘭威士忌的功勞。你要和我喝一杯嗎？請進。」她打開紗門招呼我進去。

「不，謝謝妳，麥當納太太，現在還沒早上十點，而且今天是禮拜天。」

「我難道不知道嗎？我很快就得前往紐曼中心望彌撒。但是那個神父有時候講得很無聊，而且老是喜歡向年輕人傳道，那些亞歷桑納州立大學的學生，你曉得，就是每天都要煩惱一堆肉慾橫流罪孽的那些傢伙，所以我都得喝上一、兩杯愛爾蘭威士忌才能忍受他們。」

「等等。妳都喝醉了才上教堂？」

「我用的字眼是『微醺』，麻煩你。」

「妳不會是在，呃，微醺的情況下開車過去的，是吧？」

「當然不是！」她看起來像是受到侮辱一樣。「街尾的墨非家會載我過去。」

「喔，好吧，那就沒關係。我只是想來確定妳沒事，麥當納太太。我得去上班了，所以妳可以去，呃，喝到微醺，享受美好的一天。願妳心靈寧靜。」

「你也一樣，孩子。你確定我不能說服你去受洗嗎？」

「非常確定。」我說：「但是謝謝妳又提了一遍。掰掰。」

「呃，阿提克斯？」前往書店的路上，歐伯隆跟在我的腳踏車後面問道：「受洗是什麼意思？」

「就是說讓個牧師把你泡到水裡，等你起來之後就算重生了。」

「眞的嗎？所以我如果受洗，就可以再當小狗了嗎？」

「不，你不是肉體重生。那是象徵意義。你的靈魂會重生，因爲你已經洗淨了所有罪孽。」

歐伯隆思索了二十碼左右的距離，狗爪在人行道上喀喀作響，和我一起轉上大學道。「但是水只能弄濕你的皮膚和毛髮，不是嗎？水怎麼可能洗淨你的靈魂？特別是在沒用肥皂的情況下？」

「我說了，那是象徵意義。那是個不同的信仰系統。」

「喔，就像喝醉了去教堂其實只是喝得微醺去教堂？」

我笑，「是呀，有點像。」

我將富拉蓋拉放進藥劑師櫃檯下的櫃子，讓歐伯隆四下走走、到定位坐下，然後幫培里打開店門，他今早看起來就像個稱職的歌德族一樣陰沉。

禮拜天的生意通常不錯，好像所有非基督徒都想趁著其他人上教堂的時候來買一些異教徒用品。你總是可以認出在嚴格的基督教家庭長大的人：他們會帶著緊張的笑容把威卡教或阿萊斯特・克勞利【註二】的書放在櫃檯上，難以想像自己竟有勇氣購買這種長輩叫他們不要買的東西。而且他們的靈氣裡幾乎總是帶有一點性興奮，我剛開店的時候並不了解這點，但後來總算搞懂了：生命中第一次，他們終於可以閱讀允許他們做愛的信仰體系，而他們迫不及待想要證實這一點。

同樣地，你也總是能認出眞正懂魔法的人。首先，他們的靈氣總是透露出他們的魔法派別；

另外就是他們在看到想學魔法的人購買第一副塔羅牌時，總是會流露出以下三種表情之一：輕蔑不屑、微微冷笑，或是回想起自己什麼都不懂的年代。

自大女巫艾蜜莉是屬於輕蔑不屑的那種人。她大搖大擺地闖入店內，打扮得像個來自史考特谷【註二】的嬌嬌女，一看到我就吐舌頭。

「艾蜜莉！」某個聲音在我開口說話前自門口說道。一個皺著眉頭的女人一邊步入店內，一邊發出典型的家長斥責——在公共場合大叫小孩的名字，用語氣去威嚇小孩——而艾蜜莉聞聲瞪大雙眼。她曉得自己麻煩大了。

註一：阿萊斯特・克勞利（Aleister Crowley），十九世紀英國神祕學家與作家，生在一個嚴格的基督教家庭卻不信教，而加入了祕密結社「黃金黎明」等。他建了新的塔羅牌體系，後來並鑽研黑魔法，影響近代神祕學甚深，其著作曾被列爲禁書。

註二：史考特谷（Scottsdale），亞歷桑納州東部的城市，時髦、有不少高級住宅區，夜生活發達。

第十三章

我猜那個皺眉女子必定是瑪李娜・索可瓦斯基。她看起來大約三十出頭，但如果艾蜜莉是拉度米娃女巫團中最年輕的成員，那麼瑪李娜的眞實年紀必定接近一百歲或更老。她是個貨眞價實的金髮美女，淡黃色的秀髮以會讓洗髮精公司拿來打廣告的柔順波浪披在肩上。它看起來明亮動人、氣味清新、風情萬種。頭髮披散在應該再過一、兩個月才適合穿的方形剪裁紅色羊毛外套上，不管在色調和材質上都與頭髮形成強烈對比。

就在此時，我的護身符驅離了干擾雜訊，讓我跳脫出來。哇！她頭髮上帶有媚惑符咒。我書店裡的防禦力場無法阻擋它，但是我的寒鐵護身符卻能讓它失效。這表示這不是常見的女巫法術。酷——很嚇人，但是很酷。

她的頭髮眞的很好看，但現在我能夠移開目光，打量她其他部位。眉色很淡，只是兩道比頭髮顏色深一點的陰影；這時因爲做出不認同的表情而連成一線，爲那雙令人驚艷的藍眸提供一道屋頂。她有著貴族般的鼻子，以及看起來應該豐美，不過此刻嚴肅緊閉的嘴唇，其上塗了和外套同色的口紅。蒼白的肌膚——沒有到歌德族那種不健康的慘白，而是如同歐洲貴族特有的陶瓷白色光澤之下塗了一抹淡紅——這讓她的脖子看來像根石柱，而我隱約看見一條金項鍊消失在她的外套底下。

有時候無言的訊息可以強烈到讓我懷疑我們究竟有沒有說話的必要。不用觀察靈氣，我就已經知道瑪李娜比艾蜜莉好在哪裡；成熟、聰明、強大，而且不像艾蜜莉那樣動輒激怒人。同時我也知道她比艾蜜莉危險很多倍。

「我以為我說得很清楚，妳不可以招惹歐蘇利文先生。」她說。她的波蘭口音比電話裡還重，或許是因為心中惱火的緣故。艾蜜莉雙目低垂，輕聲道歉。

「我不需要妳道歉。妳得罪的是歐蘇利文先生，立刻向他道歉。」哇，她已經開始贏得我的好感了。但我隨即想起她是女巫，這場戲很可能是早就安排好的。儘管如此，艾蜜莉還是寧願和羊交配也不願向我道歉的模樣，所以我很享受這一幕，就算只是在做戲也沒差。其他顧客聽到瑪李娜大聲說話紛紛轉頭看來，目光停留在這兩個女人身上。她們都讓人很難移開目光，不過原因大不相同。

在艾蜜莉久久不肯道歉之後，瑪李娜以只有艾蜜莉和我能夠聽見的威脅語調說道：「如果妳不立刻向他道歉，我以柔雅三女神【註】之名起誓，我會把妳壓倒在這個地板上，然後宣告妳違背合約。妳現在已經惹了不少麻煩，肯定會被逐出女巫團。」

顯然逐出女巫團比和羊交配還要嚴重，因為艾蜜莉突然間對自己的行為感到萬分抱歉，懇求我原諒她的無禮。

「我接受妳的道歉。」我立刻說道，兩人間的緊張情勢當場消失。

瑪李娜終於把注意力轉移到我身上。「歐蘇利文先生，剛剛的情況眞讓我無地自容，希望你也願意原諒我。我是瑪李娜．索可瓦斯基。」她露出燦爛的笑容，朝我伸出一手——我注意到她有戴手套，棕色皮革——我和她握手。

「我原諒妳了。」我說：「雖然沒有什麼好原諒的。喜歡的話，歡迎妳四下逛逛，如果妳只想等我煮茶，也可以在那邊的桌子旁坐坐。」

「你眞好，謝謝。」瑪李娜回道。

「很快就煮好了。」

「太好了。」她比向座位，輕推艾蜜莉。「妳先請，小姐。」她說。

「我喜歡金髮的那位，她懂得尊重人。」歐伯隆自櫃檯後方說道。

我一邊忙著煮艾蜜莉的藥茶，一邊透過我們的連結和他說話：「是呀，沒錯，她決定要走高雅路線，我很樂意陪她走走。」

「你不信任她？」

「不信任。她是個女巫。有禮貌的女巫，但依然是個女巫。她頭髮裡面有道符咒，要不是因爲有戴護身符，我會對她言聽計從。對了，不要吃她給的東西。」

「你以爲她會從外套裡拿出一條香腸之類的東西嗎？她甚至不知道我在這裡。」

「喔，她知道的。艾蜜莉多半已經告訴她了。」

「好吧，不吃。但是說眞的，你認爲她有幫我準備魔法香腸嗎？」

註：柔雅三女神（Zoryas），斯拉夫神話中的早晨與黃昏女神，負責看守末日之神；也有傳說只有兩位柔雅女神。

「就算有，你又怎麼分辨得出來？你根本以爲所有香腸都有魔法。」

對我而言，煮茶給艾蜜莉喝也美妙到近乎像有魔法。我將茶放在她面前，她也不管茶有多燙，立刻在沒有任何目光接觸的情況下把茶喝光。喝完茶後，她站起身來，說道：「容我告退。」然後二話不說離開書店。

「眞是太好了。」我對瑪李娜說：「妳能每天都和她一起來嗎？」

瑪李娜輕笑，接著伸手摀住嘴巴。「喔，我不該笑的。我只是同意你的想法，她眞的不太禮貌。」

「她怎麼會和妳混在一起？」

瑪李娜嘆氣，「說來話長了。」

「妳沒聽說嗎？我是德魯伊。我最喜歡聽很長的故事了。」

女巫環顧四周。書店裡還有不少顧客，有個髒兮兮的傢伙走到我的藥劑師櫃檯前，瞇眼看著藥罐上的標籤。「雖然你這地方不錯……」瑪李娜說：「我還是不認爲現在是講這種故事的好時機。」

「什麼？妳是指顧客嗎？培里會接待他們。」我走到櫃檯後，直接在髒兮兮的客人面前放個「暫停服務」的牌子。

「哇，老兄。你打烊了？」他皺眉看我，不過沒有退縮。他心裡有想買的東西。「嘿，老兄，你有沒有藥用大麻？」

「沒，抱歉。」這些傢伙就是不肯放過我。

「不是我要用的，我發誓。是我祖母要用的。」

「抱歉。下週再來看看。」

「嘿，眞的嗎？」

「假的。」

我轉身背對他，拉開瑪李娜隔壁的椅子，換上傾聽的神情。「妳正要告訴我爲什麼容許艾蜜莉待在女巫團裡。」

髒兮兮的大麻男在她回答前插嘴。「妳的頭髮眞美。」他對瑪李娜說。她神色不耐、簡短地請他離開，他立刻轉身走出書店。她裝出突然想到的模樣，撩起肩膀上的一綹秀髮，低聲唸誦句咒語，顯然是在解除符咒。她忘記有啓動符咒了。我假裝沒注意到。

她對我揚起一邊眉毛。「是喔，我要和你說那個？萬一你有客人聽到我們在講女巫團之類的事情怎麼辦？」

「這裡正是談論女巫團的好地方。他們會假設妳是威卡教徒。如果妳會提到很久很久以前的事情，而剛好有人沒禮貌到跑來插嘴，像剛剛離開的那位老兄，我們就說我們是SCA的人。」

她困惑皺眉。「虐待動物協會【註一】？」

「不，我想妳是指SPCA【註二】，P是防止的意思。」

「啊。當然。」

我偷看歐伯隆一眼。「看到沒？女巫就是這樣。」

「我懂你的意思了。她很可能會拿摻有甘藍菜的香腸給我。」

我試著不被歐伯隆單純的想法逗笑，說道：「是的，好了，SCA是復古協會【註三】的縮寫。人們穿著中世紀服裝聚會，還會眞的全副武裝進行戰役之類的。很多現代人都會把古老的年代浪漫化，然後享受角色扮演。這是在正常人面前討論魔法的完美掩護。」

她仔細打量了我一會兒，想弄清楚我是不是在胡扯。在顯然滿意我的說法後，她深吸口氣，說道：「很好。故事簡短的版本就是，她是和我一起來美國的。德軍一九三九年九月展開閃電戰進入波蘭時，我們住在科瑞皮斯。我在她要被強暴時救了她，之後她就變成我的責任，我不能就這麼丟下她，她父母雙亡。」

「啊。妳父母也一樣？」

「對，但那和納粹無關。」她冷冷一笑，「一九三九年的時候，我已經七十二歲了。」

「聽見沒？看起來三十幾歲的親切金髮美女，實際上已經超過一百四十歲了。」

「她一定有用那種歐蕾的什麼油。我想知道那玩意兒能不能除掉沙皮狗的皺紋。」

「了不起。當時艾蜜莉多大？」

「才十六歲。」

「她現在的行爲舉止還是和十六歲差不多。妳們女巫團所有成員都來自科瑞皮斯嗎？」

「不，只有艾蜜莉和我。不過我們都是在波蘭認識，然後一起來到美國的。」

「然後妳們就直接前來坦佩市？」

「不，我們在好幾個城市裡住過。不過在這裡待的時間最長。」

「可以請問爲什麼嗎？」

「顯然和你待在這裡的理由一樣。老神少，老鬼也少，而且直到最近爲止，完全沒有妖精。現在，我已經誠實回答了五個問題。你願意和我一樣回答五個問題嗎？」

「誠實，可以。不過未必會全盤托出。」

她沒有異議地接受了我的條件。「你幾歲？」

對再也算不上是標準人類的人而言，這算是最刺探隱私的問題。這是一種衡量力量和智慧的方式，如果她還不知道我的年紀，我希望能保持下去。我希望讓人低估；當敵人不清楚我的底細時，要打贏對方比較容易。有種相反的思想流派認爲只要展示實力，就能夠避免打鬥——不過那只以短期而言才能算對。敵人如果明知你實力強大，或許就不會經常公開與你衝突，但他們依然會陰謀對付你，而且更有可能嘗試奸詐的手段。好吧，瑪李娜毫不隱瞞她的年紀，但是我覺得採取同等坦承的態度有點不太自在，因爲告訴她就等於是告訴整個女巫團。所以我決定回避問題。

「至少和拉度米娃一樣大。」

註一：The Society for Cruelty to Animals。

註二：The Society for Prevention Cruelty to Animals：防止虐待動物協會。

註三：Society of Creative Anachronism。

這話讓她沉默片刻。她在考慮是否該問我如何得知拉度米娃的年紀，或是放過這個話題。我不曉得拉度米娃的年紀，但我非常肯定我比她大。不過瑪李娜是個聰明人，所以她決定換個話題，不要繼續追問這個肯定不會得到精確答案的問題。

「安格斯・歐格告訴艾蜜莉說你有一把屬於他的劍。是眞的嗎？」

我選擇只回答部分問題。她太大意了。「不，那不是他的劍。」

察覺自己的錯誤時，她發出沮喪的聲音。「這把他相信屬於他的劍還在你手裡嗎？」

「對，還在。」我突然覺得她提出這個問題有點奇怪，因爲劍上的魔法隱形術是拉度米娃親手施的。瑪李娜難道沒和女巫團長談過嗎？

「劍在這裡？」喔，這眞是個好問題。這比問我劍在哪裡要好多了，因爲那樣問我可以模稜兩可地回答。這樣問就是是非題，而不幸的是，既然答案是「是」，而我又承諾過會誠實作答……好吧，我可以撒謊。只不過我認爲她有辦法得知我撒謊，而那就會讓她有理由偏離高雅路線以得知眞正答案。

「在。」我承認道。她眉開眼笑。

「謝謝你沒有撒謊。最後一個問題：最後一個以實體形態和你接觸的圖阿哈・戴・丹恩是誰？」

哇。她爲什麼想知道這個？「莫利根。」我回答。

她瞪大雙眼。「莫利根？」她尖聲說道。喔，這下我懂了。她以爲我會說布雷斯，然後就可以推定我用放在這裡的那支劍殺了他，但這下她完全無法做此推測。不過倒可以推測既然我見過莫利根還能不死，就表示我的五大神或神力圈裡包括了一名死亡女神；又或許布雷斯昨晚沒有「回家」的原因是莫利根，而不是我。但是循著這條線來推測，就表示她知道布雷斯昨天有來找我。

「妳們女巫團裡有多少人在幫助安格斯．歐格搶我的劍？」

她的臉蒙上一層面紗。「很抱歉，我不能回答這個問題。」

就像人們禮拜三晚上會在教堂大廳裡說的：賓果。「眞可惜。我們本來還很開誠布公的。」

「我們還是可以在其他話題上開誠布公。」

「我懷疑。在我聽來，妳和安格斯．歐格是一夥的。」

「拜託。」女巫兩眼一翻。「我昨天在電話裡說過了，如果是這樣，我們幹嘛要羞辱他？」

「妳告訴我呀，瑪李娜．索可瓦斯基。」

「好。我們不想和圖阿哈．戴．丹恩有任何瓜葛。與他們交易的凡人很少有好結果，儘管我們不是一般凡人，如果用拳擊用語來比喻的話，我們和他們不是同量級的。」

「我就容許這麼一次。我覺得妳用玩家黑話來比喻的話會比較有趣，像是『如果我們對上圖阿哈．戴．丹恩的話，我們就「敗定了」【註】』。」

她向我微笑，心知我說了個笑話，雖然她根本不知道「敗定了」是什麼意思。「我們其實想要

註：敗定了（Pwned），遊戲玩家用語，源自「魔獸爭霸」某段訊息上設計師拼錯了字，Owned被拼成Pwned，自此成爲流行用語。

幫你，歐蘇利文先生。我們認爲安格斯．歐格在發現自己爲何不舉時會很不高興，到時候他不但會把氣出在你身上，也可能會來對付我們。所以如果你們兩個即將決鬥，我們希望確保你是贏家。爲了達到這個目的，有沒有什麼我們幫得上忙的地方？」

我絕對不可能讓她們「幫忙」，我很肯定這樣做會有後果。但現在是刺探消息的好機會。

「我不確定。」我說：「說說妳剛剛提到的柔雅三女神。她們是妳們的力量來源嗎？」

「我什麼時候提到柔雅了？」

「妳威脅艾蜜莉的時候是以她們起誓的。」

「啊，好吧，沒錯，柔雅三女神是斯拉夫世界中的星辰女神。午夜之星柔雅．波魯諾奇納亞是死亡與重生之神，而且正如你所料，她與魔法和智慧也有密切關聯。是她賜給我們大部分的知識與力量，不過另外兩名柔雅也提供了不少幫助。」

「引人入勝。」我說，而且我是認眞的。我以前沒聽說過多少關於柔雅女神的傳聞——在我的人生旅程中鮮少有機會和人談起古斯拉夫神祇，得做點研究。「所以妳們和月亮沒有瓜葛？」

「沒有。」她搖頭。「那是另外一種魔法。」

「那我就不知道妳們能怎麼幫我了。妳們有什麼想法？」

「這個，既然你似乎非常熟悉防禦魔法。」——她比向書店四周所有她能感應到的法術——「或許我們能夠提供一些攻擊力。你打算如何攻擊安格斯．歐格？」

她當眞以爲我會回答這個問題？「我想我會隨機應變。」

「那麼我們可以提升你的速度。」

「沒必要，不過謝謝了。」

瑪李娜皺眉。「我覺得你並不很想要我們幫忙。」

「妳說得對。不過我很感激妳們的心意，妳們非常好心。」

「你爲什麼拒絕我們幫忙？」

「聽著，我了解妳想要償還艾蜜莉讓女巫團欠我的人情，但是我對這種服務不感興趣。」

「你認爲你打得過安格斯・歐格？」

我聳肩。「那個有待觀察。他動用了不少資源來殺我，或許他認爲我打得過他。」

瑪李娜一臉難以置信。「你並不只是個德魯伊嗎？」

「我當然不只是德魯伊。我是這家書店老闆，我很會下西洋棋，還有人說我是個可惡的賽隆人【註】。」

「什麼是可惡的賽隆人？」

「不知道，但是妳用波蘭口音說的時候聽起來怪可怕的。」

她眉毛皺在一起，口音也變重了。「你這樣很無禮，我不喜歡這種態度。你在暗示圖阿哈・戴・丹恩裡有個神怕你，偏偏又不提供支持這個事實的理由。」

註：賽隆人（Cylon），科幻影集「星際大爭霸」系列中登場的生化機器人種族。

「我不在乎妳相不相信。」

瑪李娜目光冰冷地瞪著我。「看來我們之間存在著一些信任問題。」

「妳這麼認為嗎？說妳們女巫團沒有在和安格斯・歐格同謀對付我。」

「我們女巫團沒有在和安格斯・歐格同謀對付你。」

「現在讓我相信妳。」

「看來那是不可能的。但是你手裡握有一張沾有拉度米娃血的文件，我想這表示至少她信任你。我以為你和拉度米娃曾經互相幫助，而且交情不錯。」

「對，沒錯。那是在她的女巫團成員開始跟我的死敵睡覺之前的事情。」

「好了，我不知道該怎麼消除你的疑慮。」她說著將椅子推離桌邊。「所以我就先走了。」

「謝謝妳管住艾蜜莉，我由衷感激。」我說：「而且我很高興認識妳。」

「再見。」她顯然沒那麼高興認識我，走出店門時將美麗的秀髮甩到紅色肩膀上，看來十分端莊、高貴、具有波蘭風味，而且又很有女巫氣息。

「她看起來就像投身原力黑暗面之前的瑪麗・包萍【註】。」歐伯隆說，他依然待在櫃檯後，但他在她離開時清楚看見她的長相。「拋下妳的憤怒，瑪李娜！妳的心裡依然存在著善良！皇帝還沒有把它通通逐出妳！」

「顯然我出門工作時得放點新片給你看。」

「我比較喜歡以後都跟你一起來上班。看你假裝正常很好玩。」

就在此時，店門自動開啓，莫利根飛了進來，用戰場烏鴉的形態嘎嘎亂叫，把我所有顧客嚇得屁滾尿流——又來了。唉。

當所有人都離開，只剩下培里沒走時，我叫他出門去吃午飯。

「你打算，呃，自己一個人處理那隻可怕的大鳥？」他問，目光始終盯在烏鴉身上。「鳥喙超利、雙眼像在燃放地獄之火的那隻？」

「對，別擔心。」我漫不經心地說：「去吃飯吧。慢慢來。」

「好吧，既然你確定的話，沒問題。那就晚點見囉。」他小心翼翼地繞到門口，目光一直沒有離開烏鴉，然後溜出門外。我走到門後把門鎖上，將門上的牌子翻到「打烊」那一面。

「好了，莫利根，妳有什麼事？」

她轉化爲人類形態，這回記得先穿上了黑袍，不過她看起來很不高興，雙眼綻放紅光。

「布莉德要來找你，她再過一會兒就到了。」

我跳上跳下，連罵十七種語言的髒話。

「我也是這種感覺。」莫利根說：「我不知道她想怎樣。我依照你的建議告訴她我帶走了布雷斯，還有他的死法，而她只是靜靜聽著。我講完後，她向我道謝，然後說要來找你，接著她說要靜一靜，所以我也不知道她到底有什麼感覺。今早她在這個世界橫越沙漠，獨自前來。」

註：瑪麗・包萍（Mary Poppins），兒童文學與電影《歡樂滿人間》裡的仙女保姆。

「太好了。萬一她決定要殺我呢？」

「那將會徹底考驗我們的交易。」莫利根笑嘻嘻地回應。

「莫利根？」

「放心，我們說好了。但是如果她決定殺你，你就要好好詐死一番。」

「萬一她決定一把火把我燒了呢？」

「那你就會很痛。放聲慘叫，不過叫到一半請閉嘴，這樣她就會以爲你死了。她走了之後，我會幫你。」

「這樣講讓我感覺好多了。嘿。」我突然想到，「妳知道富麗迪許也曾跑來警告我安格斯・歐格的事情嗎？」

「不知道。」莫利根皺眉。「什麼時候？」

「就是妳來警告我的那天。我回家後，她就在家裡等我。」

「我不知道她爲什麼突然開始關心你。」

「我也在想這件事。特別是當她讓我和我的獵狼犬惹上麻煩之後。」

「什麼樣的麻煩？」

「我的獵狼犬現在因爲謀殺而被通緝。他殺了我們狩獵時突然冒出來的公園巡邏員，那個巡邏員戴著加持了妖精隱形術的耳環。」

莫利根雙眼變得更紅。「那顯然是在提爾・納・諾格裡策劃的陰謀，而我毫不知情。我不喜歡被排除在外，這讓我覺得可能成為目標。」她深呼吸，搖了搖頭。「我要調查此事。我會在這個世界多待一會兒，看看布莉德有何舉動——不過在那之後，我就要回提爾．納．諾格尋找答案。」

她的雙眼突然冷靜下來，接著轉向門口。「她來了。」莫利根說：「讓她看到我在這裡不好。先道別了，敘亞漢．歐蘇魯文。」

她變回烏鴉形態朝門口飛去，門在她飛過時自動解鎖開啓，把我單獨和歐伯隆留在店裡，而他正待在櫃檯後的位置欣賞人們來來去去。

「你知道，阿提克斯，變成烏鴉那一招眞酷，但那絕對不是她最厲害的神力。她有辦法及時感應到特定人物的出現，進而避開他們！如果你有辦法一輩子避開所有混蛋，那不是很酷嗎？」

「別說了，歐伯隆。」我說：「布莉德來了。你要有禮貌，乖乖待在後面，除非經過我的允許，不然不要出來。她可以像呼吸一樣輕易把我們燒成培根。」

我才剛說完話，門口就飛進一顆火球，打碎玻璃、融化門鈴。火球在我面前熄滅，化為一名高大莊嚴、全副武裝的女神。她是布莉德——詩歌、火焰及鍛造女神。

「老德魯伊。」她以混合音樂與恐懼的聲音說道：「我要與你談談我丈夫的死。」

第十四章

布莉德是個奇觀。我想歷史上從沒有過如此火辣的寡婦。即使此刻她全副武裝，只看得到雙眼和嘴唇，好吧，我還是覺得自己像個慾火焚身的青少年。我眞的、眞的很想調調情，但既然我是讓她成爲寡婦的人，我認爲或許還是不要越界比較好。

我清清喉嚨，緊張地舔舔嘴唇。「妳只是想要談談他的死？」我問：「沒有讓我化爲灰燼或其他類似的打算？」

「先談再說。」她嚴肅地說：「接下來取決於你的說法。告訴我他是怎麼死的。」

我把一切都告訴她，沒有人會試圖對布莉德撒謊。我故意略過我是怎麼看見布雷斯拔劍砍我的——我希望她不要注意到我的項鍊，以及其中蘊含多少力量——不過沒有說謊。

「和莫利根說的一樣。」她說。

「我完全是出於自衛，布莉德。」

「我知道。」她的態度軟化了。「說實話，德魯伊，我很感謝你。你讓我不必去做一件難以下手的事情。」

見鬼了！布莉德說她很感謝我。這實在太難得了，完全出乎我意料之外。「不好意思？我不懂。」

布莉德取下頭盔，紅髮如同自行充氣的橡皮艇般灑落在護肩之上。她的頭髮沒有因爲悶在頭盔裡穿越數哩沙漠而變得濕黏或打結；看起來壯麗輝煌、閃閃發光、屬於寶瓶宮時代的頭髮，能讓瑪李娜・索可瓦斯基相形見絀，像是一整個造型師團隊花了三個小時打扮才能上鏡頭拍攝的超級巨星。它散發出薰衣草和冬青的氣味。我必須提醒自己記得呼吸。

「我會解釋。」布莉德說：「但能請你幫我煮點茶嗎？從提爾・納・諾格來此可是一段漫長的旅途。」

我跳起身來，匆忙跑到櫃檯後歐伯隆耐心等待的地方。「喔，當然。」我大聲說道。幫火焰女神煮茶遠比被火焰女神燒成灰燼要來得好多了。

「我能向她說哈囉嗎？」歐伯隆小聲問道。

「我問問。」我對他說。「我的獵狼犬想向妳打招呼，布莉德。我可以讓他趁我煮茶的時候和妳打個招呼嗎？」

「這裡有獵狼犬？他在哪？」

我撤除歐伯隆的僞裝羈絆，告訴他要注意禮貌。他跑了出去，放輕腳步，尾巴如同設定爲快節奏的節拍器般搖晃地走到布莉德面前。她坐在我的一張桌旁，朝熱情的他面露微笑。

「哎呀，你眞是不同凡響。你會說話嗎？」她將意識與他羈絆在一起，這樣就能聽見他的回答。

「會，阿提克斯教過我。我名叫歐伯隆，很榮幸認識妳，布莉德。」

「我也很榮幸認識你，歐伯隆，莎士比亞筆下的妖精之王。」她微笑，伸出戴手套的手輕搔他的耳後。「阿提克斯是誰？」

「是我。」我承認。

「喔，沒人告訴我你改名字了。他們在提爾・納・諾格提到你的時候，總是使用你的本名。我想像你這樣居住在凡人世界裡一定會做不少有趣的選擇。但是你——」她對歐伯隆說，伸手扣住他的下頷。「我聽說你殺了個人。是真的嗎？」

當時水滾了，我正在將散裝茶葉裝入茶包，但是這話令我突然抬頭。歐伯隆不再搖晃尾巴，夾在兩腳之間。他坐下哀鳴：「是真的。我不是故意的，富麗迪許命令我這麼做，我沒辦法違抗。」

「是，我明白。我並不怪你，歐伯隆。就某方面而言，那是我的錯；是我派富麗迪許去找你主人的。」

看在地下諸神的份上！如果她一再講出這種驚人之語，我倒開水時就得要特別小心。

「事情和我計劃的不太一樣。」她補充，開始脫下鋼鐵手套好方便拍他。手套放在桌上時發出響亮的聲音，釋放出強烈的魔法氣息。鍛造女神的盔甲乃是最頂級的盔甲——我很好奇什麼武器有辦法刮花它——比方說，富拉蓋拉，或許？「現在事情已經走到我必須直接介入的地步了。」

「妳能讓警方忘了我嗎？」歐伯隆滿懷期待地問道。

「正常情況下，我或許辦得到。不幸的是，有人費盡心思確保他們忘不了你。」

「等等，拜託，先別說話。」我說：「等我倒完熱開水後坐下再繼續說。」

「好。你想趁等待的時候抓抓肚子嗎，歐伯隆？」

「喔，我超喜歡妳的。」歐伯隆說；開心地在她腳邊翻身，尾巴在地板上甩動。

順口一提：布莉德喜歡在茶裡加牛奶和蜂蜜，就和我一樣。

「謝謝你。」她說著喝了一小口茶，發出感激的嘆息。

「眞的不用客氣。」我回道；接著坐下來，花點時間適應這種超現實的感覺。我在一個孩提時代根本不存在的城市裡，與我從小就崇拜的女神布莉德喝茶。而我的獵狼犬也和我們一起喝——我幫他倒了一盤茶，用冰塊泡涼，放在地上讓他舔。

布莉德也很喜歡我的茶，因爲她微笑說道：「這茶眞怪。」

「我喜歡怪東西。」我說：「至少是不具威脅性的怪東西。」

「是呀。最近不幸出了不少具威脅性的怪事。我想我該向你解釋解釋。」

「那就太好了。」我說。

「好吧，簡短版本如下：我弟弟安格斯．歐格打算對付我。他意圖取代我成爲圖阿哈．戴．丹恩的領導者，但我懷疑他還有更遠大的目標。爲了達到不管是什麼的目的，他一直都在盡力收集各式各樣的魔法武器和護甲。他甚至還讓我的笨丈夫請我製造一套能夠抵禦富拉蓋拉的護甲。我沒有問我丈夫原因，只是做了一套看起來很可笑的東西，宣稱那能讓他刀槍不入。他立刻換上護甲，跑來送死，幹得好，德魯伊。」

「呃……」我不知道該說什麼。

「如果事情發展下去，我或許必須親手殺了他。而在現在這種情況下，我還是希望能夠避免和安格斯．歐格正面衝突。降格到大打出手的層次是很……令人不快的，特別是和自己的兄弟。」

降格到死翹翹的層次也很令人不快，而一旦開打肯定會有這種可能。不過我把這個想法放在自己心裡，同情地點了點頭。

「安格斯想得到富拉蓋拉，是因爲他相信它能刺穿我的盔甲。」她說著拍拍自己的頭盔。

「能嗎？」

「我不確定。」布莉德說：「這套護甲不像我幫布雷斯打造的那套，是眞正針對富拉蓋拉而打造的。我希望不要測試它。」

「我絕不會拿富拉蓋拉對付妳的。」

布莉德輕笑，像是聆聽一段讓你喜悅到顫抖哭泣的交響樂。

「我知道，阿提克斯。我也希望安格斯不要拿它來對付我。」

「他得要先殺了我才行。」

「一點也沒錯。我認爲你很適合持有它，而我希望它待在你手裡。但安格斯堅決想要得到它，而他在陰謀策劃、確保它會落入自己手中。你或許已經注意到這一點了。」

「你是說昨晚攻擊我的菲爾博格人？我有注意到他們，沒錯。」

「我是指其他事。比方說，凡人警方在追查你的獵狼犬。」

「但那起因是富麗迪許，而妳說是妳派她來的。」

「我派她來警告你，沒錯。但那個公園巡邏員是我丈夫奉安格斯之命控制的，警方現在已經淪爲愛神的工具。」

「他們肯定是工具。」我同意道。

「他們會想辦法從你手中奪走魔劍，就算你拒捕也一樣。安格斯希望你拒捕，因爲警方會在你表露拒捕意圖的同時使用武力奪劍，之後他就可以輕而易舉地從他們手中拿走劍。」

「我了解。這樣的話，他們就很有可能會拿到那張搜索令。我應該警告我的律師。」

「還有，安格斯招募了一個女巫團來對付你。」

「什麼？」我問：「哪個女巫團？」

「她們自稱『曙光三女神女巫團』。」

我立刻感到血壓飆升。「但是她們宣稱不想和安格斯．歐格有任何瓜葛！她們有個成員和他睡覺，要我幫她調配不舉藥茶！」

「整件事情都是安格斯．歐格與她們一起策劃的。這樣做一來可以讓他擁有殺你的正當理由；二來可以讓女巫有機會接近你。」

「但是我手中握有拉度米娃的血！」我氣急敗壞地說。我的怒氣翻滾，口沫橫飛。「她的女巫團爲了藥茶的事情欠我一份人情！」

「她們認定你不會有機會活著要求償債。」布莉德說：「如果你要求她們做出任何和安格斯．歐格的利益衝突的事，這個拉度米娃絕對沒空出面幫你。」

「這場交易對女巫有什麼好處？安格斯必定承諾了很大的利益。」

「我不確定。我猜他承諾她們可以自由來去提爾・納・諾格。」

我低聲吹個口哨，「那會讓她們成爲非常強大的女巫團。」

「沒錯。但她們並非唯一和他交易的團體。他已經得到了佛摩人的幫助，還慫恿了大批妖精與我作對，而且我懷疑他和地獄達成了某種協議。」

聽起來問題不小。對方人數遠比我多，而且不會管我律師說什麼。「其他圖阿哈・戴・丹恩呢？他們的立場爲何？」

「大多數還是支持我。讓佛摩人與惡魔進入提爾・納・諾格並不是多受歡迎的廣告詞。」

「莫利根怎麼說？」

「不知道，因爲她沒和我們談過。」布莉德冷冷一笑，「我認爲安格斯擔心她會搶先結束他的陰謀。對我而言，我是寧願不要欠她人情。她不擅長合作。」

「她有和我談過。」我說：「她已經在懷疑你們在策劃什麼事情，而她十分不滿被排除在外。」

「只要她想，就會主動插手此事。你願意插手此事嗎，德魯伊？」

「目前看來，我已經身陷其中了。」

「我是要你選邊站。講明白點，就是我這邊。」

「好。」我立刻說道。這有什麼難選的？她要我保有魔劍；安格斯想要奪走它。她想要我活著；安格斯不想。她很辣；安格斯很不辣。

「謝謝。」她的微笑溫暖到讓我覺得腎臟都要融化了。「幫我殺了安格斯・歐格，我就會獎賞你。」我必須承認，這話讓剛剛的暖意當場降溫，我覺得自己像個傭兵。「爲防你遇上惡魔，我要送你一份禮物。右手給我。」

我將右手放在她的左手上。爲了對抗熔爐的炙熱，她的掌心冰涼，手指修長有力。她將右手食指放在我的紋身迴圈裡，然後做了……某件事。噢喔。

「我不懂。」她皺眉。「有東西不讓我賜你寒火的力量。」

我臉上不動聲色，心裡一方面在尖叫，另一方面則在想「酷斃啦」。我的護身符剛剛阻止她對我施展魔法。如果事情沒有這麼順利，它或許也有能力阻止她把我活活燒死——那可不是我想要測試的事情。但這下她知道護身符的事了，情況可能會有點尷尬。

「你的靈氣很古怪，德魯伊。」她說著靠回椅背，首度注意到我的靈氣。「你做了什麼？」

「我把它和寒鐵羈絆在一起。」我說著自上衣內拉出項鍊。「它能在大部分魔法之前守護我。」

布莉德一開始沒說什麼，只是坐在椅子上凝望我的項鍊，接著說：「它也阻止你接受我的幫助。我不能賜你寒火，如果遇上惡魔，你就必須仰賴你的法器自行解決；而如果你也因此不能施展魔法的話，我看不出這對你有何幫助。」

「喔，我可以施展魔法。」

「寒鐵不會阻止你嗎？」

「我發現了這個古老問題的解決方式。」

「你能找出我無法發現的解決方式，眞是很了不起。」鍛造女神說道。

「妳有認眞嘗試過嗎？」

「沒有。」她承認，「我以為那是不可能的事。」

「結果它只是接近不可能而已。」

「你有在惡魔面前測試過它嗎？」

「它能抵禦淫慾惡魔的魅力。」

「但是你沒有面對過地獄火或是類似的地獄攻擊？」

「還沒有。」

「你必須盡快測試，你得要有辦法應付惡魔。如果我沒猜錯安格斯的交易對象，會有很多惡魔。」

「寒火有什麼功用？」

「它能讓惡魔由內而外焚燒，不過比較像是凍燒。它會消耗大量能量——就算從大地吸取力量，它也會榨乾你——但它能防止你打輸。哎呀，我沒辦法把它賜給你。」

「妳當然可以。」我說著取下項鍊。這樣做立刻改變了我的靈氣，讓我覺得有點緊張。現在只要願意，她可以輕易傷害我，就像能夠輕易幫助我一樣。

「眞是非常了不起的工藝，敘亞漢。」她在注意到我靈氣變化時一臉讚歎地說。她已經忘掉我新取的名字，改用我的本名。「我要你教我。」

我就怕她提出這個要求。「很抱歉，布莉德，但我曾發誓要保守這個祕密。」我沒把剩下的部分說完，也就是：「只會告訴莫利根。」然後立刻繼續說下去，以免她問我是對誰起誓的。「但既然妳知道此事並非不可能，我敢說妳一定會自己想出做法的。我的建議是要有耐心，我花了七百五十年才製作出這個護身符。」

謝天謝地，她沒有顯露被冒犯的感覺，不過有點失望。但當她繼續凝望擺在她手套旁的項鍊時，她的表情緩緩改變，看起來容光煥發。

「你給了我一項新的挑戰，德魯伊，很有價值的挑戰。」她說：「我會想辦法用更短的時間製造一條出來。我知道你無法在不違背誓言的情況下告訴我是怎麼製作的，但你願意讓我三不五時拿來看看嗎？」

「當然。」我說。

「我想這條項鍊只有戴在你身上時才能發揮作用？」

「沒錯，它被特意與我羈絆在一起。戴在其他人身上，它就只是普通項鍊。」

「我現在明白你怎麼有辦法活這麼久了。」

這話讓我有點難爲情。她再度微笑伸出左手，我將右手放上她的掌心，她伸指觸摸我的紋身迴圈。這一次我感覺到火熱與冰寒竄入血管，帶來一陣頭暈目眩。

「現在你擁有了寒火的力量。」布莉德說：「這種力量只能用在地獄魔物身上，而且你和你的目標都必須接觸地面。右手對準你的目標，全神貫注地唸誦『度伊』，就能夠摧毀他們——不過我要再度提醒你，這招會消耗大量魔力，所以請小心運用，並且記住目標會過一段時間才死。」

「謝謝妳，布莉德。」

「先別謝我。」她說著又搔了搔歐伯隆，然後戴回手套。「儘管擁有不少優勢，你依然是唯一讓安格斯・歐格和他的盟友不向我公然宣戰的勢力。他們數量眾多，你卻孤身一人，而我很高興你這麼樂意對抗他們。不過我認為你很有可能在天亮前就會戰死。」

說完這句振奮人心的話，她傾身過桌面，親了我一口。她嚐起來像是牛奶、蜂蜜和莓果，我彷彿身處極樂境地。

「這幾天已經有三個女神親吻你了。」歐伯隆在布莉德離開後說道：「所以我認為你欠我三百隻法國貴賓犬。這樣我們應該就扯平了。」

第十五章

我以爲禮拜天應該是讓人放鬆的日子。身爲美國男性公民，我有權在禮拜天觀賞身穿緊身制服的運動員們一如往常地入侵他人領土，然後趁他們中場休息時接受貨車、披薩、啤酒，以及金融服務等廣告轟炸。禮拜天就是該這樣過，這才是美國夢。

我想我沒資格抱怨，因爲我並不是眞正的美國公民。事實上，山莫建先生曾經打電話找移民局的人來過一次。我在移民局探員面前搖手說道：「我不是你們要找的德魯伊。」他們不覺得有趣。我再度搖手說道：「走開。」於是他們拿出手銬。這時我拿出吸血鬼律師李夫・海加森幫我準備的輕微磨損非法證件。移民局探員離開之後，我首度派歐伯隆去山莫建先生的草坪上便便。

那之後我們的關係就沒好過。當然，我們的關係從沒好過，但至少開始幾年他都無視我的存在。當他開始騷擾我時，我懷疑他若非極度愚蠢，就是妖精的爪牙。結果他只是心腸不好而已，而草坪上的狗屎讓他變成討厭鬼、普通的黎巴嫩神經病。

現在我想我是妖精的爪牙了。我不確定是哪個妖精的爪牙。我覺得自己有點像韓國，而美國和中國正透過我在打仗。

我不想淪爲爪牙，或是韓國。我比較希望能當騎士，或是丹麥。以前丹麥人所向無敵——直到他們的對手弄清楚他們來自何處。

而那就是我的問題所在。人們知道該上哪裡找我，尤其是這個特定的禮拜天。

正當我打電話給承包商，請他們來緊急修復我那扇融化的店門時，我從窗子看見一台熟悉的維多利亞皇冠車停了下來。卡洛斯・吉門內茲警探開門下車，沒多久又有兩台車在刺耳的煞車聲中停入停車格，戴太陽眼鏡的警察笨重地下車，調整他們的腰帶，確保襯衫還塞在褲子裡。達倫・法苟斯警探一副自己是《落水狗》【註】一員的模樣，手裡拿著一張看起來很正式的文件，上面有很多精美的印刷文字。

我在承包商話說到一半時便掛下電話，叫歐伯隆跳到對面牆邊的桌上。「縮成一團，千萬別動。耳朵不要晃，尾巴不要搖，在這些人離開前絕對不許動。」

「什麼人？」他一邊照我的話做，一邊問道。

「那些警察又來了。如果有人發現你，我要你逃出這裡，直接去寡婦家的後院，躲在那裡，好嗎？別等我下令。」

「你認為他們能夠看穿偽裝？」

「他們或許有辦法，肯定有人在幫他們。」歐伯隆輕輕跳上桌面，桌子很小，不過剛好夠他縮在上面。他一安頓好，所有存在跡象立刻消失。我迅速看了依然躺在櫃檯下架子上的富拉蓋拉一眼，為求保險，我在劍上施展了偽裝術。

警察集結完畢，開始朝店門口前進，我懷疑他們是決定先來這裡，還是已經去我家搜過了。如果他們先去我家，那我的律師死哪去了？

接著一陣汽車喇叭聲響起，引起眾人注意，接著一輛ＢＭＷ Ｚ４於巨響中停在法苟斯身後；霍爾・浩克彷彿接受召喚般跳出車門。

「不好意思，請問你是法苟斯警探嗎？」霍爾問，以比正常人還要快上一點的速度擋在警探面前。其他警員察覺此事，滿臉緊張。其中兩人伸手去摸槍套。

「請讓路，先生，警方辦案。」法苟斯大聲道，但霍爾毫不退縮。

「如果你要辦的案子是與第三隻眼書店及它的老闆有關，那就要請你來和我談。」他說：「我是阿提克斯・歐蘇利文的正式出庭律師。」

「你是正式出庭律師？那他家那個又是誰？」

「我的同事。他打電話告訴我說你們針對他家的搜索行動並非全然合法，而我保證我們會提出申訴，甚至會提出告訴。」

這話引起了警方的注意，他們怒目瞪向霍爾，法苟斯則嗤之以鼻。「我們有坦佩市法官簽署的搜索令。」他將搜索令拿到霍爾臉前強調。「我們的搜索行動完全合法。」

「但那張搜索令是讓你們搜索愛爾蘭獵狼犬或類似的狗，我相信這沒有給你們搜索其他東西的權力。對不對，警探？」

註：落水狗（Reservoir Dogs），鬼才導演昆丁・塔倫迪諾的處女作，描述一群搶匪懷疑自己人裡有臥底的故事。麥克・麥德森有參與演出。

法苟斯不願意直接用「對」回答，所以輕蔑地回答道：「搜索令上是這麼說的。」

「愛爾蘭獵狼犬是體型非常大的狗。我在那條狗離家前見過他，我保證他幾乎和你一樣重。基於這一點，我們可以假設他絕不可能藏在抽屜或櫃子或廚房櫥櫃或羅勒草盆栽底下。但是你和你的同事在我客戶家裡搜遍了這些地方，顯然侵犯了他的人權。」

我不用多聽也知道他們不光在找我的狗，安格斯・歐格派這些人來找富拉蓋拉。而且他們拔下了我廚房的羅勒草——我希望他們只有拔廚房的。如果他們搜查我後院那些被偽裝起來的藥草盆栽，那麼歐伯隆很快就得逃命了。

「我們沒有這麼做。」法苟斯說。

「我的同事會作證你們有這麼做。」

「那也是他單方面的證詞。」

「他有用手機拍攝你們搜索時的狀況。」

法苟斯吞下想好的回應，咬牙切齒了一會兒，接著說：「聽著，不管你是誰——」

「霍爾・浩克。」

「隨便。我們有合法搜索令可以搜查書店。你現在就退下，不然我們就會逮捕你。」

「我會退下，警探，但我警告你不要重複在我客戶家中的搜索模式。你們在找大型狗，不是別的東西，我會錄下你們搜索的情況。如果你們搜索不可能藏得下大型狗的地方，那麼我們將會對你提出非常、非常嚴厲的告訴。」

「好。」

「好。」霍爾說：「這個交給我。」他一把搶走法苟斯的搜索令，速度比雙眼移動得還快，接著退向旁邊。法苟斯大怒，他本來或許打算把搜索令甩在霍爾胸口或什麼的，用不太輕的推擠或戳刺等動作來建立權威，但霍爾不但剝奪了這個樂趣，還讓法苟斯看起來又慢又蠢——不過和霍爾相比，他確實又慢又蠢。但法苟斯也沒那麼糟，他只是不明白自己在和狼人爭奪支配權而已。

法苟斯決定不再講任何會招來更多羞辱的言語，大步迎上前去，吉門內茲和其他警員緊跟在後。他在門口停步，查看門內地板上的碎玻璃。他看了看門後的我，然後才跨越門檻。我站在他的左側、櫃檯後方，門口就能看見的地方。

「這裡出了什麼事，歐蘇利文？」他問。

「有個顧客對我的退貨政策不滿。」我說。

「是呀，沒錯。」法苟斯喃喃說著步入門內。他一進書店，店裡的防禦力場立刻警告我說他身上有道羈絆法術。我在他指示其他人魚貫而入、開始搜索時仔細打量他的靈氣，並且啓動妖精眼鏡。法苟斯頭上有圈綠色的繩紋，看起來很像羅馬人的桂冠，這就是對方用以控制他的主要方式。但是在綠色紋之間還有藍紅相間的線條，我沒有辦法在不解除這些東西的情況下破除綠色羈絆，而我不知道那些是做什麼用的，不過可以從形狀假設它們不很友善——備用計畫或魔法詭雷，也可能只是讓我浪費時間的東西。

我很快就注意到其他警員身上只有他們自己的人類靈氣——處處顯示出暴躁和壓力等情緒，但那是被律師教訓過的正常反應。霍爾在吉門內茲和其他警員散開搜尋時監視他們，這表示我可以專心將注意力集中在法苟斯身上。他站在門邊，目光銳利地看著我櫃檯架子上的某樣東西。

「那是什麼？」法苟斯邊問邊朝我的方向揚起下巴。

「什麼是什麼？」

「那個。」他說著摘下太陽眼鏡，伸手指來。「看起來像支劍鞘。你櫃檯後面放了支劍？」他折起太陽眼鏡放入上衣口袋，期待地看著我。

「沒有。」

「別撒謊，我看得見！」沒錯，這透露出不少訊息。如果他能看見魔劍，卻看不見大搖大擺坐在對面桌上的歐伯隆，那就表示安格斯賜給他一種非常特定的能力：並非看穿僞裝的能力，因爲那應該讓他一進門就看見搜索目標；安格斯賜予的是看見加持了魔法隱形術的富拉蓋拉的能力。那道隱形法術對布雷斯非常有效，所以也該能對法苟斯產生效果——只不過他似乎能夠感應到它。一個人怎麼能夠感應到加持魔法隱形的東西？你需要得到許多一開始加持該法術之人，也就是曙光三女神女巫團領袖拉度米娃的幫助。法苟斯就是她們與安格斯・歐格聯手對付我的活證據。

「那是一條狗嗎，警探？」霍爾說著從吉門內茲身旁晃到法苟斯面前。他在距離警探幾步之外停下腳步，不過從他的位置看不見法苟斯在看什麼。「如果不是狗的話，那就與你無關。」

警探不理會他，對我說道：「你私藏了一把致命武器，而你得要有持有許可。你有武器持有許可證嗎？」

「不要回答。」霍爾告訴我，接著拿起手機指向法苟斯。「我在錄影，警探。根據亞歷桑納修訂條例第十三之三一〇二條第七款，完全或部分放置於槍套、劍鞘裡，或專門用來放置完全或部分武器容器裡的武器並不需要持用許可。」

哇。那就是霍爾時薪三百五的原因。用能夠摧毀靈魂的法律句型架構引述亞歷桑納條款？那簡直可以和德魯伊法術媲美。

「那不是私藏武器。」霍爾繼續，「也不是狗，而你只有權搜查狗。」

我把他們兩人爭執劍鞘算不算是私藏武器、有沒有擺在我架子上的聲音趕出腦海，將注意力集中於飄浮在法苟斯頭髮梳理整齊的腦袋上的羈絆法術。

直覺告訴我藍色繩紋代表讓他看見隱形術，進而容許他看穿偽裝的羈絆，所以只要解除那道羈絆，基本上就等於解決了劍的問題。問題在於解除藍色繩紋的同時也會解除紅紋，而儘管我很欣賞這些羈絆的製作手法，我還是無法精確辨識出安格斯究竟在搞什麼鬼。或許莫利根或布莉德能告訴我這些繩紋代表了什麼法術，以及如何安全處理它們，但我最多只能猜出紅色繩紋是傷害法術。如果花時間去處理它，還是有可能在我解除法術的過程中被「觸發」，而那之後我還是得處理藍色繩紋；我看得出來除非嘗試過奪劍，不然法苟斯絕對不肯罷休——安格斯絕對不會允許他輕易放棄。至於綠色繩紋呢？解除它等於是直接和安格斯．歐格爭奪法苟斯的控制權，他就會得知我的能力深淺，而我還不打算透露這麼多祕密。

那麼，現在就是測試我的防禦力場與羈絆法術的大好機會：我決定啓動書店防禦力場中所有抑制法術，嘗試解除藍色繩紋，任由紅色繩紋發揮預設功用，完全不顧後果。這是當你體內有太多睪酮素在沸騰，或像我一樣在幾近荒謬的大男人主義文化中成長時，會做的那種決定。

藍色繩紋非常脆弱——我只是用心靈力量輕輕一扯立刻就斷了，紅色繩紋也一起斷了：肯定是陷阱，衝擊型的陷阱。我臉上感到一陣衝擊，像是出其不意讓枕頭狠狠打了一下，接著看見霍爾的頭突然後傾。他摔倒在地，發出驚呼。法荷斯吼了一聲，緊抱腦袋，當霍爾和我回神過來時——霍爾面紅耳赤、雙眼泛黃，處於變形邊緣——法荷斯整個失控，對我拔槍。

「舉手！」他叫道，其他警察當然連忙衝來，領頭的是吉門內茲，他也拔出了手槍。我舉起雙手，心想如果沒有率先啓動書店的防禦力場會怎麼樣——霍爾的腦袋可能沒了。他承受了很強大的攻擊，而我則在項鍊的保護下僅僅承受了些微力道。法荷斯只有感應到一點魔法反饋，算不了什麼，至於其他警察似乎沒有察覺任何異狀——他們只是在支援法荷斯而已。

「怎麼了？」歐伯隆問。

「沒事，別動。」我告訴他。

「哇，警探，這樣實在沒有必要。你拿槍指著一個手無寸鐵、配合法搜索的人！」霍爾喘氣說道。

「狗屎！他攻擊我！」法荷斯啐道。

「什麼？胡說，老兄。他從頭到尾都很合作地站在離你五呎之外！」

「他剛剛打我的頭！」

「幹得好，我很肯定他活該，阿提克斯。」

「閉嘴，我沒打他。」

「他當然沒打，那台安全攝影機可以證明！」霍爾指著攝影機大聲說道。所有目光順著他的手指望去，而大家都很肯定那台攝影機能夠證明我沒有走過去甩法荀斯警探腦袋。法荀斯聽見霍爾肯定的語氣，看見同事眼中的懷疑，當場跺腳叫道：「好吧，有東西打到我的頭，肯定不是我自己打的！」

「我也被打了，警探，但肯定不是我的客戶，而你沒有理由一直拿槍指著他。我們先冷靜下來。」

「我要知道是什麼打我！」法荀斯堅持道：「還有嘿！那支劍哪裡去了？不見了！」

劍沒有不見。只是在我扯斷藍色繩紋後，他就看不見它了——隱形法術再度生效。

「什麼劍？」我裝傻問道。

「我們剛剛在講的那支劍！」法荀斯叫道：「架子上的那支劍！」他無力地指向劍所在的位置，不過在缺乏魔法加持的眼中完全隱形。

「這下好玩了。」歐伯隆說：「我想他的內褲扯歪了。如果我有多餘的香腸，現在就會賞你一根。」

「你也看到了！」法荀斯對霍爾叫道，看向四周一臉沒把握地望著他的警察。

「我怎麼可能看得到，警探？我在櫃檯這一邊。」霍爾以非常理性又親切的語氣指出這個事實。

「但是你一直在和我爭論！」

「那是因為我收了錢就是要和人爭論。但是我根本沒看見你說的劍。我只是抗議你要取走任何搜索令中沒有涵蓋的東西。說到這個，有人找到那條大型狗了嗎？」

吉門內茲警探嘆了口氣，收起佩槍，除了法荀斯，其他警員也鬆懈下來。他們開始有點難為情了。

「我還是不知道被什麼打了一下，我要得到答案。」法荀斯咬牙切齒地道，固執地揚起下巴。

「我認為是一陣怪風，警探。」霍爾說：「從壞掉的門外吹來。我也感覺到了。」

吉門內茲警探接受這個解釋。「狗不在這裡，法荀斯。」他說：「我們走。把槍收起來。」

法荀斯沮喪地咬了咬牙，頭上的綠環光芒大作。接著他朝我開槍。

第十六章

你知道那種死前一輩子畫面都會在眼前飄過的老說法嗎？好了，如果你活了超過兩千年，那麼你的潛意識就得花點時間才能弄出一段像樣的懷舊片段，而且我猜我頭上一定會有顆「死亡沙灘球」在不停旋轉，就像叫我的電腦同時處理太多事情一樣。但那並非我在胸口多了個彈孔、摔倒在地時心中想到的第一件事；那是第二件事。

我第一個想到的是那台金色外交禮節機器人，在採礦殖民星球上，身中雷射槍特效時所說的不朽台詞【註】：「喔不！我中槍了！」

當我等待一生中的高潮片段——很像每年奧斯卡金像獎的致敬畫面——在腦中播放時，書店裡有不少人開始出現激烈反應。

所有警察在吉門內茲率領下，再度拔出佩槍指向法苟斯，大聲叫他把槍放下。而歐伯隆想要立刻咬爛他。

「阿提克斯！」

「沒事，老兄，待在原位。我不會有事的。」

註：《星際大戰五部曲：帝國大反擊》（The Empire Strikes Back）中C-3PO中槍的場景。

可憐的法荷斯。就在我躺在地上看他時，他頭上的綠色羈絆消失了。他完全恢復意識，發現自己站在我身旁，手裡拿著冒煙的手槍，而五個警察的槍口指著他。

他以細微顫抖的聲音說道：「不是我幹的。」

「放下槍，法荷斯！」吉門內茲命令道。法荷斯似乎沒有聽見。

「有人入侵我的心靈，命令我做事。他要那支劍。」

「根本沒有劍！」霍爾說道：「只有我手無寸鐵的客戶躺在地上流血！」

這讓我又把注意力放回自己身上，傷口眞的非常、非常痛。謝謝你唷，霍爾。我失血過多，右肺遭子彈擊穿，肺裡積滿鮮血。我試圖吸取魔力開始治療……結果卻沒有魔力可吸。施展偽裝法術和破除安格斯．歐格的羈絆耗盡了熊符咒裡的魔力。我必須到外面接觸大地，但是法荷斯依然站在原地，警察們還在叫他放下槍，而只要失控警員的狀況還沒解除，就不會有人叫救護車。唉唷。

「我沒有射他，不是我幹的。」法荷斯辯道：「你們不懂。」

「有一台安全攝影機和六個證人，看見你對一個手無寸鐵而且沒有拒捕的人開槍。」吉門內茲說：「你知道那代表什麼。立刻放下武器，法荷斯。」

淚水湧出法荷斯的雙眼，他下巴顫抖。「我不懂爲什麼會這樣。」他說：「我絕對不會做這種事的。」

「我們全都看見了。」吉門內茲說：「最後警告。放下武器，不然我們就得被迫開槍。」

這句直截了當的威脅讓法荷斯脫離自怨自艾。「喔，你要對我開槍，是不是？」他輕蔑冷笑，接著全面失控。「來吧，總比去坐牢好！和你同歸於盡就更好了！」

「法苟斯，不要——」

接著現場陷入一片混亂。法苟斯面對心知不公不義之事發出怒吼，試圖舉槍，接著五槍齊發，衝擊力令法苟斯離地而起穿門而出，最後是一群警察的咒罵聲，因爲他們接下來幾天都得待在警局裡接受調查。

「去找急救人員過來，再調幾輛警車封鎖街道。」吉門內茲說：「我們需要你的安全錄影帶。」

霍爾衝上前來，跪下檢視我的傷勢。

「我必須到外面去吸取魔力。」我對他低聲說道：「肺裡都是血。」接著我直接咳了點血出來證實我所言不虛。

「他怎麼樣？」吉門內茲在霍爾的肩膀後方問道。

「幫我移動他。他需要空氣。」他說，警探當即後退。

「哇，我們必須等急救人員趕來現場。我們不該亂動傷患。」

「沒關係，我自己來。」霍爾說，他一手鉤住我肩膀下方，一手扣住膝蓋，輕輕鬆鬆將我抬起，好像我是什麼義大利伸展台模特兒一樣。笨警察，我不需要你們幫忙；我有個狼人律師。

「嘿，如果他死了，可得算在你頭上。」

「如果他死了，他可以告我。」霍爾說：「讓路。」他側身穿過壞掉的門，跨過法苟斯警探的屍體，然後將我放在書店外的草坪上。我鬆了一大口氣，立刻開始吸取大地的魔力。我的傷口開始癒合，就著咳血的空檔以只有霍爾能聽見的音量輕聲說話。

「我需要我的劍。它隱形了，不過你可以在架子上摸到它。把劍拿來，再找個人來清理我的血、徹底消毒，包括你衣服上的血，一滴都不能放過。」

霍爾低下頭去，看到自己滿身都是我的血。「這件西裝要三千塊。」

「我付得起。我還得修好店門，還要有人照顧歐伯隆。」

「啊，我就覺得有聞到他的味道。」霍爾說。

我點頭。「他在店裡，跟劍一樣隱形了。我會叫他跳上你的車。」

「好，我去打開車門，然後不關。但是叫他小心我的眞皮座椅。」

「你這奢華無度的傢伙。」我說。

「你這禁慾主義者。」他反唇相譏，然後走去打開車門。

我聽見有如哭喊女妖【註】叫聲的警笛聲響，於是一邊盡力加速療程，一邊聯絡歐伯隆。

「好了，歐伯隆，我的傷已經治療得差不多了，但是他們會把我帶去醫院檢查，所以我要你暫時跟霍爾離開。我明天應該就能回來。」

「你爲什麼非去不可？」

「我的肺裡有些體液，沒有辦法自行排出。霍爾已經幫你打開車門了，盡可能無聲無息地離開書店，小心別沾到地上的血，因爲血爪印會洩露你的行蹤。店門外有具屍體，小心點。」

「門口擠了很多人。」

「很快就會有更多人了。你等越久，人就越多。我就在門外右邊的草坪上。」

「等等。」

「怎麼了？」

「那輛小玩具車就是霍爾的嗎？」

「那是一輛非常昂貴的玩具。你要小心眞皮座椅。」

「所以我應該要像忍者一樣穿過這些警察，越過碎玻璃——你記得那些碎玻璃，是吧？——避開門外的血泊，無聲地跳上那輛小車，還不能向車內裝潢打招呼？」

「很棒的總結。動作快。」

「先等一等。你保證會幫我安排法國貴賓犬約會？」

「你是認眞的嗎？你在這個時候趁火打劫？我中槍了，還在咳血，而你還要我幫你安排約會？」

「喔，好啦。但是我有權利約會，你心裡很明白，我一直很守規矩。」

就在這個時候，一個多小時前在莫利根紅眼凝視下離開書店的培里終於用完午餐回來了。

「靠，老闆！」他說：「是那隻天殺的大鳥幹的嗎？」

註：哭喊女妖（bean sidhe），也作報喪女妖，愛爾蘭傳說中會在人將死之際哭嚎的女性精靈，被視作死亡象徵、凱爾特地下（死後）世界的信差。在美國傳說或其他凱爾特文化地區，也有名稱不同但類似的精靈。

第十七章

我指示培里過來。「我晚點會向你解釋出了什麼事情。」我在他蹲在草地旁時說道：「那隻鳥只是個開端。但聽好了——」我說著咳出更多鮮血。

「可惡，阿提克斯，我就知道那隻鳥來準沒好事。我很抱歉，老兄，我應該留下來幫你的。」

「別擔心那個，你現在還可以幫我。你要待在店裡，直到玻璃承包商來修門。門修好後，你就關門回家。明天早上幫我開門，然後煮杯不舉茶——我已經準備好茶包了——你知道我說的是哪種茶，就是女學生聯誼會的人想要和人分手時用的那種？」培里苦笑點頭。「很好，幫一個叫艾蜜莉的客人煮那種茶。不要把你現在看到的一切、我人在哪裡，或任何事情告訴她，清楚了嗎？如果她問你外面天氣如何，你也要聳聳肩說你不知道，好嗎？」

「知道了，老闆。」

「任何其他人問你都如此處理，告訴他們我過幾天就回來。如果你不曉得如何幫某人煮某種特定的茶，那就不要煮。只要向對方道歉，告訴他們我很快就會回來。」

「你真的會嗎？」

我想要笑，結果卻咳了出來。「什麼，我會回來嗎？我當然希望會。」

「你不會在醫院裡待好幾個禮拜吧？你襯衫上那個洞看來像是子彈打的。」

「就像黑騎士【註一】的著名台詞一樣，那只是皮外傷。」

「黑騎士從沒輸過！」培里笑道。蒙提·派森就像是宅男的貓薄荷，一旦你讓他們開始引用它的經典名句，他們立刻就會失去沮喪的能力。

「沒錯。如果你能幫我處理這些事情，我就放心多了。如果有個叫霍爾的人請你去做任何事，你就當作是我請你去做的，好嗎？他是我的律師。說人人到。」

霍爾從店內走回來，左手拿著隱形的富拉蓋拉。他蹲在另外一邊，看起來像是用手撐地，實際上是把劍放在我的身側。這麼做的同時，他向培里伸出手，引開培里的目光。「很高興認識你，我是霍爾·浩克。」

「培里·湯瑪士。」他說著和霍爾握手。「我幫阿提克斯工作。」

「太好了。那你就和我進去吧，擠過那些警察。我很快就回來，阿提克斯。」他對我說。他們站起身來，把我留在原地，我趁機查看歐伯隆的狀況。

「你現在在哪裡？」

「你以爲呢？我是頭徹頭徹尾的忍者獵狼犬。不過這輛車太荒謬了。車裡有個聞起來很噁心的柑橘空氣芳香劑。你知道他的生日是什麼時候嗎？我們應該買個牛排或義大利香腸味的芳香劑送他。」

「我不認爲有那種味道的芳香劑，歐伯隆。」

「爲什麼沒有？特別是對一個試圖用拉風跑車彌補內心某種缺憾的狼人而言，那應該會像牛奶骨頭【註二】一樣好賣吧。」

「噢！這種時候別逗我笑！」

在用心靈搔過歐伯隆的腦袋之後，我又去處理富拉蓋拉。我在救護車抵達時解除了偽裝法術，因爲我不希望有人不小心碰到它然後大驚小怪，接著施展了一道羈絆法術，不讓劍離開我身邊五呎之外。我在店裡就想這麼做，以免法苟斯當眞把劍搶到手，但是這道羈絆法術的施法時間比偽裝要長，也需要更多法力，而當時我既沒時間也沒法力。

吉門內茲走出店外招呼急救人員，然後指了指我。霍爾也跑出來請他們把我帶往史考特谷紀念醫院，交給我的私人醫生照顧。

我其實沒有私人醫生，但是部族有。史努利．喬度森醫生本身就是部族成員，同時也是鳳凰城附近超自然界人物受傷時會去看的醫生。他不會對快到不自然的痊癒速度大驚小怪，而且根據傳言，他同時是個技巧高超的接骨師和動作飛快的外科醫生，也願意爲了大筆金錢做些上不了檯面的事情。我在與部族狂奔時曾見過他兩次——他或許是部族中第六還是第七把交椅——不過在此之前，我一直沒有用到他專業服務的必要。

像我這種人之所以需要像史努利那種人，就在於免除急救人員檢視我傷勢時所產生的反應。

註一：黑騎士（the Black Knight），英國著名喜劇團體蒙提．派森（Monty Python）撰寫並演出的喜劇電影《聖杯傳奇》（Monty Python and the Holy Grail）的角色，負責鎮守一座橋。當劇中的亞瑟王指出他受傷時，黑騎士堅持：「那只是皮外傷」。

註二：牛奶骨頭（Milk-Bones），狗餅乾品牌，特徵是外表做成狗骨頭形狀。

「我以為你中槍了。」其中一人說道。

「我有啊，肺裡有積血。」我咕嚕咕嚕說道：「我情況穩定，但是需要看我的醫生。」

「好吧，彈孔在哪裡？」

糟了。為了預防感染，我匆忙之間可能太快長出那裡的皮膚了。我肯定傷處依然紅通通，但是再也沒有開放性傷口了。我全力修復皮膚上的傷口和肺部，所以兩旁的肌肉組織還要一些時間才能癒合——而皮膚和肺部的組織也需要時間增加強度。

「呃，是顆橡膠子彈。射中胸口，導致內出血。」

「警探不會使用橡膠子彈。就算是橡膠子彈造成的內出血，你的肺裡也不該會有體液。」

「這樣吧，朋友。把我抬上擔架，去找我的醫生，讓他來擔心。」我已經準備好要離開了，這裡已經沒有什麼能做的了，連熊符咒的法力都補充完畢。現在我需要的是外科醫生，以及休息時間。

「你是要告訴我你的彈孔這麼快就癒合了？」

「我是要告訴你拿個氧氣面罩給我，然後帶我離開這裡。還有這支劍要跟我一起走。」我拍拍富拉蓋拉，急救人員低下頭去，這才首度注意到它。「這支劍不能離開我的視線範圍。」

「什麼？武器不能上救護車。」

「劍沒出鞘，而它價值連城。看看我的店。」我指向店面的破門。「我不能把劍留在這裡。」

一直站在旁邊留意事況的霍爾突然出現在急救人員身後。「你們拒絕在緊急醫療狀況時運送我的客戶嗎？」

「不。」急救人員回道，眯起眼睛看他。「我只是拒絕運送他的武器。」

「你是指他那把極其珍貴的凱爾特工藝品？那不是武器，先生。那是意義重大的傳家之寶，和它分開會對他造成遠比當前生理傷害更加強烈的心靈創傷。而我注意到你們抵達至今還沒有對他的傷勢做出任何處理。」

急救人員收緊下頷，透過鼻孔呼出一大口氣，轉過身來面對我。「天殺的律師。」他低聲咒罵，自以爲霍爾沒有聽見。但是狼人通常都會聽見這種東西。

「沒錯，先生，我就是個天殺的律師，而且如果你不立刻把我天殺的客戶和他的工藝品帶往天殺的史考特谷紀念醫院，我就會對你提出天殺的告訴。」

「好啦，隨便啦！」急救人員怒道，顯然是個沒辦法承受訴訟威脅的人。他和他的夥伴去拿擔架，沒過多久我就右手緊握著富拉蓋拉，被抬上了救護車。吉門內茲和其他警察忙著擔心媒體發現鳳凰城警察槍殺了一名坦佩市警察後的情況，完全沒注意到法苟斯剛剛爭論的那支劍當眞存在。

「我很快就會去找你，」霍爾揮手說道：「史努利會好好照顧你的，他知道你要過去。別擔心這些傢伙，」他指著急救人員說：「李夫今晚會去找他們，他們什麼都不會記得。」由於急救人員終於在我臉上掛了氧氣面罩，我沒辦法回應，所以只是輕輕點了點頭。

「快點回來，阿提克斯。我會很無聊的，這些狼人不能跟我交談，而且這個僞裝法術還是會讓我發癢。」

「我大概明天午餐的時候就會回來。」我對我的狗說。

「午餐會有香腸嗎？」

「如果霍爾說你有乖的話。」

「我會記住這個承諾的。」歐伯隆說，他的心靈聲音隨著救護車越開越遠而變得越小聲。

「好了，那就乖一點。」我傳送思緒，希望他有聽到。我們轉上米爾街，讓在崔皮嬉皮商店外的角落閒晃的毒蟲嚇了一跳；警笛就是這麼嚇人。

躺在救護車裡很無聊，又很有壓力；我必須擺脫這兩種感覺。急救人員已經不打算和我交談，所以我決定鬧一鬧他，反正晚點李夫會確保他什麼都不記得。我已經過了喜歡幼稚惡作劇的階段了嗎？不，這種行為讓我保持年輕。

我利用最近存入熊符咒裡的一點魔力讓他內褲鬆緊帶上的幾根天然絲線與背上距離五吋左右的體毛產生羈絆；這麼做導致他的內褲在轉眼間向上扯緊。這招在兩千年前就已經很有趣了，而當你的惡作劇目標努力想要裝得比你懂得多的時候，就更爆笑了。

不過我眞不該這麼做的，因爲他的反應——先是小女生般的尖叫，緊接著又是一下高八度的「啊！媽的搞什麼？」加上突然試圖起身讓他腦袋撞上車頂——害我笑得太過用力，引發了一陣強烈的猛咳和劇痛。我想這是自作自受，我把氧氣面罩裡面噴得亂七八糟；我連忙解除羈絆法術，讓他冷靜下來幫我。

他沒看到我笑，所以這個可憐的傢伙還以爲我會這樣都是他古怪動作害的，在褲子裡騰出一點空間後，他立刻上來熱心幫忙。這眞是我這輩子坐過最開心的一次救護車了。

抵達醫院後，他的夥伴到後座幫忙抬我下車。他發現內褲先生面紅耳赤。

「怎麼了？」他問。

「他剛剛出了點狀況，不過現在已經穩定下來。」內褲先生邊說邊和夥伴合力把擔架床放在地上，然後將我推向急診室的消毒電動門。

「但是你看起來好像有什麼事的樣子。」他的夥伴說道：「你還好嗎，老兄？」

「我沒事。」內褲先生大聲道：「什麼也沒發生。我——啊，耶穌．基督啊！」

好吧，當他這樣撒謊時，我怎麼可能忍得住不給他再來上一下，你說是吧？再說，俗話說得好，歡笑就是最好的良藥。不過說這話的人肯定肺裡沒有積血，我敢保證。

史努利．喬度森醫生看到我時，我正好在大咳特咳。他看起來約莫四十歲，不過就像所有坦佩部族的成員一樣，實際年齡當然大得多。他身穿藍色手術衣，這讓他如同藍冰般的明亮雙眸與皺成一團的金色眉毛看起來沒那麼顯眼。輪廓鮮明的鼻子和雕像般的下頷讓他看來像個雷神，不過考慮到他們部族對索爾的厭惡程度，我不會把這當作恭維話來講。他腦側的頭髮剪得很短，但是頭頂又和大學兄弟會裡那些混蛋一樣蓬鬆雜亂——這話我也不打算跟他講。

「阿提克斯，你的氣色不太好。」他在兩名護士將輪床推到手術準備室時說道：「可以的話就把受傷的情況告訴我。」

「我可以毫無保留地說話嗎？」我斜眼看向推輪床的護士問道。

「喔，可以，她們都是我的人。」喬度森說：「只要你付錢，她們就不會聲張。」

「好吧，那我得要移除肺裡的積血。」我說：「局部麻醉。我不能失去意識。」

「只是這樣的話，我們根本不用動手術。我可以從喉嚨插根管子進去，給積血通電，然後用磁力將血吸出肺部，我們經常如此處理肺炎病患。你還是要局部麻醉，因爲這樣做會帶來劇痛，但是你能保持清醒。可以嗎？」

「可以。以門診病患的名義處理，因爲我一弄完就要出院。把帳單寄給麥格努生與浩克事務所，沒有保險。在記錄裡附上所有治療正常病患該有的檢驗報告，我肯定你知道該怎麼做。一定要提到彈孔，以及你完善的治療方式，因爲警方會來調閱報告。這個躲不掉。」

「我要移除子彈？」

「不，貫穿了，他們現在在我店裡挖。」

「所以你肯定子彈乾淨俐落地貫穿肋骨中間？我不用擔心碎骨在體內亂跑？」

「我是這麼認爲的。我肺裡只積了一半血。」我們進入電梯，暫停片刻等到電梯門關閉。

「你介意我做胸部X光檢查嗎？警察也會想看胸部X光片，這是標準程序。」

「這個嘛，我已經堵住了肺部的射入口和射出口，現在照看起來可能有點怪。」

喬度森終於皺起了眉頭。在那之前，他嘴角一直保持微笑。「那可能比正常人癒合得快了點。」

「這嘛，既然你會向我收幾千塊錢根本用不到的胸部包紮費，我想我們應該算扯平了。你和你的團隊得要在法庭上說點令人信服的謊話。」電梯叮了一聲，電梯門開啓，護士將我推入一條排滿外科病床的忙碌走廊。

「你打算告警察，是不是？」喬度森問。

「當然，爲什麼不告？總要有人支付這些費用，而我希望不要是我。」

「你肯定告得贏？」

「霍爾肯定告得贏。五名警察親眼目睹另一名警察開槍射我，而當時我雙手高舉、動也不動地站在原地，完全沒有抵抗，還有攝影機拍下整個過程。只要你好好編份診療報告，這場官司就穩贏不輸。」

「太好了，我一定會浮報帳款的。」

「你就是我們須要改革健保的理由，你知道。」

微笑再度回到喬度森臉上。「你還要給我的團隊遮口費。」

「當然，沒問題。這件案子會吸引大眾注意，因爲媒體絕對不會放過這種新聞。只要告訴霍爾你要多少，我保證他會幫你爭取到的。」

「趕時間嗎？」

「越快越好。警方和媒體很快就會趕來，而我希望能在他們出現之前消失。」

於是喬度森醫生在天黑之前讓我出院，從側門用輪椅推我離開，輕鬆避過所有在恢復室裡等待的人。

不過我們沒避開等在側門的傢伙——卡洛斯・吉門內茲警探——他的直覺讓我感到不耐。

「對一個胸口中槍的人來說，你的氣色看來不錯。」他說。

「警探。」我點頭道：「有什麼我能效勞的？」

「我要你的口供。」

「我在坦佩市遭到槍擊，而你是鳳凰城警探。這句話是我的口供，事實上，有兩句。」

「我明白，歐蘇利文先生。我只是得在報告中加入你對事發當時的描述。警察被槍殺總是會引來很多調查，而當他是被別的警察射殺時就會引來瘋狂調查。所以幫幫忙，好嗎？」

「好吧。法苟斯警探在我高舉雙手、沒有採取任何行動、也沒說任何話的情況下，毫無理由地對我開槍。英勇果決的吉門內茲警探讓我沒有受到進一步傷害，很可能救了我一命。我打算對坦佩市警局求償數百萬元。聽起來如何？」

「棒透了。謝謝。你急著上哪兒去？」

「或許去找間上空酒吧。這與你無關。來吧，醫生，我們走。」史努利開始向前推，就在此時，吉門內茲看見了掛在輪椅後面的東西。

「嘿，那是劍鞘嗎？還是一支劍？」

「哇，又來了。」我說著指示史努利繼續推。「這話聽起來非常像是法苟斯警探今天搜查不在我店裡的狗時所說的話。」

「如果那就是法苟斯警探所說的那支劍，那你就是把它從犯罪現場拿走的。」吉門內茲跟在我們身後一、兩步外說道。

「如果這是同一支劍，警探——我只是說如果，既然當時只有法苟斯有看到那支劍——那它此刻也是我合法持有的東西，就像在我店裡時一樣。晚安，先生。」

「先等一等。」吉門內茲說：「如果需要問你更多問題，我該上哪兒去找你？」

「你已經知道我住的地方和我工作的地方。」我說。

「就是說你要回家了？」他是個固執的混蛋。

「這樣吧。如果你在我家或店裡找不到我，你可以透過我的律師霍爾‧浩克和我聯繫。」我原先的計畫是丟下輪椅步行前往北邊的市政中心，但是吉門內茲爲這個計畫增添了變數。他在我們走出停車場抵達馬路，而史努利不再推輪椅時注意到這一點。

「什麼，沒人來接你？」吉門內茲問。

「晚安，警探。」我冷冷說道。

他不理會我，轉頭對史努利說話：「歐蘇利文先生已經辦好出院手續了嗎？」

「辦好了，我讓他出院的。」

「請問你是？」

「史努利‧喬度森醫生。」

「他的傷勢如何，醫生？」

「你知道我現在什麼都不能告訴你。等我收到正式的醫療記錄要求時，你當然可以親自閱讀他的病例和我的註解。你越早不來煩我，我就能夠越快寫好那些文件。」

「好吧，你們兩個眞是一搭一唱。」吉門內茲說著雙手抱胸，雙腳交叉。他不再多說什麼，只是站在那裡瞪著我們兩個。我目光始終保持在馬路對面的史考特谷運動場上，而我認爲史努利在和他對瞪。我敢說吉門內茲會是先眨眼的人——狼人嘛，你知道——但是史努利沒那個耐心瞪到他認輸，便發動了一場法律辯論來節省時間。

「如果你不介意的話，警探，我得和我的病人私下談談。」史努利說，接著我實實在在感受到他用上了狼人表達「給我退下」時的銳利目光。

兩秒過後，吉門內茲壓低視線。他說：「當然，醫生，晚安。你也晚安，歐蘇利文先生。我會保持聯絡的。」我們沒有回應，看著他向南沿著人行道走出約莫二十五碼。接著他停下腳步，自外套中拿出一包香菸，開始在掌心拍菸。他在將菸放到嘴裡點上時，回頭看了看我們，顯然打算在附近等到來接我的人現身爲止。眞是煩。

「史努利，推我朝市政中心公園前進。」我低聲說，心知他能聽見我的話。他照做。「你擋著我，我要對我和我的劍施展僞裝法術。」我說：「然後我會站起來和你一起走。因爲天色昏暗，我認爲他不會察覺到。等我們抵達第二街路口時，我們就可以在轉彎後擺脫他，到時候你就可以走回來，告訴他說我上了在那裡等我的車。」

「好。」他低聲道：「他在跟蹤我們，而且他剛拿出手機。」

「聽得見他在和誰交談嗎？」

「等等。」一時之間，四周只聽得見輪椅通過人行道縫隙時發出的聲響。接著史努利說：「他在請求史考特谷警局派車跟蹤你。」

「哈！來不及的。」我在自己身上施展僞裝術，然後再度對富拉蓋拉施術，感應到我的法力存量又降到死亡谷那麼低——這就是玩內褲遊戲必須付出的代價。我向前搖晃，站上腳踏板，接著跳到馬路上，好讓史努利可以繼續推輪椅，好像我還坐在上面一樣。我試著吸入中槍後第一口大氣，立刻發現這是個很糟的主意。

「痊癒之前不要深呼吸。」史努利在我抓著喉嚨喘氣時建議：「局部麻醉快要失效了，這個時候你喉嚨裡的組織很乾、很容易刺痛。」

「謝謝你及時提醒。」我輕聲說道，喉嚨感覺好像融化的碎石地一樣。

「這就是我收費這麼高的原因。」他輕快說道。

「說到這個。」我喘道：「你把報告交給警方之前或許該讓霍爾看看，確保報告符合事發當時的情況。」

「我會的。」

我轉身看向身後，只見吉門內茲還在跟。他發現我們接近路口，於是加快腳步。我伸手到輪椅後方，拿起富拉蓋拉掛到背上。

「我要開始慢跑去公園了。告訴霍爾明天中午和我在魯拉布拉共進午餐，帶歐伯隆一起來。」

「沒問題。好好養傷，不要擔心。我們罩著你。」

「謝謝，史努利。你值這個價錢。」我轉向右方，穿越沒有車流的馬路，來到賦予市政中心特色的橄欖樹分隔島上。我從一棵樹上吸收些許能量，讓自己能夠順暢呼吸，不過還是有點痛。接著我把史努利和吉門內茲留在後面去玩「德魯伊在哪裡」遊戲，跑過最後四分之一哩路，抵達市政中心廣場，一大片散落著老橡樹和幾座銅像的草地。我覺得這裡的草坪修剪得有點太過整齊，但自然能量足以解決我的醫療需求。

我踏入草地幾步，將手指插入土裡，釋放意識，藉以熟悉這片在城市中被細心維護的寧靜景觀。經過五分鐘的冥思，我找到一塊老橡樹旁人跡罕至的土地，於是走過去脫光衣服、整整齊齊疊好，然後藏在彎曲的樹枝上。我檢查手機簡訊，有好幾則——兩則是霍爾發的，一則是培里發的——讓我知道一切暫時沒有問題；然後我將手機關機，進入徹底與世隔絕的狀態。我既裸體又隱形，側向右邊躺在地上，盡量讓紋身接觸地面，並將富拉蓋拉放在身前，躺在我的胸口和腹部上。我在身旁施展了些防禦力場，然後指示身體在睡眠狀態中持續治療和解毒，吸收市政中心大量——並且有某種化學輔助——的生命能量。

我已經自安格斯．歐格今天的陰謀中死裡逃身，不過代價卻是法荀斯的性命。如果我繼續任由安格斯測試我的防禦措施，並且提供靜止不動的目標，他遲早會找出擊潰我的方法——特別是在有個女巫團支援的情況下。所以該是改變遊戲規則的時候了，而我有兩個選擇：拔腿就跑，或是主動出擊。

我現在對逃跑已經不再感興趣，因爲我已經整整逃了兩千多年，而由於我基本上已經向布莉德賭上我的榮譽，說會幫她對抗安格斯，逃跑眞的不再是個可行的選項。再說，我還得處理曙光三女神女巫團背叛的事。我的自尊心不允許自己讓一群年紀不到我一半的波蘭女巫在地盤上撒野。

所以我得主動出擊，而且也該是我主動出擊的時候了。我之前比哈姆雷特還要躊躇不定，現下滿腦子都是這個著名丹麥人的名言佳句：「既然我有理由、有意願、有力量，也有方法去達成這個目標，我不懂為什麼我至今還在說：『我要做這件事。』」哈姆雷特承諾自己在事成之後要拋下一切，但我認為或許當他說：「從今以後，我必痛下浴血決心，否則一切都將枉然！」韻文的格式大大削弱了決心。如果他能夠自由跟隨意志而非莎士比亞的文句，或許他會像我一樣完全拋下韻文，然後說出以下台詞：「來吧，狗娘養的。來吧。」

第十八章

第二天早上，我精神飽滿地醒來，不過尿急如焚。等我避開公園中三三兩兩遊客的目光、對著老橡樹解放之後，我深吸了口氣，感覺非常舒暢。我轉動手臂測試，胸口一點也沒有緊繃的感覺，於是我微笑。大地對我實在太好了，如此熱心、如此寬容。

我拿起手機開機，確認時間：早上十點，我還有很多時間可以前往魯拉布拉。我拉下我的衣服、著裝，將富拉蓋拉掛在背上，然後解除偽裝法術，再度大搖大擺行走於世界之中。我的熊符咒又存滿魔力，體力完全恢復，不過又飢又渴。

坦佩市警局留了幾則訊息給我，先是請求我，後來又變成命令我立刻和他們聯絡；霍爾、史努利和培里的簡訊也都一樣。

霍爾只是想讓我知道歐伯隆是個索求無度的傢伙，儘管他很感謝我的狗有善待他車裡的豪華內裝，但那可惡的犬科動物卻無緣無故摧毀了他的柑橘空氣芳香劑，搞得車裡都是碎片。至於正事，他會等到魯拉布拉再和我談。

史努利說，霍爾已經看過了他的醫療報告，並且預先感謝我支付這麼一大筆款項。

在一則九點半發的語音訊息裡，培里告訴我說店門已經換好了。更重要的是，一個名叫瑪李娜的「超辣」金髮女子到店裡來告知艾蜜莉不再需要藥茶和我的服務；合約已經履行了。哇。這是否表示安格斯和艾蜜莉這對令人稱羨的佳偶分手了呢？還是有其他意義？他還說她問起了一封她朋友的信；她迫切地想要回來，但儘管培里有幫忙找，在店裡卻遍尋不著。

啊，瑪李娜想要取回拉度米娃的血。我敢說她有對培里施展頭髮裡的符咒，讓他把整間書店翻過來找。這下我不禁要想法茍斯和那群警察搜查我家時有沒有翻閱書房裡的書。如果有，他們就可能有找到沾有拉度米娃血的紙條……而霍爾的律師同事很可能沒有發現，或是不知道這張紙的重要性。

我想這種問題還是等到魯拉布拉再問霍爾。我假設我家和書店都遭到監視，所以招了輛計程車前往麥當納寡婦家。

「啊，阿提克斯，小夥子！」寡婦開心地微笑招呼，在前廊上朝我舉起那杯晨間威士忌。「你的腳踏車怎麼了，爲什麼要搭計程車來？」

「這個，麥當納太太，我度過了一個難以想像的忙碌禮拜天。」我說著在她身邊的搖椅上坐下，滿足地嘆了口氣。這樣做向來能討好寡婦：她喜歡把她的前廊當作城內最舒服的地方。她這樣想或許沒錯。

「眞的嗎？快說說，我的孩子。」她搖搖杯中的冰塊，打量剩下多少酒。「如果你不介意坐一會兒的話，首先我要先去加點酒。」她自搖椅上起身，發出咯吱咯吱的聲響。「你會和我喝一杯，是吧？今天不是禮拜天了，我想你不會拒絕喝些冰涼的圖拉摩爾露水。」

「啊，妳說得是，麥當納太太，我不用拒絕，也不想拒絕。我很高興能夠來杯冰涼的美酒。」

寡婦容光煥發、雙眼炯炯有神，感激地低頭看我，在前往屋門途中摸摸我的頭髮。「你是個好孩子，阿提克斯，願意禮拜一陪個寡婦喝威士忌。」

「沒什麼，麥當納太太，沒什麼。」我眞的很喜歡和她在一起，而我很清楚失去心愛之人後內心遭受寂寞圍繞的感覺。經過多年有人陪伴、有人在家等你回家的日子後，突然之間失去這種生活——好吧，那之後的每一天都會變得更加陰暗，胸口也會在每天晚上孤身上床時變得更加緊繃。除非找到人陪你消磨時間（陽光普照的黃金時段能夠讓你忘記孤獨），不然你的心臟遲早都會被壓爛。除了我和莫利根的交易之外，其他人也是我能活這麼久的原因——而我把歐伯隆歸類在其他人裡。此時此刻在我生命中的其他人，幫助我忘記自己曾埋葬或失去的另一批其他人；對我而言，這些人具有眞正的魔力。

寡婦帶著兩杯加冰的威士忌回來，一邊搖晃冰塊，一邊哼著愛爾蘭小調。她很開心。

「現在說吧，小夥子。」她在坐回搖椅上時說：「禮拜天究竟如何個糟法？」

我喝了一口威士忌，享受著酒精的灼燒和冰塊的清涼。「此時此刻，麥當納太太，我認爲我應該接受妳的建議去受洗。昨天教會活動還好嗎？」

寡婦對我咧嘴而笑。「好到我根本記不起神父說了些什麼。非常無聊。但是『你』……」她細心地以美國口音講出「你」字，然後笑道：「過得很刺激？」

「喔，對呀。中了一槍。」

「中槍？」

「皮肉傷。」

「那就好。誰開的槍？」

「坦佩警局的警探。」

「仁慈的上帝呀，我今天早上有在報紙上看到報導！報紙上寫說『警察槍殺坦佩警探』，還有個副標題：『警探毫無來由朝市民開槍。』但是我沒看完整篇報導。」

「對，我就是那個市民。」

「是呀，我猜也是！那個笨蛋爲什麼要開槍打你？不是爲了你殺死那個不中用的英國渾球吧？」

「不，和那無關。」我說。接著我愉快地消磨了一個小時，和寡婦聊起昨天的事情，透露足以讓她聽得開心，卻又不致於影響她安危的眞相。最後我向她道別，承諾很快會來幫她修剪葡萄柚樹，然後步行前往米爾街，向北來到魯拉布拉。我有點引人側目，不少人在看到突出於肩膀後方的劍柄時都決定離我遠一點，不過除此之外，沒什麼値得一提的。

我早到了幾分鐘，霍爾還沒來，於是我在吧檯邊坐下，對關妮兒露出迷人的笑容。看在地下諸神的份上，她眞美！她的紅髮依然濕濕鬈鬈的，肯定是來上班前才淋過浴。她對我露出潔白的牙齒，接著笑嘻嘻地漫步到我面前。

「我就知道不用擔心。」她說：「看到報紙的報導時，我還以爲會有好幾個禮拜看不到你。這下你——報紙上的槍擊案受害者——出現了，看起來很渴。」

「喔，我確實是槍擊案受害者。」我說：「我只是痊癒得快。」

關妮兒的表情突然轉變。她眯起雙眼側過頭來，將一條吧檯餐巾放在我面前，聲音低沉嘶啞，並且多了一種新的口音：「德魯伊傷通常都好得很快。」透過這短短幾個字，我只能猜測這是源自印度半島某地的口音，接著她馬上變回之前的關妮兒——充滿朝氣與魅力的吧檯女侍，「要點什麼？史密斯威克？」

「什麼？妳怎麼能那樣轉變話題？妳剛剛說了什麼？」

「我問你要不要點史密斯威克。」她微帶困惑地說。

「不是，那句之前。」

「我說你看起來很渴。」

「不，看起來很渴和史密斯威克中間？」

「呃……」關妮兒困惑地瞪大雙眼看我片刻，接著突然恍然大悟——至少，她有恍然大悟的感覺。「喔，我知道是怎麼回事了。一定是她和你說話了，也該是時候了，她想和你說話已經好幾個禮拜了。」

「什麼？誰？妳不能什麼都不交代清楚就一直用代名詞講話，這樣沒人聽得懂。」

她微微一笑，揚起雙手，「聽著，這是個需要酒和時間才能聽完的故事。」

「好吧，那我就點一杯史密斯威克，不過我沒多少時間。幾分鐘後我和律師在這裡碰頭。」

「要告他們，呃？」她笑著走去幫我倒酒。

「沒錯，我認爲他們活該被告。」

「那好吧，或許等你跟律師談完後可以繼續留在這裡，到時候我就讓你和她聊聊。」她把黑啤酒放在我的餐巾上，接著又是一笑。我的心彷彿都融化了，忍不住開始懷疑這究竟是關妮兒，還是她腦中搭便車那位的影響。

「妳會讓我和她聊？看來對方似乎會自己選擇開口的時機，而妳無權置喙。」

「她很少這麼做。」關妮兒說，接著如同趕跑蚊子般揮開短暫浮現的不耐，「通常她會很有禮貌地讓我主導。」

「名字，告訴我名字。她到底是誰？」

在她回答之前，霍爾和歐伯隆步入酒吧，兩個都大聲和我打招呼，不過人們只能聽見和看見霍爾。歐伯隆依然身處僞裝法術狀態，不過我可以在空氣中看見一閃即逝的彩光——他一定是在瘋狂搖尾巴。如果繼續下去，一定會有人注意到的；午餐時間的魯拉布拉可不缺顧客。

「阿提克斯！看到你實在是太開心了！狼人一點幽默感都沒有！」

「嗨，霍爾。」我揮手，接著轉爲和歐伯隆交談的心靈模式。

「隱約看到你也讓我很開心，老兄。在被人發現你的尾巴、懷疑自己是不是喝太多之前，快去找間沒人的包廂裡窩著。我會去拍拍你，帶點香腸給你當午餐。小心不要撞到人。」

「沒問題！哇，我好想你！」

我告訴關妮兒晚點再回來結帳，她在我跟隨霍爾走向歐伯隆等的包廂時點頭揮手，歐伯隆的尾巴大聲敲打著椅子；人們左顧右盼，不知道這聲音是從哪來的。

「看在奧丁鬍子的份上，叫那頭獵狼犬冷靜下來。」霍爾低吼道。

「好啦，我在叫了。」我在我們進入包廂時說道。我摸到歐伯隆的腦袋，開始搔他耳朵後面。

「好了，老兄，你必須冷靜一點。你的尾巴會洩露行蹤。」

「但是和你重逢我好激動！你不知道那些狼人有多混蛋！」

「我很清楚他們有多混蛋，相信我。謝謝你一直都這麼乖。爲了獎勵你，我決定幫你點兩份香腸馬鈴薯泥，但是你要冷靜，因爲我們已經開始引起不必要的注意了。」

「喔！好！我盡量！但是要冷靜眞的非常非常難！我想玩！」

「我知道，但是現在不行。後退，把尾巴壓在牆上——就是那樣。現在，你和霍爾在一起的時候有乖嗎？」

「有啊，我沒有在他車裡留下任何痕跡，在他家也沒打破東西。」

「你是不是有什麼沒提的？霍爾說你弄壞了他的空氣芳香劑。」

「我是在幫他忙！任何有自尊的犬科動物都不能忍受柑橘味！」

「嘿！說得有理。現在安靜，女服務生來了。」

我們點了兩盤最好的炸魚薯片，又幫歐伯隆點了兩份香腸馬鈴薯泥。可憐的狗已經快要忍不住了——我眞的必須在他崩潰之前帶他出去跑跑。

「感謝你耐心等候，霍爾。」我在女服務生離開後說道：「他只是很高興看到我還活著。」

「那就是說史努利治好了你？」

「加上在公園裡睡一晚所產生的奇蹟。我感覺很好。」

「坦佩警局的人來找你時，拜託你裝一下痛。我希望你胸口有包繃帶？」

「沒。不過必要的時候，我可以包一條上去。」

霍爾點頭。「我認爲那樣做比較明智。如果事發隔天你就一副沒有中彈的樣子，我們要告他們就有點困難了。」

他向我描述一遍安全攝影機拍到的情況——基本上，那讓坦佩警方無故槍擊市民的案件罪證確鑿——然後我們又討論了一下如何應付警方的問題，該告他們什麼，以及求償數目。

「聽著，我現在要下達一些指示。」我說：「當賠償金終於入帳時，我要你先把你那份收起來，然後幫我償還昨晚應該支付給史努利的金額。剩下的錢就以不具名捐款的方式捐給法苟斯的家人，好嗎？我不想藉由安格斯・歐格對無辜者施展的羈絆法術來獲利。」

霍爾冷靜地打量我片刻，嘴裡嚼著一塊鮮嫩多汁的啤酒口味炸魚，接著冷冷說道：「眞是高尙。」

我差點噎到。「高尙？」我問。

「就說狼人很混蛋。」歐伯隆一邊吃香腸，一邊得意洋洋地說。我沒有理他，專心回應霍爾的嘲諷。

「高尙與此事完全無關。我沒有爲了你從中獲利而看輕你的意思。我只是說我不想要從中獲利，就連捐款都不願意留名。」

霍爾顯然對此存疑，不過不打算大聲說出口，所以他只是在拿餐巾擦手時應了聲：「嗯。」

「現在聽著。」我說，一方面爲了轉移話題，一方面爲了掩飾歐伯隆狼吞虎嚥的聲音。「關於我們的神祕吧檯女侍，我有點頭緒了。」

「聞起來像兩個人的紅髮美女？」

我向他眨眼。「你沒和我說過這個。」

「記得上次我們聊起她的時候，你問我她聞起來像不像個女神，」他開始伸出手指細數我的提問——「像不像惡魔、狼人，或是其他種類的變形者。」霍爾笑嘻嘻地說：「你根本神魂顛倒到沒想到要問我她聞起來究竟是什麼味道。」

「歐伯隆？狼人說的是實話嗎？」

「我不確定。我從來沒有注意過她，而他的嗅覺可能比我好一點。只要你讓我去好好聞聞她的屁股，我就——」

「不用了。」

「好吧，霍爾，她聞起來還有什麼味道？」

「我已經都告訴你了，阿提克斯。你高興的話，可以變形成獵狼犬自己上去聞聞。」他手掌平攤在桌面上，以手指敲打桌面，故意刺激我。

「謝謝，但是我打算用傳統方法查出眞相。等我和你談完之後，她會直接告訴我。」

「啊。這是在叫我離開嗎？」

「差不多。這可能會花點時間，所以我想請你把歐伯隆送去麥當納寡婦家。」

霍爾皺眉，歐伯隆哀鳴。

「我非去不可嗎？」

「我真的一定得送嗎？」

「沒錯。」我對他們兩個說。

他們有點不太高興，不過還是安靜離開，讓我去向女服務生結帳。她看了看香腸馬鈴薯泥的盤子，被舔得很乾淨，然後又看了看炸魚薯片的盤子，裡面一如正常餐盤，留了些小菜渣——接著不太確定地看了我一眼，心知有點不對勁，但又想不出個合理解釋。

我真的很享受這種時刻。我心想再多弄個這種時刻出來一定很有趣，於是解除了歐伯隆的偽裝羈絆；突然出現的大狗肯定會嚇壞米爾街上的某人，如果這個某人剛好就是霍爾，那就更完美了。

魯拉布拉的好吧檯在行色匆匆的午餐客人回去工作之後，空出好些空位；而當我在關妮兒面前坐下時，她已經無所事事到拿玻璃杯出來擦了。她微微低頭，一雙綠眼直視我的雙眼，誘惑地輕舔上唇，嘴角露出一絲羞澀微笑。我拒絕接受玩弄，於是抬頭看向裝滿威士忌和小擺飾的高酒櫃，彷彿她只是在做預測氣象之類的無聊事；她輕笑了幾聲。

「要點什麼，阿提克斯？」她問，在我面前放下一條餐巾。

「我相信我們剛剛講到一個名字。」

「你得先點杯酒。」

「那就圖拉摩爾露水，加冰塊。」

「沒問題。但是你得有耐心點，我要用我的方式講述這個故事。」

「妳的方式？不是其他人的方式？像是，妳腦中的其他人？」

「沒錯。我的方式。」她說著，倒了一大杯酒到裝了冰塊的酒杯裡。她將酒杯端端正正地放在我的面前，然後雙手抱在乳房下方、靠上吧檯，與我的臉只有一呎之遙。完美的肌膚，鼻頭微側，嘴唇上塗了一層草莓光澤。這種情況下要我不想親她很難，特別是當她開口講話前還要翹起嘴唇。「那麼，你是個德魯伊？」

「如果妳這麼說的話。妳又是什麼？」

「我是宿主。」她回應，接著雙眼圓睜。「或許你可以把我當作開頭要大寫的宿主。你曉得，那樣比較不同凡響，比較神祕，比較有史酷比【註】的感覺？」

「好吧。什麼的宿主，或是誰的宿主？」

「一名來自南印度的好女士。她名叫拉克莎・庫拉斯卡倫，是個女巫，不過你一點也不用擔心。」

註：史酷比（Scooby-Doo），也譯作叔比狗，是美國知名動畫系列，也是主角。劇情主要在解決各種神祕事件。

第十九章

看在地下諸神的份上，我討厭女巫。

既然有個女巫可能正透過關妮兒的耳朵聽我說話，我認爲該努力隱藏這種想法。然而儘管不能透露鄙視的神色，我還是可以表示懷疑。我對她露出哈里遜・福特在扮演德卡德、韓索羅，一直到印第安那・瓊斯等所有角色【註】時都曾用過的那種似笑非笑的嘲諷笑容，拿起我的酒杯。「一個好女士，呃？」

「非常好的女士。」關妮兒緩緩點頭，完全無視我那不相信的神情。

我喝了一大口酒，等她繼續說下去，但很顯然地，球現在在我手中。如果依照她的方式，表示我必須提出更多問題，那就提吧。「這個好女士和妳分享腦袋多久了？」

「就在你從曼度西諾回來之後不久。」

「什麼？」儘管剛喝了一大口火熱的酒，我還是突然感到一陣寒意。

「你記得的。你變成一隻水獺，從一具位於約莫——多少？——水面下五十呎，沙地中數呎深的

註：德卡德（Deckard）爲《銀翼殺手》主角；韓索羅（Han Solo）爲《星際大戰》系列要角；印第安那・瓊斯（Indiana Jones）爲《法櫃奇兵》系列主角。

骷髏手中取走了一串美麗的紅寶石金項鍊？」

我在愛爾蘭酒吧裡感到渾身發寒、毛骨悚然。「妳怎麼知道？」

「你以為呢？拉克莎告訴我的。」

「是呀，但是她怎麼知道？」

「那具骷髏原先歸她所有，但是那具凡塵的軀殼於一八五〇年時就已經不堪使用。在那之後，直到最近為止，她都棲息在那條項鍊上最大的紅寶石裡。」

我決定把所有與將紅寶石變成靈魂容器的問題留到晚點再說。「然後怎麼了？」

「好了，接下來你應該都猜得到了。取得項鍊後，你如何處置？」

「我把它交給一個名叫拉度米娃的女巫——」

「這個女巫沒有外表那麼友善，而且剛好住在我家樓上的一間很有風格的都會公寓裡。」

「而她立刻就把拉克莎逐出項鍊——」

「這就是我腦袋中多了一個室友的原因！」關妮兒推離吧檯，為我大聲鼓掌，彷彿我剛在三年級才藝表演中演奏了《藍色狂想曲》一樣。

「好吧，可以，我現在懂了，不過我認為我們跳過了一些細節。」我喝完剩下的威士忌，而當我放下酒杯時，關妮兒已經拿起酒瓶準備幫我加酒。

「你需要加量。」她說著倒了多半超過建議飲用量的酒到杯子裡，「慢慢喝，等我先做點事。」接著她離開我的視線範圍，去服務少數還在店裡的客人。

我有很多、很多想法可以拿來配酒喝。在我有限的經驗裡，印度女巫有能力施展某些非常強的法術，而任何有辦法從一具軀體跳到一顆寶石裡，接著又在一百六十年後跳入另一具軀體裡的女巫，肯定掌握強大的魔力。我最主要的問題在於如何安安穩穩地將那個女巫逐出關妮兒的腦袋——而這麼做又會讓誰承受痛苦。

這女巫顯然要我幫忙，而我假設她想要的是另一具可供棲息的軀體。但是目前我手頭上沒有那種東西，而軀體是少數幾樣（還）不能在亞馬遜上網購的東西。

不管這名印度女巫想要我幫什麼忙，肯定都是麻煩事，而我也沒有忽略這一切都是拜拉度米娃所賜，更別提最近她幹的那些事情。可能將要難以避免和她正面衝突——進而與她整個女巫團衝突了。正當我為這個惱人想法所困時，關妮兒回來了。

「我敢說此刻你正在懷疑拉克莎想要什麼。」她輕聲說道。

「我確實想過這個問題。」

「但你真的應該懷疑的是你最喜歡的女酒保想要什麼。」

「是這樣嗎？」我笑問。

她點頭。「是的。我其實有點喜歡讓拉克莎待在我的腦裡。她教了我很多。」

「比方說？」

「比方說，所有怪物都真實存在——吸血鬼、食屍鬼，甚至卓帕卡布拉【註一】都存在。」

「當真？大腳怪呢？」

「那個她不確定；太新潮了。但是諸神都是眞的，而且基於某種理由，幾乎所有認識索爾的人都認爲他是個大混蛋。但她告訴我的事情中最有趣的就是，在所有崇尚善良的德魯伊通通死絕的今日，依然還有一個存在世間，而且我曾幫他倒過很多黑啤酒、威士忌，三不五時還會厚顏無恥地和他調情。」

「這個嘛，想要調情一定要厚顏無恥。」

「你當眞比基督教還老？」

在這種情況下，說謊沒有意義，她腦中的聲音已經把一切都告訴她了。再說，我喝的是上好威士忌，必要的時候，我可以把一切都賴在威士忌身上。「對。」我承認。

「你是怎麼辦到的？你又不是神。」

「艾兒蜜特。」我簡單說道，認定關妮兒不知道我在講什麼。

她瞇起雙眼。「你是說迪安．凱的女兒，慘遭殺害的米亞的妹妹，那個艾兒蜜特【註二】？」

我突然感覺酒醒了一點。「哇，這種頭腦可以讓妳在機智問答節目裡贏得高額獎金。這裡的大學裡有教凱爾特神話嗎？」

關妮兒不理我，繼續說道：「你是要告訴我，你知道艾兒蜜特那些藥草的祕密？長在米亞墳上的三百六十五種藥草？」

「對，全都知道。」

「她爲什麼願意和你分享這些無價的知識？」

那是屬於改天再聊的故事。「不能告訴妳。」我故作遺憾地搖頭道：「妳太年輕了。」

關妮兒嗤之以鼻，「隨便你。所以艾兒蜜特的藥草知識就是你永恆青春的祕密？」

我點頭。「我稱之爲『不朽茶』，因爲我喜歡雙關語。我一個禮拜喝一次，藉以保持青春永駐。」

「所以你這張俊俏的面孔並非幻象？你眞的就是這個樣子？」

「對。就生理上而言，我還是二十一歲。」

「眞他媽的太了不起了，哇。」她再度湊到吧檯上來，比上次還要貼近我。「我的要求如下，阿提克斯。」我可以聞到草莓唇蜜的味道、薄荷味的口氣，以及我現在得知只屬於半個她所有的特殊氣味：混雜番紅花和罌粟的紅酒味。「我想成爲你的學徒。教我。」

「眞的？妳想要的就是這個？」我揚起眉毛。

「對。我想當德魯伊。」

我已經有一百多年沒聽過這句話了；上一個要我教的人是個以爲德魯伊穿著白袍、留了如同積雨雲般鬍鬚的維多利亞時代笨蛋。「我懂了。那我能得到什麼報酬？」

註一：卓帕卡布拉（Chupacabra），傳說於美洲活動的吸血怪物，非常矮小，擁有可以吸食血液的尖管舌頭。

註二：傳說圖阿哈．戴．丹恩的醫術之神迪安．凱（Dian Cecht）因爲嫉妒兒子米亞（Miach）的醫術天分，而殺害米亞並將他碎屍萬段。艾兒蜜特（Airmid）在米亞墳上哭泣；在淚水灌溉下，墳上長出了世上所有藥草，而她用斗篷收集並分類這些藥草，但迪安．凱卻掀翻了斗篷，導致藥草之祕失傳於世，只有艾兒蜜特記得一切。

「拉克莎的幫助。她的感激，以及我的。」

「嗯。既然要討價還價，我們就來詳細討論妳們兩個感激的細節。」

「拉克莎知道你和拉度米娃有過節。」

「等等。」我說著舉起一手，阻止她繼續說下去。「她怎麼知道？」

「昨天我輪班的時候，兩個該女巫團的成員跑來這裡，而她——或者說，我——聽到她們談話的隻字片語。聽見你的名字時，我就開始留神。她們說要搶走某樣你的東西，不過我不知道是什麼，因爲她們沒有直接說出那東西的名稱。」

我眉頭一皺。「我知道她們想要什麼。她們有說想怎麼搶嗎？」

「沒，她們只有在講得手之後能夠得到什麼獎勵。」

「有趣。她們怎麼說？」

「她們提到馬・梅爾。」

「妳開玩笑。馬・梅爾？他要賦予她們前往那裡的通行權？」

「還有永久居留權。」

「難以置信。」我鼻孔開闔，手指緊扣我的酒杯。「妳知道馬・梅爾是什麼嗎？」

「要查，不過查到了。那是妖精的世界之一，眞正頂級的妖精世界。」

「沒錯，非常美麗的世界。而它被賣給了波蘭女巫。我很好奇馬拿朗・麥克・李爾知不知情。」

馬拿朗・麥克・李爾理應是馬・梅爾的領袖。如果他知道安格斯・歐格如此承諾，但卻沒有任何反應，那就表示他也有參與推翻布莉德的陰謀；不過比較可能是安格斯也在計劃對付馬拿朗。

「這個我不知道。」關妮兒回道：「不過我聽到其中之一說她們得走了，因爲拉度米娃在等她們。這話顯然引起了拉克莎的興趣，而這也讓她了解你的立場和她一致。她想要你幫忙找機會對付拉度米娃，好讓她奪回項鍊。」

「既然妳住在拉度米娃樓下，爲什麼不隨便找個晚上去對付她？」

「拉度米娃的公寓有嚴密防護，大概就像你家一樣。拉克莎需要你引誘拉度米娃離開安全地帶，並且轉移她的注意約莫五分鐘。」

「就這樣？」

「或許弄點屬於拉度米娃的東西。」

「啊，我懂了。一滴血怎麼樣？」

「那就行了。」關妮兒說。

「拉克莎知道除了妳在這裡看到的那兩個女巫外，拉度米娃的女巫團裡還有十一個女巫，全都法力高強？這可是一場硬仗。」

「只要奪回項鍊，拉克莎就能對付她們所有人。」

「眞的？」她如果不是過度自信，肯定就是非常恐怖。我有辦法抵擋整個女巫團，爭取時間逃跑。但是要獨力除掉她們？辦不到。「那條項鍊爲什麼那麼特別？」

「我晚點讓她告訴你。」關妮兒揮手跳過這個問題。「別轉移話題。拉克莎說你從大海救她回來，她早已對你心存感激，但如果你能助她贏得眞正的自由，她會盡其所能支付你任何代價。」

「我要如何助她贏得眞正的自由？」

「誘開拉度米娃，讓她奪回項鍊。」

「肯定不光這麼簡單。比方說，接下來她打算何去何從？進入拉度米娃體內，或是回到項鍊裡？她不會繼續待在妳身體裡，是吧？」

「不會。」關妮兒搖頭說道：「她是個很棒的客人，但我們兩個都已經準備好要與我們的思緒獨處。這個我會讓她向你解釋。另外還有最後一點，就是我也會很感激你。我沒有能力以魔法償還人情，但是既然古代的學徒都會努力工作，我肯定能夠靠幫你工作償還債務的。」

「萬一我不想收學徒呢？」我問：「沒有學徒，我過得也不賴。」

「喔，是呀。弄到中槍算是過得不賴，是吧？」

「爲什麼我不乾脆幫妳趕走拉克莎就算完了？」

「不行。除非你同意收我當學徒，不然拉克莎不會離開。」

「什麼？」我皺起眉頭，這完全出乎意料。基本上，任何有能力附身在其他人身上的生命都不太會在乎宿主的意志與需求。「她爲什麼在乎這個？」

「她知道我不想一輩子幫所有跑來這裡的人倒酒，我想要達到不凡的成就。你知道，我才二十二歲。」她說：「我想學習。」

「那很好，因爲身爲德魯伊學徒，除了學習，妳也沒有什麼事情好做。但萬一我不同意會怎麼樣？拉克莎就永遠待在妳腦子裡？」

關妮兒聳肩。「不，我們會想點其他辦法。我們遲早會在沒有你的幫助下動手取回項鍊。看看城裡還有沒有其他人想要贏得女巫的感激。」

「那樣的話妳怎麼樣？妳會想要變成其他人物嗎？」

關妮兒點頭，直視我的雙眼。她那雙翠綠色眼眸閃閃發光，讓我想起家鄉的情景。「如果你讓我別無選擇，我就會和拉克莎一樣成爲女巫。但那不是我的首選。」

「喔，爲什麼？」我隨意提出這個問題，不過這是非常嚴肅的問題——或許是最嚴肅的問題。如果她在這個時候開玩笑，或和我調情，或是拍我馬屁，我會立刻拒絕她。但她回答前先想了想——或許在接受拉克莎的指導？

「事實上，有好幾個理由。」她沉聲說道：「拉克莎熟知魔法的奧妙，因爲她已經存活許久。但她知道你活得比她還久，除了諸神以外，比她遇過的任何生命還要古老許多。如果這是事實，那就表示你懂得比她還多，並且經歷過其他人都只能在書上看到的事件——這就是我希望能向你學習的原因，我想從眞正見證過歷史的人身上學習歷史的眞相。我想知道你所知道的一切，特別是人類早已遺忘，或是根本不曾得知的事情。因爲世間的常規就是——知比不知好、知識就是力量，諸如此類。」

我聽過更糟的理由。她來到拍馬屁的懸崖邊緣，仔細看了看底下的情況，然後在最後關頭懸崖勒馬。

「另外一個理由，」她繼續說道：「就是我認爲拉克莎的魔法有點可怕，希望我這麼說沒有冒犯她。」她雙眼上翻，顯然在進行一段腦內交談，接著她看回我身上。「我認爲她向我提過的魔法，以及我曾閱讀過關於眞正魔法的書籍，讓我有點不安。那似乎要和H・P・洛夫克拉夫特【註一】筆下的動作英雄一樣進行非法交易，還外加一些我在道德上無法認同的儀式，而且會造成消化不良。腳趾甲和體液——噁！」她聳肩。「但是你的力量，德魯伊的力量，來自大地，是吧？」

「沒錯。」

她指向我的右手臂。「拉克莎說那些刺青並非只是好看。」

「說得對。」

「聽起來像是我能接受的東西。」

「妳確定嗎？德魯伊的力量十分侷限，我們做不到許多女巫做得到的事情。如果妳要追求的是力量，女巫能夠在短時間內掌握比德魯伊強大很多的力量。」

「世界上有各種不同的力量。」關妮兒辯道：「女巫掌握了支配與毀滅的力量。你的力量屬於防禦與建造。」

「不是。不。」我搖頭，「我認爲妳把德魯伊看得太浪漫了。我的力量也可以用作支配與毀滅。」安格斯・歐格顯然支配了法荀斯，而布雷斯也曾試圖利用幻象毀滅我。

「好吧，你說得對。」她同意，「任何東西都可能被扭曲原意。但是我著重原意，阿提克斯。拉克莎懂得不少肯定有害健康的儀式和法術。不同之處在於，你的法術可以被扭曲在邪惡的用途上，但拉克莎的某些法術永遠不可能有任何善良用途。在我看來，這就是很重要的區別。」

「那妳心目中的德魯伊是什麼樣子？」我問。如果她提到白袍和ZZ Top【註二】的鬍子，我會大聲尖叫。

「他們是醫者和睿智之人。」她說：「說書人、文化保存者，根據一些傳說，他們也是變形者，還有能力影響天氣。」

「嗯，不錯。」我說：「他們會教訓人嗎？」

我彷彿隨口問問，但她知道這是測試。「他們有時候會在戰場上教訓人。」關妮兒皺眉。「我是說根據一些古老傳說的說法。但他們會用劍斧作戰，而非魔法。順便一提，你身上那支劍看起來真不錯。」她說著朝我肩膀後方的富拉蓋拉劍柄揚起下巴。「你打算教訓什麼人嗎？」

我忽略提問，又問了一個問題。「妳在書裡讀到的古老傳說裡，德魯伊都在幹些什麼？」

「通常都是擔任國王的顧問、試圖預知未來——喔，我忘了，占卜也是德魯伊的專長。你會剖開動物，看他們內臟嗎？」她皺起鼻頭看我，屏息以待。

「不。」我搖頭回答，她鬆了口氣。「我比較喜歡擲法杖。」

「對了，看到沒？」她試探性地拍拍我的手臂，「你不毀滅東西。」

註一：H．P．洛夫克拉夫特（H. P. Lovecraft），著名科幻恐怖作家，他的小說作品為「克蘇魯神話」體系的基礎。

註二：美國南方藍調搖滾樂團，團員都留著超長鬍鬚引人注目。

「妳眞的想要成爲德魯伊學徒？在妳回答之前，請容我解釋一下妳會面對的情況，因爲拉克莎不可能知道這些，而如果妳有讀了任何聲稱只要奪取一些植物的性命，並向布莉德或莫利根禱告的新世紀狗屎，喏，實情不是那個樣子。首先，妳要花十二年記東西。不是法術，沒有任何很酷或很強大的東西，只是反覆背誦十二年。或許因爲妳開始得比較晚，腦部已經完全發育，可以提早一年完成這個階段，但那依然是段很漫長的時間。妳必須非常喜歡看書、學習，以及語言，因爲妳必須學會幾種語言，而妳必須全天候做這些事情，一直做到三十幾歲。」

「喔。」她小聲說道：「那支付帳單之類的事情呢？」

「妳必須辭掉這裡的工作，去書店幫我做事。我允許妳偶爾透過枯燥無味的賣書來代替無聊乏味的讀書過程，或許我還會教妳如何煮某些特殊藥茶。」

「哇，好啊。」

「通過所有考驗之後，我們就可以開始教妳一些法術。但妳必須有能力吸收施法所需的法力，這表示我們得用植物性染料幫妳進行儀式紋身，那要花五個月的時間。」

「五個月？」關妮兒瞪大雙眼。

「我剛剛說要預先準備十二年的時候，妳連眼睛都沒眨一下，現在妳卻擔心起這五個月了？」

「問題是這五個月都會被針扎，對吧？」

「事實上，是用荊棘。這是非常傳統的做法，沒有多少東西比這更傳統了。」

「是呀，看吧，這和窩著看書、喝咖啡不太一樣。」

「但是如果想要施展德魯伊法術，妳就必須這麼做。這是將妳與大地羈絆在一起，讓妳能夠擷取它力量的儀式。一旦和大地產生羈絆，妳就永遠不會想要傷害它。安格斯・歐格最近或許在和地獄打交道，但如果布莉德說得沒錯，就連他也不敢對大地胡來。」話一出口，我立刻想到願意與惡魔交易的人很可能做得出更糟糕的事情，於是小聲補充：「我希望。」

「你有和布莉德交談？安格斯・歐格是誰？你是指古愛爾蘭的愛神？」

「對，就是他。」我說，對於她聽過這個名字感到有點驚訝與佩服，不過她既然知道艾兒蜜特，自然也應該知道他。「但是別管他了。重點在於，關妮兒，妳起碼得過十年才有可能感應到任何魔法力量。如果急著想要施展魔法，拉克莎或許知道能讓妳今晚就開始接觸的儀式。妳的耐心比較接近哪一種？」

「正確的那一種。」她說：「我有足夠的耐心。」她伸手握著我的手，輕輕捏了捏。「我真的想當德魯伊。」

「妳說妳二十二歲，那妳拿到大學文憑了嗎？」

她雙眼一翻。「有，我五月的時候取得哲學文憑。而現在我在照料吧檯，因爲拿哲學文憑的人還能幹些什麼？」

「好吧。」我在凝視她片刻之後說道：「我會愼重考慮妳的入學申請。但在我作出任何決定前，我要和拉克莎談談。」

「我想也是。」她的嘴唇噘成遺憾的形狀，手掌縮回身側。「不過我得先工作一會兒，才能讓她主導身體，因爲她完全不懂得照料吧檯。等等。」她迅速走訪剩下的顧客，倒倒酒、結結帳，熟練地微笑、道謝、添酒。

我一邊喝著圖拉摩爾露水，一邊打量著她，想著自己爲什麼已經一千多年沒有收過學徒。主要在於大家都以爲德魯伊已經死絕，沒人知道世界上還有個活生生的德魯伊可供求教；我有點像是在德哥巴星系隱居的尤達大師【註一】。但是就算有人找到了我——三不五時會有像關妮兒這種人出現——訓練學徒也很不切實際，因爲我必須持續遷徙，不能在同一個地點停留太久。那段時期我也花了很多時間在製作項鍊上，而在執行這種計畫的時候絕不能讓學生的提問和教學指導所擾亂。

我上一個學徒於十世紀末離開了這個世界。他名叫塞布蘭，是個聰明、正直的小夥子，一邊向我學習大地的神祕知識，一邊稱職地扮演務農的天主教文盲。當年我隱身在神聖羅馬帝國的裙底——非常偏僻的裙底，事實上，接近加利西亞王國【註二】的康柏斯特拉城。我住在離城數哩外的一座小農莊裡，所有人都喜歡我，因爲我把所有多餘的收成獻給基督，並且支付教會可觀的什一稅。塞布蘭的父親是城裡的鐵匠，派兒子每週來我的農場幾次，購買新鮮作物和雞蛋。他以塞布蘭的勞力作爲支付這些東西的代價，這讓我們有時間進行塞布蘭的教育。西元九九七年，在他即將完成學習、就要前往森林開始紋身時，艾爾曼蘇爾【註三】的大軍自南阿拉伯帝國出發，揮軍橫掃、洗劫該城，在我趕到之前殺害了他和他父親。之後我就放棄扮演老師的角色。不管是我還是伊比利半島都沒有穩定到可以教導學生的狀況。我收拾行囊前往亞洲，後來又跟著成吉思汗的部落返回歐洲。

打從那時開始，我就三不五時想要找個地方成立小型德魯伊教派，不過在安格斯・歐格的威脅與一神信仰教徒的壓迫下，這一直只是白日夢。然而只要我能自莫利根的預言中存活下來，這在今時今日或許沒有那麼麻煩了。

我和她的協議並非放諸宇宙皆準的不死通行證。那只對莫利根——我這輩子首度接觸到的死亡之神——有效，而這無疑對我影響甚鉅；但是世間每個信仰的萬神殿裡都有死神，如果安格斯・歐格眞的與地獄結盟，那麼根據《啓示錄》第六章第八節，死亡將會騎著白馬找上門來。

她的預言中眞正令我不安的是石南木，它暗示快死的戰士會遇上意料之外的事情。到了這個地步，我不認爲安格斯・歐格還能給我多少驚喜，但那個女巫團肯定可以。她們已經讓我驚訝好幾回了，首先是宣稱要讓安格斯不舉，接著又當我的面謊稱她們沒有與安格斯結盟，甚至把她們領袖的血交給我，認定她們有辦法偷回去，或是我永遠不會用它去對付她們。而那一切只靠該女巫團中三名女巫就達成了：當所有女巫集中火力對付我時，能夠做出令我多麼驚訝的事情？

而此時此地，在魯拉布拉，關妮兒的頭裡，還有另外一個自稱只要她取得一條紅寶石項鍊——那顯然是個威力強大的魔法物品，不然這些酷女巫絕不會爲了爭奪它而自相殘殺——就有能力獨自消滅波蘭女巫團的女巫。我想讓法力如此高強的傢伙四處閒晃嗎？

註一：尤達（Yoda），「星際大戰」系列中的絕地大師。隱居於德哥巴星系(Dagobah)，教導主角路克使用原力。

註二：加利西亞王國（kingdom of Galacia），現今中歐波蘭與烏克蘭一帶。

註三：艾爾曼蘇爾（Al-Mansur），阿拉伯帝國西元七五四年至七七五年的哈里發（統治者）。

關妮兒在我面前停步，在我想出答案之前湊上來吸引我的注意。

「好了，阿提克斯，現在我要放出拉克莎了。要有禮貌。」她調皮地笑了笑，接著腦袋下垂，交出身體的控制權。再度抬頭時，她的表情變得深不可測，不過緊繃的眼角和嘴角傳達出年邁的氣息。她以坦米爾語【註一】特有的清脆子音和母音，加上抑揚頓挫的語調對我說：「我期待這場交談已經很久了，德魯伊。」她說：「我是拉克莎・庫拉斯卡倫，懷抱著善意與你招呼。」

不管關妮兒說出多少充滿善意的言語，從一個年輕開朗的愛爾蘭美國女孩變成古老印度女巫還是十分嚇人。這種情況讓我體會到山謬・克來門斯【註二】所謂的坐立難安是什麼感覺。

註一：坦米爾語（Tamil），通行於印度南部、斯里蘭卡東北部等地的語言。

註二：山謬・克來門斯（Samuel Clemens），作家馬克・吐溫的本名。

第二十章

「希望我們能保持善意。」我對關妮兒腦中的女巫說：「何不解釋一下妳怎麼會淪落到這個地方和我交談？」

「我於一二七七年出生在潘地亞王朝的瑪拉瓦朗班・庫拉斯卡倫王統治時期的馬杜賴。爲了向國王致敬，我承襲了他的姓氏。」拉克莎說：「十六歲的時候，我遇上了馬可・波羅，而他讓我了解到世界有多麼廣大。」

「我嫁給一個貴族，丈夫在家時就扮演稱職的妻子。當他不在家時，我就和惡魔國度打交道；因爲活在種姓制度中的女人，沒有其他方法可以脫離社會體系。」

「我所學習的東西大多很可怕——羅刹沒有美好的事物可供分享。至於靈魂轉移的把戲，我是向維塔拉學來的。你有聽說過他們嗎？」

「有。」我回答：「吠陀惡魔。他們會附身在屍體上。」

「一點也沒錯。我利用同樣的手法將我的靈魂轉移到寶石或活人身上。」

「妳可以轉移到任何東西上嗎？」

這個問題似乎讓拉克莎有點驚訝。「我想可以，靈魂可以進入大多數物體。但是你爲什麼會想要進入有可能破碎或是沒有什麼價值的東西裡呢？寶石通常可以長久保存。」

「好吧。告訴我，妳怎麼會跑到海床上的紅寶石裡。」

拉克莎聳聳關妮兒的肩膀。「我想要體驗新的生活，看看新的世界。我決定離開印度。一八五〇年，我搭上一艘載運鴉片前往中國的快船。抵達中國後，名叫福洛利克的船主想要去加州趕趕淘金熱。於是他們在中國裝載了昂貴的絲綢、地毯，以及其他打算在舊金山販售的奢侈品，而且裝了很多。」

「我不能放過這個機會。美國比中國新多了，在那裡，女人只要有心，可以自己開門做生意，於是我也購買了前往那裡的船票，以性交賄賂船長，不讓我的名字出現在乘客名單上。」

「他在床上完全沒有想像力，而且渾身惡臭。或許是察覺了我的不滿吧，當那艘船在今日的曼度西諾觸礁、船身開始進水時，他並沒有讓我一起坐上逃生船。」

「所有人都上了逃生船，但我的逃生船上都是對我毫不忠誠、和我沒有任何共通語言的中國船員。而在海面上，沒有時間和空間準備儀式的情況下，我的魔法毫無用武之地。」

「當四名船員搖槳划向海岸的同時，我看見他們都在打量我的項鍊，並且談論我。他們很可能在想我可以就此消失，成爲船難的受害者，不會有人知道。他們大概計劃要在舊金山賣掉項鍊，然後把錢分掉。」

「不管他們的計畫爲何，總之有個人突然在我身後拔出匕首，一刀插入我的背心，另外一人則試圖扯下項鍊。我在劇痛之下試圖擺脫匕首，奮力起身，帶著還在搶奪項鍊的小賊一同落海。」

「我感覺到自己快死了，而且我也不會游泳。幸運的是，攻擊我的人也不會。他成功自我脖子上扯下項鍊，但我依然抓著項鍊；不久後他終於驚慌放手、棄我於不顧，朝海面掙扎，期待其他船員搭救。」

「由於視線逐漸模糊，我又不敢保證在水裡能夠成功施展維塔拉的能力，於是我必須選擇是要離開人世或讓靈魂進入與我直接接觸的寶石之中。顯然我選擇了後者，才會出現在這裡。」她並沒有在笑容中結束故事，只是不再說話，等著看我反應。

「好吧，那妳現在有什麼目標？」

「取回我的項鍊，然後找具新軀體。」

「好，我們一件一件慢慢談。取回項鍊為何如此重要？如果妳想要紅寶石，我們現在就可以去珠寶店幫妳買一顆。」

「不。那條項鍊乃是惡魔所製的魔力匯聚法器，它能強化我的力量。你的項鍊難道沒有同樣功用嗎？」她伸出手指指向它，疑惑地側過腦袋。

「它不是惡魔所製，不過沒錯，它確實有類似的功用。」我回答，努力裝出無關緊要的模樣。與她交談期間，我的「恐怖女巫探測器」不斷往紅色區域移動。那句「惡魔所製」讓指針直奔右側，離臨界點只差一、兩個刻度。但我問自己，何必停在這裡呢？讓我們再問個真正恐怖的問題。「談談取得新軀體的事情。妳打算怎麼做？」

「從前的話，我會直接佔據軀體，但現在我的道德標準提高了。」

「佔據軀體？不好意思，妳是指活人還是死屍？」

「要看事發當時手邊有什麼順眼的可用。」

「所以海底的那具屍體——並非妳與生俱來的肉體？」

「當然不是！我不知道有任何能讓軀體延續數百年的方法。」

「當然沒有。」我微笑，接著搖頭。「蠢問題，抱歉。」恐怖女巫指示器已經飆到頂點。要是讓她知道我調配出一種能讓身體數千年不壞的藥茶，她會不會吃掉我的腦？她有沒有聽見我向關妮兒提起的艾兒蜜特藥草知識？「但請原諒我對此事有所不解——當妳佔據活人身體時，原先位於其中的靈魂會怎麼樣？」

「這是個讓人類困惑數百年的謎題。」

「妳是說妳殺了他們？」

「我讓他們繼續前往出生與重生的循環。」

我努力掩飾對她的行為與冷酷描述所產生的厭惡感。我不知道掩飾得成不成功；我看見她在察覺我的反應時，微微皺起眉頭。「妳怎麼知道他們有繼續循環？」我問：「如果妳把他們的靈魂擠出體外，而不是當場殺死他們，他們或許會淪為孤魂野鬼在世間遊蕩。」

「或許是這樣。相信我，現在我知道當初自己錯得有多離譜。過去一百六十年裡，我有許多時間思考自己的行為，而我看出來自己濫殺無辜的舉動就像那些中國水手襲擊我一樣。那是命運的輪迴，而我也知道對我幾個世紀以來所犯下的罪孽而言，那只不過是小小的懲罰而已。」

「妳認為受困紅寶石裡的時間算得上妳必須承擔的主要懲罰，還是說這條贖罪之道依然漫長？」

拉克莎驚訝地揚起關妮兒的眉毛，接著皺眉思索這個問題。「我認為你在質疑我的善意。」她說。

「從妳剛剛對我講述的簡短往事來看，我認為我的反應算很不錯了。妳藉由某種非常邪惡的人體掠奪手段達到永生，而且還與惡魔結交。」

「結交！」拉克莎看來對這項指控十分不滿。顯然她不介意我用邪惡來形容人體掠奪，但接著我想起不久前富麗迪許指控我與吸血鬼結交時，我的反應也和拉克莎差不多。這就是我討厭吠陀教因果觀念的原因：每當有人提起它，我就會開始注意到它。

「好吧，我收回。」我說，沮喪地搖了搖手。我不想在這種時候轉移話題。「那個字太強烈了，我不該那麼說，因為我自己也不喜歡它。重點在於妳與惡魔及邪惡魔法的關係讓我很難信任妳，進而導致我不願幫助妳。希望妳能原諒我這麼坦白，但我就是喜歡坦白。」

拉克莎擠出一個笑容，然後點了點頭。「我很尊重這種想法。我也喜歡坦白，所以讓我先說清楚：我可以強行佔據關妮兒的身體，就像我過去那樣；這樣做會輕鬆很多。喜歡的話，我也可以隨時離開她的身體，跳入任何街上的路人或吧檯邊的酒客身體裡。但是我不想繼續那樣做了，而這就是我徵求她同意、與她暫時分享身體的原因，也是我試圖透過合作和共同利益來取回項鍊，而非採取侵略性自私手段的原因。現在我想要利用天賦來造福世界，而不是散布混亂與毀滅。」

「真的嗎？如果我幫妳，拉度米娃會怎麼樣？」

「因果報應。遲早都會發生在每個人的身上。」

我跳過這個話題。「妳要怎麼挑選另外一具軀體？」

「關妮兒建議我們去醫院造訪昏迷不醒或是植物人狀態的病患——依然存活但靈魂已經離去的軀體。或許我可以利用他們，將人腦喚醒到可以運作的程度。這些年來我對人腦研究甚深。」

我的手機響了，我按掉它。「不管有多脆弱，萬一這些軀體依然與靈魂保有聯繫呢？」

「我就會問那些靈魂需不需要我幫助他們恢復意識；會有不少人如此希望。可能的話，我會幫助他們，然後回到關妮兒體內繼續找尋。遲早我會找到體內沒有靈魂，或是希望離開人世的人。到時候我就可以在不繼續弄髒靈魂的情況下佔據那具軀體。」

「所以妳接下來的未來大概是這樣——如果弄錯了，請糾正我：我同意接納關妮兒為學徒，幫助妳讓拉度米娃面對因果報應。然後等項鍊到手後，妳就去醫院裡找具軀體附身。這樣對嗎？」

「沒有錯。」

「好吧，看起來對我沒有什麼好處。」

「我會幫你除掉拉度米娃。她對你如同芒刺在背，對不對？」

「但她同時也是妳的芒刺。把妳自己想做的事情當作是幫我忙，顯然讓妳佔盡好處。」

「好吧。」她微笑，「我同意。你想怎樣？」

「看到我背上的這支劍嗎？非常強大的法器。」

「是嗎？我沒注意到。我可以看看嗎？」

我小心翼翼地自背上取下劍鞘，放在吧檯上。我拔出部分劍身，露出手掌寬的鋼鐵。拉克莎打量它，皺起關妮兒的眉頭，片刻過後困惑地抬頭看我。

「劍上有道防止它遠離你身邊的法術，除此之外看起來就像把普通的劍。」

果然有兩下子。她不但感應到我的羈絆，並且看出它們的用途。「一點也沒錯。那是因為拉度米娃在劍上施了隱形魔法，辨得到的話，我要妳移除它。」我隨時都能用我的眼淚移除它——至少拉度米娃是這麼說的，但我已經不再相信她的話了——而我想看看拉克莎的能耐。「辨得到的話」這幾個字確保她只要辦得到一定會動手，她可不想承認拉度米娃是比較高強的女巫。

「啊，現在知道要找什麼了。給我一點時間。」她再度彎腰檢視魔劍，一手伸向劍柄，接著停下動作抬起頭來。「可以嗎？」我點頭，她繼續；她提起劍柄，仔細研究末端。顯然這樣做還不夠，她閉上雙眼，將劍柄抵在額頭上，停留約莫五秒，接著專注的神情鬆懈下來，她微微一笑，將劍柄放回吧檯上。

「隱形魔法必須緊繫在物品上，就像斗篷必須繫在人的脖子上一樣。要將魔法繫在劍上，最合乎邏輯的地方就是劍柄末端，而她就是這樣做的。這道法術施展得很棒，隱形魔法層層交疊，幾乎沒有任何漏洞。你付給她什麼酬勞換取這種服務？」

「喔，我跑去曼度西諾幫她弄了條項鍊回來。」

拉克莎仰起關妮兒的腦袋大笑，聽起來並不令人心安。

「你用我的項鍊交換這道隱形法術！我想這場交易她佔了便宜！」

「是呀，她很快就會得到因果報應了，不是嗎？」

拉克莎點頭。「是，很快。」

「妳能移除她的隱形術？」

「可以，要花十分鐘。」

「太好了。再幫我一個小忙，就可以彌補我在這場交易中的損失。」

關妮兒臉上饒富興味的神情突然變得正經八百。「再一個。說吧。」

「當這一切結束之後——當妳取回項鍊，得到新的軀體後——妳要搬到密西西比以東去，永遠不在沒有知會我的情況下進入亞歷桑納。」

她瞇起關妮兒的雙眼看我。「可以請問理由嗎？」

「當然！」我說：「我非常尊重妳的能力，拉克莎．庫拉斯卡倫。我也非常認同妳打算好好過活、從此以後行善人間的想法，我特別欣賞妳至今對關妮兒，還有對我所展現的關心。但是萬一妳有朝一日再度與惡魔……打起交道，我希望那會成為很遠很遠、其他人的問題。」

她冷冷地看著我，一時之間，我以為我們要展開一場傳統的對瞪比賽，但她在比賽開始前就垂下目光，點了點頭。「成交。」她說：「想要解除隱形法術時就與關妮兒聯絡。解除法術需要事先準備和一些隱私。要對付拉度米娃的時候也請和她聯絡。」

「我會的，謝謝妳。」

關妮兒的頭懶洋洋地垂向一側，彷彿是個慢性嗜睡症患者，接著她的頭在原始性格重新掌權時再度抬起。

「嗨，阿提克斯！」她笑著說道：「要再來杯酒嗎？」

我看著我的酒杯，裡面還有半杯酒，接著一飲而盡。「要。」我說著順手把酒杯放回吧檯。「很高興妳回來了。我想妳。」我深吸口氣，在威士忌於喉嚨中發揮功效、驅走緊張感時把氣吐出來。她再次幫我斟滿，告訴我她去巡場一遍後就會回來。

結果我沒享受到最後那杯威士忌，因爲剛納・麥格努生，坦佩部族的阿爾法狼人，帶著手下大多數的狼人——包括史努利・喬度森醫生在內——闖入魯拉布拉。

「霍爾在哪裡？」他對我吼道。

「他在快一小時前離開的。」我說。

「出事了。」麥格努生說：「你剛剛有看手機嗎？」

「沒。」我承認，接著想起和拉克莎交談時手機有響過。我自口袋取出手機，看看螢幕。艾蜜莉——曙光三女神女巫團中最年輕的女巫——傳來簡訊：「你的律師和小狗都在我手上！[註]帶那把劍來，不然他們都得死。艾蜜莉。」

我已經很久不曾有過想在某人身上加諸痛苦的念頭了。我喜歡以長遠的目光面對煩人的傢伙——

註：這段簡訊的原文：「I have your lawyer and your little dog, too!」是在向《綠野仙蹤》中西方壞女巫的著名台詞：「I'll get you, my pretty, and your little dog, too!」（我會逮到妳，小可愛，還有妳的小狗！）致敬。

比方說，我會活得比任何煩我的人都久，所以他們造成的問題遲早都會消失。我個人已經將「這件事總會過去」這句話改成「你總是會死」【註】，而這種想法幫助我避開各式各樣的衝突。我可以負責任地說一句，打從二次世界大戰過後，我就沒有這麼生氣過了，但是這條簡訊把我從前的脾氣都帶了回來。

她抓走我朋友、向我勒索，還拿《綠野仙蹤》開玩笑？看在地下諸神的份上，我恨女巫。

註：「事情總會過去」（This, too, shall pass.）是英文諺語，形容有形之物都是短暫的，可以作正面解讀，也可以作負面解讀。而阿提克斯將這句話改為「你總是會死」（You, too, shall die.）。

第二十一章

我讓麥格努生看簡訊，想不出任何話好說。他看完簡訊咕噥一聲，將手機還給我。我看得出來，其他狼人在他透過心靈連結告知此事時都怒不可抑。

「可以請你幫我打電話給她嗎？」麥格努生努力壓抑怒氣說道：「查出她們把霍爾藏在哪裡。他昏迷了一段時間，現在醒了，不過雙眼被蒙上，無法告訴我們他身在何處。」

「沒有問題。」我說：「我打電話的時候請保持安靜，別讓她知道你們在聽。」狼人可以輕易聽見電話裡的聲音。

麥格努生強迫自己匆匆點個頭，我撥打簡訊裡附的電話號碼。

「你還等真久。」艾蜜莉在電話響一聲後對我慵懶地說道：「或許你的狗在你心裡沒有我們想像中那麼重要。」

「證明他還活著。」我咬牙說道：「不然我們就不用談了。」

「我會讓你的律師證明這一點。」她說：「等等。」電話那頭安靜片刻，接著是一陣沙沙聲和怒吼聲，然後我聽見艾蜜莉要霍爾告訴我他沒事。

「阿提克斯。」他喘息道，聲音顯然十分緊繃。「我看見半數女巫團成員在樹林裡。」一下撞擊聲和叫聲過後，我聽見艾蜜莉遠遠叫他只要告訴我狗沒事，其他什麼都不許說。「我們被綁在樹上，銀鎖鏈。歐伯隆目前沒有受傷。」

「夠了！」艾蜜莉叫道。她將手機拿回嘴邊；我聽見歐伯隆發出幾聲哀鳴，他還活著。

「來東迷信山脈，走鬧鬼峽谷步道，前往東尼小屋。」她說：「有些地圖上叫它東尼牧場，是同一個地方。天黑後一個人來，帶著那支劍。我們會把狗和狼都帶去。」

「如果他們受到任何傷害，那支劍就會砍在妳脖子上，後果另外再說。」我厲聲說道：「聽清楚了沒，女巫？妳體內的血與我羈絆在一起。如果殺了他們，我保證我——還有霍爾的部族——都會追殺妳。妳根本不知道妳惹上了什麼麻煩。」

「是嗎？我想我得問問我的朋友——安格斯．歐格。我肯定他會讓我知道你是什麼樣的小蟲。」

「問妳自己這個問題，女巫：如果我在他眼中不過是一條小蟲，那他爲什麼沒在過去兩千年裡把我踩扁？如果我這麼好解決，他何必去和妳們女巫團結盟？」

「兩千年？」艾蜜莉問。

「兩千年？」麥格努生問。

糟了！這就是我不喜歡生氣的原因。怒氣會讓人透露一些不想透露的事情。儘管如此，我不能讓艾蜜莉以爲精確得知我的年紀就能取得什麼優勢，於是我將這個事實當作武器。

「沒錯，小姑娘，妳麻煩大了。想要活過今晚，唯一機會就是把我朋友安然無恙地交出來。」我在她回應之前掛下電話。

「你不能一個人去。」麥格努生立刻說道——他當然聽見了我們說的每一句話。

「我本來就希望你能一起來。」我回道。

「他們把麻袋套回他頭上了。」麥格努生說：「但我們透過連結看見了六名女巫，你的獵犬和他們在一起。霍爾聞到現場還有另一個人，但是沒有看見是誰。」

「聞起來是什麼味道？」

麥格努生兩眼上翻，回想那股氣味，接著開始形容：「橡木和熊毛……還有濕羽毛。某種鳥。」

「那是天鵝。」我說：「安格斯．歐格的動物形態之一。」

「安格斯．歐格是誰？」

「說來話長。」我說：「簡單來講：他是個神，而且除了女巫之外，他還找了惡魔當幫手。詳細情形路上再說，重點是我們將會面對一場硬仗。不過我們或許可以帶個他們意想不到的人一起去。」

「誰？」

我轉過頭去，看著正在吧檯另一端幫年長紳士倒金氏黑啤酒的紅髮美女。「關妮兒！」我一邊拿出皮夾付帳，一邊大聲叫道：「如果妳仍願意拜我爲師，我願收妳爲徒。妳還想要向我學習嗎？」

「非常想！」她朝我微笑點頭，將酒瓶放在客人面前。

「那就告訴經理說妳要辭職，立刻生效。」我說：「現在開始，我就是妳的老闆。我們現在就得離開，所以動作快。」

她目光飄向站在我身後，擠滿酒吧門廳的狼人。

「出事了，是不是？」

「對，出事了，我們急著要妳朋友幫忙。」我邊說邊敲敲自己腦側，確保她知道我是指拉克莎。「這是妳和她的機會，不過我們必須立刻出發。」

「好。」她說著笑嘻嘻地跑到廚房門口，一把推開大門。「嘿，連恩！我不幹了！」接著她跳上吧檯，雙腳擺到前方，在兩張高腳凳中間落地。

「幹得好。」年長紳士說道，舉起酒瓶向她致意。

我們在連恩——不管他是誰——終於了解到自己失去了一個超棒的女酒保前，一起離開酒吧。一行人擁進停在輕軌車站對面的一大堆加強馬力狼人車，接著沿米爾街往南朝大學駛去。我們右轉，接著沿羅斯福路左行，在寡婦家前停車。

除了關妮兒和剛納外，我叫所有人去幫寡婦修剪葡萄柚樹，並幫花床除草。由於坦佩警局還在監視我家，而我又帶了批處於變形邊緣的狼人遊走，這似乎是遵守對寡婦的承諾和讓部族維持兩條腿行走最好的辦法。

趁著寡婦開開心心地欣賞體格壯碩的男女照料她的前院時，我與剛納和關妮兒來到後院。

「請讓拉克莎現在就移除這上面的隱形法術。」我對關妮兒道，將富拉蓋拉放在她手中，解除不讓它遠離的羈絆。「至於你。」我對剛納說：「確保她沒有帶著我的劍遠走高飛。」

關妮兒瞪大雙眼。「你認爲拉克莎會這麼做？」

「不會。」我說：「但我也曾判斷錯誤過，而且我很偏執妄想，好嗎？」

阿爾法狼人皺眉看我。「你要去哪？」

「回我家拿個東西。」我說：「我應該不到十分鐘就會回來。如果沒有，派人來找我。」

麥格努生點頭，我開始脫衣服。

「你在做什麼？」關妮兒不太肯定地問。

「做妳大概二十年後可以做的事。」我說著從口袋裡取出鑰匙，小心翼翼將它們放在牛仔褲上。

「你是說脫光衣服嗎？我現在就會了。哇！」她輕笑，「你該曬曬太陽。」

「閉嘴。我是愛爾蘭人。」我透過刺青自大地吸取力量，享受著化身爲大鶥鴞時關妮兒所發出的讚歎。我叼起鑰匙圈，無聲地展翅高飛。

「愛現。」剛納在我身後叫道。他只是嫉妒而已，人們不會在他變形時出聲讚歎；他們只會驚叫。

化身爲大鶥鴞之下，從寡婦家到我家只要不到一分鐘。坐在我家外面警車裡的警察看起來非常無聊。我盤旋而下，降落在我家後院，在恢復人形前仔細環顧四周；我的防禦力場完好如初，也沒有人在看，於是我在手中長出人類的拇指，從後門進入我家。沾有拉度米娃之血的紙條依然鎖在書櫃裡，就是我之前放它的位置。我在紙條的角落打個小洞，穿進我的鑰匙圈，然後回到後院。我再度將自己羈絆爲大鶥鴞形體，叼起鑰匙圈，享受返回寡婦家的短暫飛行。

關妮兒在地上畫出的圓圈中盤腿而坐，富拉蓋拉則橫擺在她的大腿上，以掌心包覆劍的兩端。她正唸誦著坦米爾咒語，所以我很肯定此刻主導身體的是拉克莎。

剛納・麥格努生依然處於人形，不過寒毛根根豎起——如果你懂我的意思。看到我時，他彷彿鬆了一大口氣。

「她搞多久了？」再度能夠使用聲帶之後，我立刻低聲問道。我的衣服依然躺在剛剛放置的地方，不過我並不急著把衣服穿上。短時間內數度轉換形體讓我有點敏感焦躁，沒必要的話我不想太快感受衣服帶來的摩擦與限制。寡婦很少會來後院，而這麼多猛男在她面前走來走去的時候，我想不出任何吸引她來後院的理由。

「兩分鐘而已。」麥格努生嘟噥道，聽來幾乎像是低語，「但是感覺好像很久、很久了。這個女巫讓我毛骨悚然，阿提克斯。你信任她嗎？」

「不，我向來不信任女巫。」我說：「不過我相信她會辦好此事。事關她的自尊，或是職業尊嚴。如果她能解除拉度米娃施展在我劍上的隱形魔法，那就證明她比拉度米娃強。」

「你需要她如此證明，還是她自己需要證明一下？」

「是我要的。」我回答：「眞正挾持霍爾和歐伯隆的女巫是拉度米娃，不是艾蜜莉。想要剷除整個女巫團，我們就需要一個至少能和拉度米娃打成平手的女巫。」

「解除隱形法術就只爲了這個？你不想要掩飾魔劍的威力嗎？」

我搖頭。「不用了。昨天拉度米娃證實了她依然與這支劍保持著足以用來對付我的連結；她讓安格斯・歐格知道該如何羈絆法荀斯警探、讓他能夠感應隱形法術，讓法荀斯看穿我的僞裝法術，進而看見我的劍。要是她能透過這道連結對劍做出更多事呢？或許在我持劍時讓劍反噬？我不能冒這個險。」

「對，不能。」麥格努生同意道。

「再說，我想讓劍隱形的理由就是不想讓安格斯．歐格和他的同黨找到它。既然他已經知道我在哪裡，而布莉德也說想要我保有這支劍，已經沒有理由繼續隱藏它了。公開展示它的魔力其實會對情況有幫助，剛納。因爲那表示安格斯和女巫團會將注意力集中在我和我所代表的威脅之上；他們不會擔心你和部族成員從後方包抄。」

麥格努生露出殘暴的笑容。

「……不過他們明白你們很可能會跟去。」我繼續道：「如果沒有防備，那他們就太蠢了。所以你也必須好好準備。他們會帶銀器，剛納，我敢保證。」

阿爾法狼人的笑容融化成吼叫的神情，五官開始轉變，雙眼綻放黃光。

「哇、哇！冷靜一點。現在不是變形的時候，朋友。」我伸出冷靜的手掌放在他肩膀上，然後繼續發出安撫聲，直到他的臉不再像團熱蠟，目光也黯淡成正常的棕色。不過我倒是聽見前院傳來一些嚎叫聲。並非所有部族成員的自制力都和剛納一樣強，而就連阿爾法狼人都快要失控了。

「很抱歉。」他氣喘吁吁、滿頭大汗。「但是對方的挑釁已經超越我們的容忍範圍。」

「我知道。請告訴在前院變身的人過來後院，先不要管寡婦。」

「好。」他說。沒過多久，三頭狼人圍著我們兩個繞圈，不過目光始終低垂。

我小心翼翼地走向我的衣服，一邊穿衣一邊解釋，「這種時候寡婦需要見個熟面孔。」我說：

「因爲如果沒弄錯的話，她剛剛目睹了三名部族成員變形。」

「沒錯。」麥格努生說：「我們可以信任她嗎？」

「絕對可以。」我回道：「兩天前她目睹我動手殺人，結果她提供後院給我藏屍。」

「有這種事？」麥格努生驚訝地揚起眉毛，「眞是個好女人。」

「最棒的女人。」我笑著穿上褲子，將鑰匙和紙條塞入口袋。「但此刻她大概有點受驚。等女巫搞完之後——」我朝依然在出神狀態下唸誦咒語的拉克莎—闕妮兒點頭，「請她遠離那支劍，告訴她我說要你接手那支劍。如果她拒絕，立刻派狼過來通知我，但是不要攻擊她。只要別讓她離開就行了。」

「你要我派頭狼人像靈犬萊西一樣去通知你？」麥格努生看來很氣憤。

「好，那你就親自來告訴我。」我兩眼一翻，穿上上衣。「希望我回來的時候，她還沒搞完。」

我繞過屋子側面，來到前廊，只見寡婦對著剩下包括史努利·喬度森醫生在內的狼人大吼大叫，要他們這群可怕的東西離開她的草坪。

「麥當納太太，沒事的，他們不會亂來——」

「啊！阿提克斯，你不會也和他們一樣，是吧？」寡婦伸手擋在喉嚨前。

「不。」我向她保證，「我不一樣。」

「你有幾個朋友在我眼前變成天殺的大狗！」她深吸兩大口氣，抓住欄杆支撐自己。

「我知道。不過他們不會傷害妳。」

「立刻給我住嘴！」她斥責我，「你不會是要告訴我說一切都是酒精作祟吧？」

「不，妳看到的都是眞的，但是沒事的。」

「爲什麼？他們是愛爾蘭人嗎？」

「他們大多是冰島人，那些年輕的是美國人。」

「等等，冰島不是英國殖民地嗎？」

「不，是北歐殖民地。聽著，麥當納太太，我很抱歉，我有些奇怪的朋友，不過他們都不是英國人，而且也都不會傷害妳。」

「我認爲你該向我解釋清楚，阿提克斯。」

原則上我不會告訴他人世界的眞相，因爲要收拾幻象破滅的殘局很麻煩。但既然寡婦堅強到試圖趕跑草坪上的狼人，那我想她應該能夠承受眞相。我們在她的搖椅上坐下，剩下的狼人則打掃剪下來的樹葉，然後一個個前往後院。我簡短地爲她上了一課：天堂和地表之下都還存在著超乎人類想像的事物——包括像我這種德魯伊，以及像坦佩部族那樣的狼人。

「你是貨眞價實的德魯伊？你們不是應該死光了嗎？」

「很多人都這麼想。」

「所以所有傳說都是眞的？不是虛構的？」

「很多細節都是虛構的。我認識一個喜歡吃大蒜的吸血鬼。至於狼人，正如妳剛剛所見，隨時都能變形，不過因爲變形過程非常痛苦，他們確實努力只在非變不可的滿月時變形。」

「那上帝眞的存在嗎？」

「所有神祇都眞的存在，或至少存在過一段時間。」

「我是指基督和聖母他們。」

「當然，他們存在。現在還在。都是好人。」

「路西法呢？」

「我沒有實際見過他，但我絕不懷疑他確實存在。阿拉也在做他該做的事情，就像佛陀、濕婆、莫利根等神一樣。重點在於，麥當納太太，宇宙的大小端看妳的靈魂能夠容納多少而定。有些人住在極端狹隘的世界裡，有些人的世界則具有無限可能。妳剛剛得知的事情顯示世界比妳原先想像中更大，妳打算如何面對此事？否定它？或是擁抱它？」

她溫柔地笑著說：「啊，孩子，我怎麼能否定任何你說的話呢？既然你還沒有爲了我看見不該看見的東西而殺我，我想你一定很喜歡我，不會拿假話來搪塞我這個老寡婦。再說，我親眼看到那些天殺的狼人。」

我向她微笑，拍拍她那小小、皺皺、布滿老人斑的手。「我確實喜歡妳，麥當納太太，很喜歡。我相信妳，也知道就像妳的史恩說的，妳是那種會幫助我搬屍體的眞正朋友。我明白妳一定有很多問題想要問，但現在我們得先處理一個危機。歐伯隆和一名狼人遭人綁架，這就是我們這麼激動的原因。我們明天再來詳談。只要能夠活過今晚，我保證會回答妳所有問題。」我說。

寡婦揚起眉毛。「你有這麼多凶猛的大狗爲後盾，今晚還是可能會死？」

「我將要對抗一個神、一些惡魔，還有一個女巫團，而他們通通想要殺我。」我說：「所以這個可能還滿大的。」

「你會殺光他們嗎？」

「我當然想這麼幹。」

「好孩子。」寡婦輕笑道：「那就去吧。把那些混蛋通通殺光，明天早上打電話給我。」

「很棒的建議。」剛納・麥格努生說著從屋側而來，手持富拉蓋拉步上前廊。他的手下跟在後面——有人形，也有狼形——關妮兒也一起走來。依她的舉手投足，我看得出來還是拉克莎在控制身體。

拉度米娃的隱形法術顯然已經解除了。富拉蓋拉綻放出強烈的古愛爾蘭魔法，當我握住朝我伸來的劍柄，感受魔法透過手臂脈動時，我又想起了它當初被製造的致命目的，以及我現在此刻對它懷抱的致命目的。

「對。」我說著拔出魔劍，欣賞它的劍刃。「我已經等得夠久了。如果安格斯・歐格想要這支劍，他可以拿去——不過只能拿到我把他的內臟挖空爲止。」

第二十二章

艾蜜莉說的鬧鬼峽谷步道位於迷信山脈的荒野，以有上百個蠢人試圖來這裡淘金而死聞名。此地堪稱地球上最可怕的山野，充滿岩石與荊棘的惡夢，四下散布著討喜的灌木草地。

我們在國道六十號上向東行駛，經舒伯利爾左轉上斑紋谷路。這條路通往一座銅礦，不過穿越這塊土地的公用道路可以抵達我們的目的地。這裡是迷信山脈的東界，偏僻、人跡罕至。遊客大多走佩羅塔步道，那條路比較好走，沿途景色也比較符合對亞歷桑納的普遍印象——雄偉的北美巨型仙人柱、仙人掌、角蜥，以及希拉毒蜥。

迷信山脈東面景色沒有那麼像沙漠，比較類似草原，除了多刺的洋梨和幾種不同品種的龍舌蘭，還有一些小仙人掌。儘管如此，這裡依然不缺惱人的障礙物：有矮橡樹、矮石南、貓爪草、唐棣屬灌木，以及山楂，還有一些能夠在季節性降雨或沖過峽谷的短暫山洪下生存的棉白楊和無花果。

我們的車隊來到步道入口，剛納顯然告訴部族成員一到這裡就能立刻變身爲狼。只見許多人跳出跑車、撕碎衣衫，迫切地想要釋放體內的憤怒。因爲我們在路上已經擬定好完整的計畫，剛納・麥格努生也變形了。只有關妮兒和我用兩條腿行走，不過此刻主導的是拉克莎，而她對二十頭狼人在眼前變形的奇觀毫不動容。我指示她走近一點。

「讓關妮兒見識、見識，好嗎？」我說：「反正我也要在出發前和她談談。」

「好。」拉克莎說，接著腦袋歪垂片刻，跑去喚醒關妮兒；腦袋再度抬起，關妮兒對我微笑了一毫秒，隨即發現四面八方都是扭曲嚎叫的動物，她問：「怎麼回事？」

「噓。」我說：「妳很安全，不過我要妳看看這個。他們是坦佩部族，妳在魯拉布拉裡應該都曾招呼過他們。」

「我們在哪裡，又是來做什麼的？」

我簡單解釋當前狀況，她聽說拉克莎很快就有機會對付拉度米娃時鬆了一大口氣。

「出發前，我要在妳身上施展幾道羈絆法術。」我說：「因爲我們會跑過這段山路，而不是好整以暇地登山，我曾經來過這裡，開頭幾哩就會爬高超過一千呎。所以我會將妳和我羈絆在一起，讓妳吸取我從地上獲得的能量——這表示基本上妳跑一整夜都不會累。等妳獲得紋身後，這會是妳能做到的第一件事。」

「因爲太陽快要下山了，所以我要另外提供妳夜視能力。我們會跟在狼後面奔跑，因爲妳絕對不想在他們如此憤怒的情況下跑在他們前面。跑出幾哩之後，我就會讓拉克莎回來，做她該做的事情，但我希望妳能體驗一下這種感覺。」

關妮兒有點不知所措，於是她僵硬地點了點頭，然後輕聲說句：「好。」

就在此時，我的手機響了。

「哇，你在這裡也收得到訊號？」關妮兒說。

「我們距離高速公路才六哩左右。」我不認得這個電話號碼，但是這種情況下我又不能不接。

「歐蘇利文先生。」一個熟悉的波蘭口音說道：「我有重要消息要告訴你。」

「我很肯定妳會說謊，瑪李娜。」我回道：「因爲妳從頭到尾都沒說過實話。」

「我一直不知道我在騙你。」瑪李娜說：「我一直以爲我說的都是實話。今天下午我才發現拉度米娃和艾蜜莉讓我變成騙子，得知她們與安格斯．歐格結盟，故意欺瞞我和其他人，我和你一樣被欺騙與被設計。我與她們爭論此事，但她們拒絕背離這條愚蠢的道路，所以現在我們的女巫團已經分裂了。」

「怎麼個分裂法？」

「有六個人在迷信山脈等你，我敢說她們此刻已經和你聯絡過了。」

我假裝沒聽見她最後一句話。「那其他七個人在哪裡？」

「目前都在我家，我們會在這裡討論該何去何從。我們要成立新女巫團，所以有很多東西要討論。」

「哪些人在迷信山脈？」

「不知感恩的討厭鬼艾蜜莉，當然還有拉度米娃，加上潔薇嘉、路米拉、米蘿絲拉娃及史蒂絲拉娃。」

「那和妳在一起的女巫有誰？」

「寶姑米娃、波塔、卡西米拉、克勞蒂雅、蘿克莎娜，和瓦絲瓦娃。」

這些名字對我一點意義都沒有，但是我先記在心裡，以備不時之需。「我怎麼知道妳說的是眞的？」

瑪李娜不太高興地哼了一聲。「我想在電話裡證明不了什麼。不過今晚當你和我從前的姊妹開打時，你會發現我不在場。」

「我突然想到，如果認定我今晚會死的話，妳就不用打電話給我。妳是想要防止我明天再去找妳。」

「不，我認爲你死定了。」

「喔，眞是會說話。」

「我只是不想讓你以爲我背叛你。我和那些從前的姊妹不同，我有榮譽感。」

「走著瞧。」我說完掛斷電話。我明天一定要打個電話給她。我在狼人完成變形，不耐煩地四下亂轉、等我指示出發時脫掉鞋子。「耐心點，拜託。」我對他們說：「我得施展幾道羈絆法術。」

我在關妮兒身上施了之前提的兩道羈絆法術，然後告訴狼人準備好了。我必須維持人形，方便揹劍並與關妮兒溝通。「我們要狂奔。」我告訴她：「能跑多快就跑多快，不用調整步伐，妳不會喘不過氣的，只要小心別扭到腳就好。」

說完，我們出發，一路上狼群只有發出幾下激動的嗚嗚聲。剛納依照之前的安排，嚴令禁止狼群嚎叫，希望不要讓安格斯・歐格及女巫得知我們的數量和距離，反正狼群能透過部族連結溝通。我們的敵人或許有聽見狼人變形時的痛苦叫聲，不過也可能沒有聽見：東尼小屋距離此地足足有六哩遠，我們之間的山丘或許足以吸音。

我比較好奇的是，自己有沒有辦法在接近之後不讓歐伯隆察覺我的心靈。我從來沒有遇上需要這麼做的狀況，但如果感應到我在附近，就像王妃一定會在遊行時揮手一樣，他鐵定會開始搖尾巴，導致敵人得知我們即將抵達。可能的話，我眞的不想暴露行蹤。

在全速上山衝刺約莫半哩過後——在沒有月光的夜晚穿越危險的岩石地表——我聽見關妮兒愉快地輕笑。「實在太不可思議了！」她說道：「和狼人群一起奔跑的感覺眞是太棒了。」

「記住這種感覺。」我說：「等妳陷入枯燥無味的學習之中，不確定一切是否值得時就回想一下。這只是讓妳淺嚐一下之後能夠辦到的事情。」

「我也可以變成貓頭鷹嗎？」

「或許。妳可以化身四種不同的動物形態，但那是用儀式來決定，而不是看妳想變什麼就變什麼。每個人能變的形態都有些微不同。」

「你能變什麼？」

「貓頭鷹、獵狼犬、海獺和雄鹿。這些並非我所選擇的形態，比較像是形態在儀式中選擇了我。」

「哇。」她說，發出合宜的讚歎。「眞他媽的酷。」

我笑著認同她的說法。我們爬到山丘頂，然後依照我和剛納的安排，在鬧鬼峽谷的入口停下。因爲等他化身狼形之後，我就無法有效地與他溝通，我之前和他針對這次計畫討論了很多。與歐伯隆的心靈溝通是我的魔法產生的效果，但是部族之間的溝通則是他們的魔法；而不管我們有多親近，我都不是部族的一分子。而在大多數情況下，狼人都對不屬於他們的魔法免疫，就連讓我和他們的狼形產生心靈溝通的良性魔法都一樣。

「不幸的是——」我對關妮兒說：「現在該是我們分道揚鑣的時候了。從這裡開始，拉克莎必須再度加入我們。」

「喔，好。呃，師父，或老師，還是什麼的。我該如何稱呼你？」

我笑。「我想，正確的用字是大德魯伊。」我說：「不過唸起來有點拗口，是不是？而且在公開場合會引人注目，我們可不希望那樣。所以叫老師就好了。」

「去教訓他們吧，老師。」她以螳螂拳般的手法合起雙掌朝我鞠躬，起身時已經變成拉克莎。

「她為什麼向你鞠躬？」她操坦米爾口音問道。

「我現在是她的老師了。」

「我沒聽過這個名詞。」

「那是我們討論之後決定採用的敬語。聽著，我們和東尼小屋相隔約莫四哩。妳要接近到什麼程度才能對付拉度米娃？」

「想要取回項鍊，我必須站在她旁邊。」

「我是說妳要多近才能，妳知道，讓因果報應在她身上？必須看見她嗎？」

她搖頭。「我只要有之前聽說的那滴血就行了。」

我從口袋裡取出拉度米娃的紙條交給她。她以正常人打量沾血紙條的模樣打量它片刻，接著做出令人毛骨悚然的女巫招牌動作，讓關妮兒的眼球翻入眼眶，只露出眼白。我曉得這種做法和我的妖精眼鏡很像——吠陀教的第三隻眼讓他們能看見魔法的痕跡——不過怎麼看都很詭異。當她看完要看的東西後，她的雙眼又像吃角子老虎機一樣轉回原位，一雙眼瞳聚焦在我身上，她說：「藉由這滴血，我最遠可以從一哩外殺死她。但是沒有我的項鍊，我無法殺掉其他女巫。還是你也有她們的血？」

「不，我沒有。」

「我想也是。想要我幫忙對付她們，你就必須取得項鍊。」

「到時候我大概會很忙。」我冷冷說道，心裡想著安格斯・歐格。這時我突然感應到腳下傳來一陣拉扯，顯示附近有人在吸收大地的力量。除了我，唯一能夠這麼做的生命就是少數古世界的樹精靈、潘恩，以及圖阿哈・戴・丹恩。而我懷疑潘恩會在迷信山脈裡追逐樹精靈。「有人來了。」我說著拔出富拉蓋拉。狼人豎起寒毛，在我面前擺開陣勢，朝我面對的方向拉長口鼻與耳朵，試圖感應我所感應到的東西。眞是一群好狗狗。

我不知道圖阿哈・戴・丹恩的魔法對狼人有沒有用；我的魔法似乎成效不彰，而我和圖阿哈・戴・丹恩的魔法本質上相同，只是比較弱一點。我看見拉克莎利用關妮兒的身體擺出大概是瓦馬卡賴的防禦架勢，這是一種著重在壓力點上的印度武術。她和大多數女巫一樣並不完全仰賴魔法來進行攻擊和防禦，很高興知道這一點。以免，你知道，改天我們站在對立的立場。

腳下的拉扯感越來越近——不管對方是誰，肯定正往這邊過來。我低頭看著通往鬧鬼峽谷的斜坡，沒有任何動靜。有可能是因爲步道兩旁的矮橡木和石南木；打定主意不想現身的人可以一路隱藏行蹤到我們面前爲止。既然對方幾乎肯定是圖阿哈·戴·丹恩的一員，身上絕對施有僞裝法術。

我看見兩頭狼人出聲吼叫，微微跳向我的左側，於是變換站姿面對出現在那邊的威脅。奇怪的是，狼人在半空中試圖改變方向，但顯然無法避開令他們警覺的東西，最後側身撞上某樣東西，導致他們在沮喪的哀號聲中轉身落地。

在我對狼人的認知裡，他們絕對不會有這種反應。通常發出沮喪哀號的都是狼人攻擊的對象——而且只有在喉嚨被咬斷前短暫哀號。

我以爲麥格努生會在這種情況下完全失控，好好教訓、教訓那塊空氣，或至少透過心靈連結罵罵那些哀號的手下。但他與剩下的部族成員全都趴倒在地，翻過身來，讓喉嚨暴露出來。

狼人絕對不會做這種事情。接著我突然了解是怎麼回事，因爲狩獵女神富麗迪許解除隱形法術，在一群順從的狼人面前對我說話——我很高興自己沒有化身獵狼犬。

「阿提克斯，我必須在你與安格斯·歐格衝突之前和你談談。」她說：「如果你們就這個樣子去，這個強大的部族將會死傷殆盡。」

第二十三章

我再度提醒自己永遠不要在富麗迪許身旁變形。我之前已經體驗過這麼做的危險性了，但眼前的實際範例讓我倍感威脅。她對動物形態的生命擁有絕對的控制權；我本來以爲不可能透過魔法控制一整個狼人部族，但她做來似乎毫不費力。這讓我對之前那次會面產生了全新的看法：雖然我以爲護身符失敗了，但它確實在她強大的力量下拯救了我——而歐伯隆根本不可能違背她的意志，就像大地不可能在雨水之下保持乾燥一樣。

「富麗迪許。」我向她點頭，壓低魔劍，但是依然緊握劍柄。必要的時候，我只要一扭手腕就能揚起魔劍。「有什麼事？」

「與安格斯・歐格結盟的女巫團會負責解決部族，讓你抵達之後孤立無援。他們在小屋四周設下以魔法觸發的陷阱，能用數種不同方式釋放銀器。」

「以魔法觸發的實質陷阱？」我問。

「對。就算部族能夠通過陷阱，所有女巫也都隨身攜帶銀匕首。」

「那妳選好陣營沒有？」我問。

紅髮女神神祕兮兮地聳了聳肩。「我不會幫你，也不會和你並肩作戰。我不會跟你踏上同一條道路。」

「因爲妳不想被人發現妳與圖阿哈·戴·丹恩衝突。」

她一邊嘴角上揚，嘲弄地微微點頭。不，富麗迪許不會公開選邊站，不過她卻可以私下爲其中一方提供情報。這時我才想起她曾發誓要讓安格斯·歐格爲了在啪啪高公園裡阻擾她狩獵付出代價。我很高興我們沒有過節，不然我大概很久以前就被她一箭穿口了。我注意到她有帶著弓箭，左手臂上保護用的生皮是剛剛綁上的。

「妳能提供任何該如何避開那些陷阱的建議嗎？」我問。拉克莎站到我身後，避免引人注目。如果她期望富麗迪許不會注意到她，此刻已經太遲了。富麗迪許早就看到她了，並且認定不值得擔心。

「避不開。」她對我說道：「你必須觸發一個。不過她們認定部族會從四面八方同時進攻，所以只在外圍設置一圈陷阱。」

「他們本來應該會這麼做。」

「對。但如果你們集中一點進攻，犧牲一個狼人，剩下的狼人就能突破陷阱圈。然後他們只要應付銀匕首，以及女巫能對狼人作用的魔法就好了。」

「而我則必須應付安格斯·歐格。」

「對，他在那裡。他在用火堆進行某種儀式，吸收大量能量。」太好了。

「那我的獵犬和律師呢？」

「他們沒事。綁在樹上，不過沒有受傷。」

「這是好消息，謝謝妳。那這裡的部族成員怎麼辦？」我說著比向順從地躺在地上的狼人。

「妳把他們怎麼了？」

「我當然制伏了他們。他們情緒激動，還有兩個撲過來；我們很難在他們攻擊我的情況下交談，而既然你沒做任何處置，我就親自動手了。」

「我沒有能力制伏狼人。」我說：「就算有，我也不會使用這種力量。」

「喔？」她揚起眉毛。「那等我離開後，你就會面對非常有趣的處境，德魯伊。」

「沒錯。」我說：「如果之前那算激動的話，等妳釋放他們之後，他們會變得失去理智。他們會爲了洩憤而攻擊我。」

「洩憤？你又在引述莎士比亞大師的句子了？」她向我微笑，我開始幻想一些在作戰之前眞的不該亂想的事情。「因爲這個年代已經沒有在用『洩憤』這種說法了。」

「是沒有，妳說得對。」我說：「我常常會弄混諺語，比較合乎年代的說法是他們會對我抓狂。

所以妳有什麼建議？」

「和他們溝通，解釋我的行爲，重新專注在他們的目標上。他們應該要在女巫身上洩憤——我是說，抓狂——而不是在你身上。」

「我辦不到。」我說：「我在這方面的能力遠不及妳，富麗迪許。」

她皺眉看我，不過沒說什麼。接著她看看癱在地上的狼人，我感應到她吸收了更多力量，透過部族連結與他們交談。約莫半分鐘後，狼人同時跳起，對她放聲吼叫。叫聲變成一長音，充滿威脅意味，如果我讓那麼多雙發光的眼睛瞪著，大概會緊張到腸子打結。但是富麗迪許毫不在意，大聲說道：「去救你的副手。如果派去犧牲的狼人在女巫陷阱中存活下來，我會盡量幫忙移除他體內的銀。你們是個強大的部族，好好作戰，大快朵頤，救回你們的夥伴。」

剛納・麥格努生叫出最後一個反抗音節，隨即轉過身衝入峽谷。他的部族立刻跟上，我沒有時間多說什麼，只能簡短道聲「再見」，然後直追而上，拉克莎跟在後面。

狼人不再費心爲了速度較慢的兩足動物放慢腳步。他們很快就拋下我們，留下拉克莎和我奔跑在後。有些狼人——或許有不少狼人——今晚將會爲了拯救他們的夥伴而身受重傷，甚至死亡。但對剛納和其他狼人而言，這次行動不單是爲了拯救一名部族成員，同時也是爲了挽救部族顏面。沒人可以在惹上部族之後全身而退——或許只除了富麗迪許。

我很高興不是所有圖阿哈・戴・丹恩都有她那種天賦。顯然安格斯・歐格沒有，不然他不會把對付部族的任務交給女巫團。不過他有其他天賦，我只能期望我的天賦可以與他抗衡。

我們一聲不吭地跑了一段時間，但是讓拉克莎觀察富麗迪許的手段或許也是件好事。

「我從未見過狼人部族氣到這種地步。」她說：「這讓他們更加強壯。他們或許能夠在銀之前存活下來。」

「希望我們通通活下來。」

我們在迷信山脈崎嶇的地形上以六分鐘一哩路的速度前進，於二十多分鐘後抵達東尼小屋。我們聽見前方的狼人在對某人抓狂，接著拉克莎停下腳步，告訴我她要在這個地點攻擊拉度米娃。她的雙眼再度上翻，我很好奇晚點關妮兒會不會頭痛。

「我們已經超過必要的距離，而狼人需要我的幫助。我只要幾分鐘就好了。」

我不確定她怎麼知道他們需要她的幫助。他們聽起來很火大，但那並不表示他們需要幫忙。

「好吧。」我說：「我們在那裡碰頭。」

拉克莎已經在地上畫了個圈。「我一定到。」她說。

我孤身上路。

東尼小屋並非位於窪地，也不在山丘上，而是位於一片滿是乾草與野草的牧地中央。牧地四周長了許多無花果、矮橡木、豆灌木、派洛沃德樹等等能為偷襲者提供大量掩護的樹木。小屋附近也有幾棵樹，其中有兩棵無花果樹，霍爾和歐伯隆就是被鎖在這兩棵樹上。歐伯隆還沒發現我在附近，我鬆了口氣，繼續盡可能封閉思緒。

我看見狼人觸發女巫陷阱的地方：不容易錯過，因為地上躺了頭奄奄一息的狼人，身上插滿銀針，像是在做針灸治療一樣。要確定對方的身分並不容易，不過我想那是史努利・喬度森醫生的狼形，而我很好奇他是怎麼抽到籤王的。他不是低階成員，在部族裡的地位很高——而身為人形和狼形的部族醫生，失去他會讓部族損失慘重。我永遠無法了解部族政治。

一座大火堆照亮了小屋前方，不過光源並非來自燃燒的木材。那是道橘白色的光芒，繞著火堆四周盤旋，如同地獄來的奶油雪糕。它為牧地提供足夠的照明，於是我停在史努利軟癱的身體北邊二十碼外的黑暗中，觀察目前狀況。

狼人已經解決了三名女巫，並在我眼前放倒第四個，不過他們也有一些傷亡；我看見三頭狼人躺在女巫屍體附近流血。他們還活著，不過傷勢嚴重。女巫揮動匕首的速度飛快，或許有施展瑪李娜曾經提議要為我加持的加速法術。如今只剩下兩名女巫——艾蜜莉和拉度米娃。（瑪李娜和其他女巫不在現場，這表示她在電話裡講的是實話。）拉度米娃對狼人而言確實是個挑戰：她站在位於小屋和囚犯對面的一個籠子裡唸咒施法，而籠子欄杆肯定有鍍銀，狼人絕對動不了她。

然而艾蜜莉沒有這種保護，她的芭比娃娃眼睛在發現自己即將成為下一個咀嚼玩具時瞪得比原先還大。她位於牧地另外一端，我剛好透過小屋與無花果樹間的縫隙看到她，而她看起來不像是會和其他姊妹一樣堅守陣地、至死方休。我正想到這裡，她已經轉身逃入樹林，而這種舉動只會刺激發狂的狼人展開追捕。

但接著我發現這樣做雖然懦弱，卻也很聰明；她會引誘他們回到依然有作用的陷阱區，狼人將會再度觸發它們。正以狼形領頭追捕的剛納顯然即時察覺了這一點，於是他不再狂奔，命令其他狼人也立刻停步。他們站在原地，朝艾蜜莉消失的黑暗吼叫，對於吃不到她感到沮喪，但又不願在即將救回部族夥伴的此刻離開牧地。

輪到我動手了。他們最多只能做到這樣——我強烈懷疑他們能在安格斯·歐格面前撐多久。我大概也撐不了多久，不過至少我還有點希望。

我的死敵站在他召喚來的橘色地獄火光之中，面對西方，從頭到腳包在銀盔甲裡。那不是為我而穿的：他明白如果我能闖過防線，富拉蓋拉就能像砍爛面紙一樣劈開那套盔甲。那是用來應付狼人的，以免他們突破女巫防線——由於艾蜜莉逃入樹林，拉度米娃又還在唸誦沒有明顯效用的咒語，基本上他們已經算突破防線了。

安格斯・歐格頭戴希臘哥林斯頭盔，一體成形，沒有面罩。這頂頭盔一來讓他擁有最大的視角及呼吸能力；二來也讓狼人難以抓入頭盔或護頰下的喉嚨。就算有狼人辦到了，脖子上還有銀鎖頸甲，而他腰下還穿著一條及膝的鎖鏈裙甲；沒有狼人可以從後方攻擊他的腳筋。想要預防敵人從後方攻擊腳踝通常很困難，但他很清楚面對狼人部族時，對方會瞄準他的阿基里斯腱。於是他融合了中世紀盔甲與義大利式西部牛仔片的奇特風格，在腳上穿了銀馬刺，小腿後方也有凸起的尖刺。

從這種打扮看來他顯然不認為我會一個人來，女巫也一樣。他本來就預計會對上坦佩部族——而且已經謀劃好幾個月了，因為那套盔甲應該是最近才鑄好的。狼人向來不是提爾・納・諾格的問題，而在大賣場的藍光特價區也不可能找到銀盔甲。這個事實讓我的心涼了一截——發現我的行蹤時，他就已經知道我曾透過律師和狼人部族打交道——我蜷伏在一棵棉白楊樹後微微顫抖；我覺得我們似乎在下一盤他早已領先好多步的棋。他從一開始就買通了女巫，讓兩個不同的警局幫他辦事，並且預料到今晚會有一群狼人現身：他還預料到什麼？那座火堆是怎麼回事，拉度米娃又在幹什麼？等我上前現身後會是什麼情況？

彷彿在回應我的思緒，火堆裡開始冒出某樣東西，在安格斯・歐格右邊凝聚形體。他保持虛實不定的形態，我能穿過他半透明的身形看到後面的小屋輪廓，但他的存在無庸置疑：對方身材高大，頭戴兜帽，騎在一匹白馬上，他的名字是死神。

如果今晚我死了，死神會二話不說地帶我走。安格斯・歐格知道我與莫利根的協議。最簡單的解釋，當然就是她告訴他的。她不會違背對我的承諾——絕不會奪取我的性命——但我從未要求她保守祕密。我愚蠢地假設她會守口如瓶，不讓布莉德知道此事，但現在我認爲或許莫利根最後爲了布莉德沒來找她幫忙，而決定要和安格斯・歐格結盟。如果得勝，她就會除掉她在圖阿哈・戴・丹恩裡最大的死敵，並且擺脫一個早該死去的麻煩德魯伊。

還有別的事情令我不安：富麗迪許說安格斯在吸取大量能量可不是隨便說說的。那股能量強大到十分危險的地步——強大到有可能殺死方圓數哩內的大地，製造出一塊荒原。如果讓他繼續下去，就算有一群德魯伊細心照料也要花上好幾年才能讓這片土地恢復生機。

這個想法撕裂遲疑的牢籠，將我拉出困惑的漩渦。在發現他對大地造成的威脅之前，我都還可以轉身逃跑。我可以逃往格陵蘭，一個沒有綠地的地方，躲藏一、兩個世紀。但現在我不能這麼做了。安格斯・歐格可以盡情背叛我、綁架甚至殺害我最心愛的獵狼犬、除掉整個坦佩部族，甚至篡奪布莉德的王座成爲妖精之王，我可以將那一切視爲生存要付出的高額代價。但是殺害透過和我身上一樣的紋身與他羈絆在一起的大地，則是無法容忍的邪惡——這證實了他想要的已經背離了古老信仰，而他已經將自己與黑暗羈絆在一起。這就是讓我站起身來，自劍鞘中拔出富拉蓋拉，跳過奄奄一息的喬度森醫生，衝入地獄光照射範圍的理由。如果我註定今晚要死，那將會是令所有德魯伊感到驕傲的死法——不是爲了某個微不足道的愛爾蘭國王的自尊，或是爭奪遼闊世界中一座渺小島嶼的權力慾而戰，而是爲了賜給我們力量與祝福的大地而戰。

我衝鋒的時候沒有高呼戰呼。戰呼是用來恫嚇敵人的，而我沒辦法恫嚇安格斯．歐格。我以爲我或許可以偷襲他，但是拔出富拉蓋拉顯然就是他們等待的關鍵，因爲拉度米娃突然睜開雙眼，在銀籠中叫道：「他來了！」

如果可以停步，我一定會把握機會。拉度米娃怎麼能夠察覺我拔劍出鞘？但我已經下定決心了……我必須繼續。

歐伯隆在我衝入光亮處後立刻發現了我，他在我心中發出寬心與焦慮的叫聲。

「阿提克斯！」他叫道。

「我來了，朋友。我愛你。但是閉嘴，讓我專心。」他是個好孩子，我再也沒有聽見他的聲音。

但是安格斯．歐格朝火堆揮手，我聽見惡魔破火而出時發出那污穢又尖銳的聲響。

第二十四章

住在世界這個部分的人們習慣想像惡魔是紅色的可怕生物，額頭上有長角，尾巴像條長滿刺的鞭子。如果眞想對地獄與罪孽的邪惡洩憤，他們就會加上山羊腳和分趾蹄，以免你錯過這些特徵。我不確定那種形象是誰想出來的——我想是十字軍聖戰年代歐洲某個性飢渴的狂熱僧侶，不過那個年代我在亞洲打發時間努力避開——然而過去幾個世紀以來，這顯然是歷久不衰、令人信服的形象。我曾見過不少這種惡魔爬出地獄，因爲時至今日那已是種約定成俗的形象。不過絕大多數像是耶羅尼米斯・博斯【註一】或老彼得・布魯赫爾【註二】畫作中的夢魘。有些惡魔展開皮翼在沙漠夜空中翱翔，翅膀末端還有類似手指的利爪，用以撕裂柔軟物體；有些惡魔兩邊腳的數目、長短都不相同，搖搖晃晃地爬過地面；有些踏著惡名昭彰的分趾蹄疾奔而來；但是所有惡魔，毫無例外，身上都隆起許多尖銳的部位，而且惡臭難耐。

安格斯・歐格沒有浪費時間介紹角色出場，甚至沒有發出大壞蛋應有的笑聲。他沒有奚落我，說我死定了之類的；他只是指著我，說出愛爾蘭語中的：「除掉他，孩子們！」

註一：耶羅尼米斯・博斯（Hieronymus Bosch），十五、六世紀的荷蘭畫家，作品大多在描述罪惡與道德淪喪。

註二：老彼得・布魯赫爾（Pieter Brueghel the Elder），文藝復興時期畫家，深受博斯影響，擅長描繪農民生活。

所有惡魔同時動手，但是有兩頭大型惡魔沒有——我清楚看到一頭分趾蹄惡魔奔向山丘，而最大的有翼惡魔消則失在夜空裡。

安格斯爲了它們的叛逃行爲大發雷霆——他大聲叫它們回來，而我想他原先是打算在小惡魔耗盡我的體力後，再由它們出手解決我。我看見部族跑去保護霍爾和歐伯隆，因爲他們被鎖在樹上，無法在不聽命令或擅自脫逃的惡魔之前守護自己，這給了我一點喘息的空間。

「你以爲會是什麼情形，安格斯？」我一邊砍下先鋒惡魔的腦袋，一邊嘲笑道：「它們是天殺的惡魔。」然後我就沒有時間說話了，因爲它們蜂擁而上，而我唯一能做的就是專心屠殺，並且想辦法不要把胃裡的東西吐出來。

約莫三秒過後，我開始察覺我將會因爲寡不敵眾或是噁心致死。已經有很多惡魔爬出那團火堆，而且還在持續增加。幸運的是，它們全都還在我前面——沒時間嘗試側面包抄——於是我吸收大地僅存的寶貴能量，以握著劍柄的食指指向它們，照布莉德的指示叫道：「度伊！」希望這招能夠解決幾頭惡魔，然後準備承受她警告過的虛弱狀態。

結果我根本無法承受那種虛弱。一張長著細長鸛腳的血盆大口從左邊撲向我的喉嚨，正面有個好像鐵處女合唱團吉祥物【註二】的東西衝來，右邊則是頭加州女孩與科莫多巨蜥的混合體。因爲我全身動彈不得，這些傢伙全部都在我像隻小長頸鹿般突然摔倒時越過我身上或是被我絆倒。

安格斯．歐格發出勝利的笑聲，向拉度米娃叫道：「我要關閉傳送門了。他即將放開劍柄！動手！」

喔，對了。魔劍。我的手指現在無力握持的魔劍。讓我不至於淪爲惡魔食物的魔劍。我需要力量，而當我試圖吸收力量時，力量卻在我身體底下消失。安格斯．歐格爲了將地獄帶來人間而吸光了附近的魔力。我無法判斷要吸到多遠才能聚集足以讓我起身的力量；在現在這種情況下，我完全動彈不得。夜視能力消失了，現下只能透過火堆的橘光視物。沒有皮膚的鐵處女惡魔迅速爬回來，趁機咬我的耳朵，那股疼痛難以言喻，遠比閱讀伊迪絲．華頓【註二】作品集還要可怕，但我完全沒有力氣閃避，甚至無力叫痛。一隻雪納瑞犬大小的武裝蚊子停在我的胸口，一口插入我的肩膀；我想打扁它，但是辦不到。某頭渾身長滿藍鱗片、愛打類固醇的怪物抓起我的大腿，將我高高舉起；我看著眼前的血盆大口，覺得要不了多久自己就會淪落到那裡面去。吸血的雪納瑞蚊也是一樣想法，因爲它啵地一聲拔出口器，飛離我的胸口。但接著我被隨手丟在地上，落地時摔斷了左腕；我剛好面對著地獄火堆，看見惡魔和在斥責死神的安格斯。

「好了，他顯然已經死了，你還在等什麼？」

還沒死，安格斯。或許很快就要死了，就像我底下的這塊荒土一樣，但或許也不會死。那群惡魔慟哭慘叫、咬牙切齒，彷彿發作了一陣猛烈（又冰冷）的胃灼熱，大多不再理會我了。在天上飛的惡魔沒有受到寒火影響，於是大蚊子又飛了過來，繼續吸乾我的血；和正常蚊子不同的地方在於，它

註一：這隻吉祥物叫作Eddie the Head，看起來是個沒有皮膚、肌肉與骨骼外露，介於木乃伊與骷髏頭之間的怪物。

註二：伊迪絲．華頓（Edith Wharton），十九世紀初美國女作家，著有《純眞年代》、《戰地英雄》等書。

不會在插我的同時注射局部麻醉素來壓抑疼痛。但如果我能活下來處理傷口的話，我敢說它的口水會留下更嚴重的痕跡。

被我擊中的惡魔在寒火的作用下出現數種不同死法：有些融化成一灘爛泥，有些當場爆炸，有些起火燃燒後化為灰燼，咬我耳朵的那頭惡魔就是這樣死的——我再也沒有聽見它的聲音，也再也無法好好正經欣賞鐵處女合唱團的音樂了。

「怎麼了？」安格斯大聲問道，接著像個大混蛋般自問自答：「喔，我知道了。寒火。但這表示他此刻必定像貓一樣虛弱。劍在哪裡，拉度米娃？」埋在距離我數碼外的惡魔爛泥底下。他之前究竟命令她做了什麼，怎麼會以為她能知道這種事。還有嘿，安格斯，你打算處理一下沒被寒火擊中的惡魔，像是我胸口這隻會飛的傢伙，以及在我施法後、你關閉傳送門前冒出來的那些嗎？他很可能會放所有惡魔離開，而它們就會融入阿帕契姜克森的居民之中。

狼人撕碎所有接近霍爾或歐伯隆的東西——很好。但是他們需要我的幫助才能解開銀鎖鏈，而此刻我自顧不暇。

拉度米娃語帶歉意：「我找不到。我知道劍就在附近，但就是找不出確實位置。」

「那就解釋一下妳對我有什麼用處！」安格斯啐道：「妳向我保證就算他移除了妳施展的隱形法術，妳還是有辦法找出魔劍帶來給我。現在妳是要告訴我妳辦不到？」

哈哈。移除隱形法術的不是我，是拉克莎；而移除隱形法術的同時，她必定是把拉度米娃的追蹤法術給一併移除了。不過拉克莎並沒有試圖掩藏富拉蓋拉的自然魔法特徵，所以拉度米娃才會在我拔劍時感應到它——她只是無法確定它的位置。說起拉克莎，現在她該有點進展了吧？

拉度米娃正要反唇相譏，突然之間雙眼大張，隨即失去焦點。啊，對了，開始了。那表情表示拉度米娃感應到有人在鎖定她，但她沒辦法擺脫：畢竟，那是她自己的血。

「回答我，女巫！」以一名愛神而言，安格斯實在不擅長閱讀肢體語言。當時拉度米娃並不是在擔心他，或是任何她曾許下的承諾。她正想盡辦法試圖抵擋即將到來的攻擊。

太遲了。她的頭顱自四個方向凹陷，彷彿有四個鐵路工人同時自主要方位揮下鐵鎚。腦漿與鮮血濺灑銀籠之中，甚至還沾上了安格斯．歐格乾淨無瑕的盔甲。

這就是我說什麼也不要讓自己的血落入女巫手中的原因。德魯伊日誌，十月十一日：「永遠不要惹火拉克莎。」

大蚊子突然拔出口器、飛離現場——它還沒喝飽，於是我假設有更大、更可怕的傢伙要來吃我了。

對方並沒有更大，不過肯定更可怕。當那些爪子陷入我的胸口時，我認出了那隻戰場烏鴉，化身死亡挑選者的莫利根。她雙眼通紅。這不是個好現象。

安格斯．歐格也認出她了，而他終於在轉過身來試圖弄清楚他的寵物女巫怎麼死的時候，看見了躺在惡魔大軍殘骸裡的我。他神情不定地看向始終不動聲色、旁觀一切的死神，只見戴兜帽的身影搖了搖頭，指向我所在的方向。當然，他其實是在指位於我身後樹林裡的拉克莎，而不是我；但是安格斯在缺乏足夠資訊的情況下，得出了最合邏輯的結論。

「啊！是你幹的嗎，德魯伊？我不知道你做得出這種事。好吧，這對你一點幫助也沒有，戰場烏鴉已經停在你身上，就像當年的庫乎林【註一】，很快她就會吃掉你的眼球。我敢說你現在連一根肌肉都動不了。」

我想他說的或許是眞的，莫利根終究還是可能背叛我，但是烏鴉的雙眼綻放更加強烈的紅光，我立刻知道安格斯犯了個致命錯誤——莫利根不喜歡被視爲理所當然。我想他也發現了這一點，因爲他本來已經朝我跨出一步，但卻在看見她眼中的光芒後不再前進。我腦中傳來她的聲音：

「他爲了奪權大夢而謀殺了這塊土地。他認爲那支劍更能夠幫他在提爾・納・諾格發動政變，爲此，他背叛了最神聖的羈絆，他腐化了。」她大聲思考的同時於我胸口上移動利爪，不知道是不小心還是沒注意到自己在做什麼的情況下帶給我強烈痛楚。「我不該直接幫助你，但只要你不向別人說，我就幫。同意嗎？」

沒什麼好考慮的。我同意。

「我把自己的力量借給你，讓你與他公平一戰。」我再度感覺到我的肌肉。「如果你活下來，我會要你交回力量。如果你死了，那力量就會自動回歸。同意嗎？」

我再度同意，身體狀況開始好轉——左手手腕痊癒了，虛弱的感覺消失了，耳朵上的傷痕已經癒合，不過耳朵沒有長回來。「妳介意趁我對付安格斯的時候找出那頭蚊子惡魔，幫我消滅它嗎？它體內有很多我的血。」

戰場烏鴉發出不耐煩的叫聲，搖搖她的翅膀。安格斯・歐格小心翼翼地踏出一步，烏鴉的雙眼再度發出警告的光芒。安格斯停步。

「莫利根？怎麼回事？」他問。她威脅地對他叫了一聲，他舉起雙手說道：「好吧，妳慢慢來。」

「可以。」她對我說：「你知道他身懷莫魯塔【註二】嗎？」

「我不知道，謝謝妳告訴我。」莫魯塔是和富拉蓋拉不相上下的魔法劍；翻成英文就是狂怒之劍。它擁有一種有趣的力量：第一擊就是致命一擊。只要被砍到一下，你就死翹翹了。不過依照魔法法則，那必須是實實在在的一擊，不能只是掠過，肯定也不會單純在和對手的劍盾交集時啓動。

「那你知道那支劍的力量，以及該如何攻擊嗎？」

「很熟，謝謝妳。」我必須讓他採取守勢，永遠不讓他展開攻擊，特別是當我身上只有穿百分之百純棉衣料的時候。不過對他而言，他也和我一樣必須防禦全身，因爲我的劍會讓他的盔甲防禦力像是我的牛仔褲、T恤一樣。

富拉蓋拉——翻成英文是「解惑者」——還有其他兩樣能力：它讓我能夠控制風，但是住在沙漠裡不太用得到這項能力；另外就是當我用劍抵著某人喉嚨問話時，他們必須誠實回答——解惑者就是因此得名。或許有機會的話我該問問安格斯，爲什麼明明已經有了把超強魔劍，還非要奪取富拉蓋

註一：庫乎林（Cúchulainn），凱爾特神話中半人半神的英雄，傳說曾拒絕莫利根求愛。最後被人設計破除自己「不吃狗肉」的誓言，遭長矛貫穿。

註二：莫魯塔（Moralltach），馬拿朗・麥克・李爾給安格斯・歐格的魔法劍。

拉不可。這會是一場有趣的決鬥。

「你應該準備好了。富拉蓋拉就在你身後右側，那頭蜥蜴怪融化的屍體底下。」莫利根拔出利爪，朝安格斯・歐格直飛而去。這種畫面會讓任何人膽顫心驚，於是他的目光一直放在直逼而來的她身上。趁他分心的時候，我渾身活力十足地翻身而起，從加州女孩與科莫多巨蜥混合體惡魔液化的屍體下，取回黏答答的富拉蓋拉。我重新施展夜視法術，轉過頭時剛好看見莫利根拉出一坨說好聽點算是「小白花」的東西，正中安格斯・歐格頭盔正面。他咒罵一聲，伸手抓臉，莫利根咯咯大笑。

我努力保持沉默，脫下上衣擦拭富拉蓋拉的劍身和劍柄，一邊擦一邊微笑。接著我發現在這個時刻開心並非正確的心理狀態，那個對我——以及大地——做過很多壞事的男人就站在四十碼外。

他除下頭盔，擦掉眼中的烏鴉屎，確認人質還在，狼人也都待在原位。他們在惡魔面前守護霍爾和歐伯隆，看來並不打算主動出擊。他看了看依然騎在白馬上的死神，只見對方沒有採取任何行動。心滿意足之後，轉向我剛剛所躺的地方，看到我手持富拉蓋拉挺身而立。

「敘亞漢・歐蘇魯文。」他語帶不屑，自劍鞘中拔出莫魯塔。「我追了你好久，如果世界上還有吟遊詩人的話，他們大概會爲你寫首歌謠。一首恰當的好歌，就是英雄最後死亡，凡人永遠不敢阻撓安格斯・歐格的那種！」他講得口沫橫飛，臉頰因爲震怒而漲成紫色。我沒有回答，只是冷冷瞪著他，讓他發現自己有多失控。他咬牙切齒，深吸口氣，恢復自制。「那支劍——」他說著用自己的劍指向富拉蓋拉，「是屬於圖阿哈・戴・丹恩的財產。如今你除了哀求我的寬恕之外，再也沒有別的路好走了。放下劍，給我跪下。」

「這傢伙是個史詩級的混蛋。好好教訓他一頓，阿提克斯。」歐伯隆說。

我將他的評論放在心裡，打算晚點再來好好享受。我看著這個意圖篡位的傢伙，以我最有威嚴的聲音說道：「安格斯．歐格，你殺害四周的土地，開啓地獄之門，釋放惡魔進入人間，違反了德魯伊律法。我判你有罪，死刑定讞。」

「阿門，阿提克斯！我作證！」

安格斯輕蔑地嘲笑：「德魯伊律法在此不適用。」

「德魯伊律法適用於任何我所到之處，你很清楚這一點。」

「你無權將你的律法加諸在我身上。」

「這就是我的權力。」我揮動富拉蓋拉施展它的能力，朝安格斯施放一陣狂風。我本來只想藉由這詭異的能力來嚇嚇他，不過我八成太生氣了，因爲這陣風強到把身穿銀盔甲的他吹倒在地。

「你要尊重我的權力！」歐伯隆模仿《南方四賤客》裡的阿ㄆㄧˇㄚ說道。我提醒他我得要專注。有時候狗會忘記這種事情，他們很容易興奮過度。

我發現自己爲了施展那個小把戲而喪失了一些能量；控制風的力量或許源自富拉蓋拉，但是意志與能量則是來自他處，而既然無法在這裡吸取大地的力量，我本身就成爲了力量來源——也就是說，來自莫利根借給我的能量。這改變了一切：如果會越打越累，我就不能採用平常的打法。當然，他的狀況和我一樣，所以我決定不要主動進攻，而是待在原地哈哈大笑。來吧，安格斯，生氣吧。對我施展一些魔法，消耗你的魔力，看看會怎麼樣。

我趁安格斯掙扎起身時伸出左手觸摸項鍊，確認它還在原位、沒有受損。腿甲後方的尖刺和腳踝上的馬刺讓他難以起身，而我笑得更大聲。狼人也開始對他叫囂：小惡魔大多不是跑了就是死了，所以他們有空欣賞眼前的奇觀，嘲笑銀人掙扎的模樣。

他氣得滿臉通紅，對我露出那種「你會付出代價」的表情，然後以丟飛盤的姿勢朝我揮出左手。不過向我竄來的不是什麼友善的旋轉塑膠盤——那是團亮橘色的地獄火，只有簽訂了眞的不該簽的合約之人才能拿來丟的火球。

我不打算假裝我的括約肌沒有收縮——我的生存本能發展得太好了——不過除此之外，我站在原地，沒有露出任何擔心這團地獄火的模樣。現在就是測試我的護身符究竟有多厲害的好時機了。

你知道微波好一個熱口袋【註一】，結果在冷卻之前就急著碰它時的感覺？好吧，地獄火就是那樣：一陣強烈的高溫在不到一秒之內消失，沒有留下任何痕跡，但卻讓我滿身大汗。

安格斯難以置信。他以爲會看到一個烤焦的人抓著柄發光的長劍，結果卻看到神色惱怒、生氣勃勃、手裡抓著發光長劍回瞪他的德魯伊。

「這怎麼可能呢？」他脫口問道：「德魯伊無法抵擋地獄火！你應該死了才對！」

我一言不發，開始朝右邊移動，試圖找塊沒有沾到黏滑惡魔殘骸的地面。

這時騎在白馬上的身影突然發出笑聲。牧地上所有生命屏息以待，聽著身穿斗篷的死神嘶啞、難聽的竊笑聲，不知道究竟是什麼讓他覺得這麼好笑。

趁著所有人停止動作、安格斯．歐格遲疑，以及腳踏乾土所提供的機會，我發足狂奔。還有什麼好說的呢？我判了他死刑，他表明不會輕易就範，現在唯一能做的就是動手。

我想要來個那種超讚的動畫效果，英雄把劍插入壞蛋體內，整個畫面包括汗滴在內開始抖動，然後壞蛋吐出一堆血，以微帶訝異的聲音在臨死前說些類似「那眞的是八取大師鑄的劍」【註二】之類的話。哎呀，可惜現實並非如此。

安格斯早年曾是個用劍高手，他曾幫助菲亞娜戰士團突破幾次逆境——他久歷戰陣，與布雷斯大不相同。他架開了我一連串的攻擊，嘴裡不停咒罵，保證要把我碎屍萬段，還要挖出我所有後代的白骨，把它們變成爛泥……巴啦巴啦巴啦。他試圖後退擺脫我的攻勢，騰出一點空間展開攻擊。我絕對不能讓他這麼做，於是我加強攻勢，接著發現我們兩個都在依循愛爾蘭古法作戰——這可能是他唯一懂得的戰法，但顯然並非我唯一懂得的戰法。我在亞洲待了數百年，過去十年中又一直和吸血鬼練劍，我沒有必要與他比拚古老劍術。我改變劍路，施展一套摻雜不少虛招的中國劍法，取得一些優勢：他爲了抵擋來自上方的攻擊而高舉長劍，結果卻發現我的劍從側面砍到。那一劍深深砍入他左手肘上方，我在感覺到劍身接觸骨頭時拔出長劍。他痛得叫出聲來，我想他有說些什麼，但是在唾液和怒火交雜之下，我一個字也沒聽清楚。現在他的左手已經廢了，如同在雨季中受創斷折的灌木樹枝，他將很難維持平衡。我開始有點勝算了——平衡感不佳的人很少能在鬥劍中取勝。

註一：熱口袋（Hot Pocket），一種塞餡料的微波食品。

註二：語出《追殺比爾》。

我向後退開，讓他流血，等著他逐漸衰弱。他會利用一些力量來止血，這我倒無所謂；他還是會比之前虛弱，而且絕對無法及時修復肌肉組織。他該進攻了，我知道他會動手。到了這個地步，我們痛恨彼此的程度已經達到兩個愛爾蘭人痛恨對方的極致——這可不是鬧著玩的。

「你追殺我好多世紀。」我吼道：「本來你還有機會繼續獵殺我更多世紀的，但是對布莉德的嫉妒讓你走到這個結局。」

「你是指你的結局！」安格斯大叫，完全無法容忍我把他精心策劃的陰謀說成是姊弟相殘的家庭糾紛。他一撲而上，卯足全力出劍斜砍。但現在我知道他的作戰方式了——還是遵循古法。我看見這一劍砍落，而我明白自己比他快，也比他猛。我向右揮劍，劃出彩虹般的弧線架開他的攻擊，將他的劍壓在底下，持劍的手橫舉身前。我立刻向前踏步，在他恢復平衡、試圖反手攻擊前提起富拉蓋拉，甩在他的脖子上。他的腦袋後仰，雙眼瞪大，難以置信，在背部狠狠撞上地面的同時自他的脖子上彈開。

「不，我是指你的結局。」我說。

死神再度發笑，策馬奔向我們。我讓向一旁，任由死神彎腰撿起安格斯．歐格的首級，接著又驅趕坐騎回到火堆旁，過程中不斷哈哈大笑。

愛神的嘴巴沒動，但我依然聽見他抗議的聲音：「不！應該是莫利根帶我走！不是你！莫利根！帶我回提爾．納．諾格！莫利根！」

死神的白馬帶著騎士與貨物跳入火堆，回歸地獄，我終於擺脫安格斯．歐格了。

第二十五章

「好了，結束了。現在幫我解開鎖鏈，然後買塊牛排來吃吃。」歐伯隆說。

「沒問題，老兄。我先放開狼人，別讓部族感到受辱。你了解這種時候必須採取外交手腕，是吧？」

「了解，但是說眞的，他們的自尊也太脆弱了。還以爲狼人不會這麼敏感的。」

我在狼人感激的叫聲中走到霍爾面前，扯下他頭上的黑布袋。他雙眼泛黃，體內的狼形蠢蠢欲動，但是纏在身上的銀鎖鏈阻止他變形。他胸口起伏，只能勉強維持語言機能。

「謝謝……阿提克斯。」他說道：「我透過部族連結看見了一切……你認識那個警告你們有銀陷阱的……紅髮女子。」

「對，我認識。她是富麗迪許。」我彎腰檢視他的鎖鏈，隨即皺起眉頭。鎖鏈有用大鎖鎖住，而我不是鎖匠。用魔法開鎖會耗費太多時間，一定有人有鑰匙。「問這個幹嘛？」

「就是她……綁架我們！」

「什麼？我以爲是艾蜜莉。」

「不。」他搖頭，「她只是開車。富麗迪許說服我們……進入後座。」

我看向歐伯隆。「你爲什麼沒提這件事情？」我提高音量，讓所有人聽見。

「我本來想說的，但是你沒給我機會說話。閉嘴，歐伯隆，安靜，歐伯隆，現在不要，歐伯隆——」

「好啦。」我說：「霍爾，我需要鑰匙，知道在誰身上嗎？」

他朝拉度米娃的屍體揚起下巴。「死女巫身上。」

「噁。這下可噁心了。」我走到小屋另外一側銀籠所在之處，在看見拉克莎的傑作之後忍不住皺起眉頭。拉度米娃身穿上好的皮夾克，我把她的屍體拉到銀籠旁邊，伸手搜她的口袋，結果在右邊口袋裡找出好幾把鑰匙。銀籠上也有一道鎖，我先打開籠子，進去幫拉克莎取回項鍊。裡面血肉模糊——我心裡不禁想到「到處都是凝固的血塊」【註】這句話——但既然那些都是她自己的血肉，我想她也沒有什麼好抱怨的。

接著我走向霍爾，他滿懷期待地大口喘氣。「我一解開鎖鏈，你就會變成狼形嗎？」

他點頭，激動到無法回答。

「好吧。幫我告訴部族：如果看到富麗迪許，不要招惹她，她承諾過會回來幫忙醫療傷者。我要你做的是去獵殺艾蜜莉，把她的頭帶來給我。」

這話吸引了他的注意。「她的……頭？」

「對，我需要它。她的身體隨你處置，不過在確認所有陷阱都解除之前不要撕爛她。富麗迪許可以幫我們確認，或是等拉克莎來應該也行。」

「沒有必要，德魯伊，」莫利根降落地面，化為人形站在我身旁。她又赤身裸體了——一定是在看到遠古宿敵被人砍頭之後感到慾火中燒。「陷阱已隨著那名女巫死亡而失去作用。」她指著拉度米娃的殘骸說道：「那些都不是永久性的法術。」

「謝謝妳，莫利根。」我說著轉向霍爾，開始解開鎖頭。「好了，去打獵吧。我在這裡等，盡力照料受傷的人。」

銀鎖鏈與霍爾接觸的地方冒出一些煙，拉開的時候扯下了他一些皮膚。他嘶吼幾聲，一等銀鎖鏈通通離體便立刻變形，當場擠爆他那套三千塊美金的上好西裝，而我很肯定這筆帳會算在我頭上。部族成員將他團團圍起，歡迎他歸來，接著他跟在剛納身邊，領頭朝艾蜜莉離開牧地的方向奔去，展開狩獵。

「妳有找到那頭吸血惡魔嗎，莫利根？」我在幫歐伯隆解鎖時問道。他給了我幾個鹹濕的熱吻，我則抱了抱他。

「找到也摧毀了。」她說：「你有注意到我的預言成真了嗎？」

「有，我有注意到。」我笑著回道：「不過正如我所期望，應驗在安格斯．歐格身上。我可以問妳個問題嗎？」

「當然可以。」

「妳有把我們的安排告訴安格斯．歐格嗎？妳永遠不會帶我走？」

註：O'ersized with coagulate gore，語出《哈姆雷特》。

她湊到我的身邊，用她獨特的魔法激起我的性慾，我的護身符只能減緩這道魔法的效用，卻無法完全抵消。她伸出一根手指，沿著我敞開的胸口撫摸，我當場忘記呼吸。

「喔，但我會佔有你【註】，德魯伊。」她說：「很多次，等你恢復體力之後。」她伸舌頭輕舔我剩下的那隻耳朵。

「噢，眞是，又來了。」歐伯隆透過心靈兩眼一翻說道。

「我不是那個意思，」我奮力說道，將她推開。我堅決地將思緒轉移到棒球上去。藍迪·強森投球。偉大的球員，不過不性感。別想性。專注。「妳有告訴他說妳不會帶我走嗎？」

她低沉地笑了幾聲，再度湊到我的左側，她的呼氣吹癢我的脖子，弄得我面紅耳赤。

「我是說，妳有告訴他，妳永遠不會奪走我的性命？」

「有。」她在我耳邊低語，我忍不住閉上雙眼。兩出局，無人上壘，一局下半。完全不性感。

「爲什麼？」

她指甲掐入我的胸肌，我倒抽一口涼氣，想起剛剛她的鳥爪。

「我要他召喚死神。」她說：「這樣等你殺了他後，我就再也不必見到他。我知道只要把我們的協議告訴他，他就會這麼做，而他也眞的做了。我終於讓這個煩我數千年的討厭鬼付出永恆的代價。他現在陷入從未想過自己會身陷的地獄裡，失去安息於提爾·納·諾格的權利。我是不是個可怕的敵人呢？」

「妳讓我不寒而慄。」

莫利根輕嘆一聲，臀部靠在我的腿上。誰想得到？她喜歡聽人說她很可怕。變態。

「他爲什麼這麼想要富拉蓋拉？」我很好奇。「我一直沒有機會問他。」

「精靈中有個派系——很大的派系——認爲你不該保有它，因爲你既不是妖精，又不是圖阿哈・戴・丹恩。他們認爲布莉德放棄了太多古老之道，而讓你保有富拉蓋拉就是他們指出的證據。」

「所以我是提爾・納・諾格的政治足球。」

「我不知道足球是什麼。」她在我的耳邊呼吸。「但我知道你勃起了。」她左手撫摸我的肚子，開始朝牛仔褲摸下去。「這種反應在我眼前是隱藏不住的。」

她突然抬頭望向東北方，歡樂時光就這麼結束了。「富麗迪許來了。我們晚點再談，你還要把力量還給我。今晚用來恢復你自己的力量，我明天早上再來。」莫利根變回烏鴉，在富麗迪許由另一邊進入牧地的同時飛向西南方。

狩獵女神朝我匆匆揮了揮手，隨即奔向看起來像是銀針墊的史努利・喬度森醫生；另外三個躺在地上的狼人裡，有兩個已經變回人形，這表示他們死了。難怪霍爾和部族這麼想把艾蜜莉抓回來。

「我不知道該怎麼看待那位紅髮女士。」歐伯隆在我跑去幫助另一頭還活著的狼人時說道。他輕鬆地跑在我身旁，很高興能夠伸展四肢。「她一開始看起來很友善，接著又逼我殺死那個男的，還幫

註：原文中「帶走」與「佔有」皆用「take」。

他們綁架我們——現在她又想要治療那頭可憐的狼。你會不會覺得她有多重人格？」

「可以這麼說。她有兩個主人。」

「眞的？誰？」

「她自己和布莉德。」

「所以友善的那個人格肯定是在幫布莉德做事！我喜歡布莉德。她說我不同凡響，這證明了她擁有絕佳的判斷力，而且她還搔我肚子。如果你再見到她，別忘了她喜歡在茶裡加牛奶和蜂蜜。」

我微笑。「我想你，歐伯隆。來看看我們能夠怎麼幫這個狼人吧。」

對方是個我不認得的女性。剛看到我們接近時，她對我大吼大叫，不過在想起我們和部族一夥的時候突然安靜下來。她左前腳後方被刺了一刀，右腳腳筋上也給劃了一條傷口。這兩處傷看來都不致命，但是她無法行走，傷口也因爲銀而無法癒合。

我的魔法對她無效——狼人免疫——但如果能夠把她的傷口清理乾淨，她就可以自我醫療。用說的比做的容易。

「歐伯隆，你有聞到附近有水嗎？」

他抬起頭來，好好地聞了一聞——打了幾個噴嚏——但是回應的時候聽起來有點遺憾，「血腥味和惡魔的臭味太濃了，我什麼都聞不出來。你爲什麼不直接從地底弄點水出來？我以前看你這麼做過。」

「安格斯・歐格殺死了這裡的土地，它現在不會聽從我的號令。」

「不必麻煩了，德魯伊。」富麗迪許自二十碼外說道，奔過來來幫忙。「我不用水就能清理傷口，讓她開始自療。」

「妳做得到？妳已經清好史努利的傷口了？」我看向史努利，他還是和之前一樣躺在原地，不過身上已經沒有銀針了。

「清好了。他現在已經開始自療，等下這位也會。」她說著彎腰跪下，將有刺青的手掌放在狼人受傷的腳上。「她名叫葛雷塔。」

「妳爲什麼要這麼做？」

「我說過我會回來治療部族。」

「但是是妳綁架霍爾和歐伯隆，讓他們陷入可能受傷的處境。」

富麗迪許不耐煩地斷聲說道：「我是奉布莉德的指示做的。」

我突然感到血液從臉上褪去。「什麼？」

「別假裝你不懂我在說什麼。」她大聲道：「你很熟悉我們，而我們對你認識更深。承認吧，德魯伊：如果你朋友沒有淪爲人質，你很有可能會逃避衝突。布莉德不希望發生那種情況，於是我提供安格斯．歐格一項優勢，確保你會現身和他決鬥。如此一來，布莉德得償所願——除掉一名死敵——安格斯也得到應有的下場。」

在這段交談過程中，我錯過了富麗迪許清理銀傷口的方式——我想學那一招，因爲之後或許會有用處——但是當我低頭去看時，狼人的傷口已經開始癒合，而我一點也不想欠富麗迪許人情。我想我得找點可以用來對付她的優勢。

得知自己讓這麼多圖阿哈・戴・丹恩玩弄在鼓掌之間，眞讓我有點無言以對。我淪爲布莉德、富麗迪許，以及莫利根的棋子——一顆解決掉兩名麻煩神祇的棋子。儘管如此，此事顯然有值得感恩之處：我還活著，而我最大的敵人墮入地獄，沒有變成妖精之王。我想不出還有什麼不會惹禍上身的話可以告訴富麗迪許，於是我用禮貌來掩飾情緒。

「謝謝妳幫部族治療，富麗迪許。」

「我的榮幸。」她說著起身。「而現在我將開始追逐更大的樂趣。你有看到一頭大型公羊惡魔逃走嗎？」

「有，我看到了，好大一隻。」

「我要去獵殺它了。」她咧嘴而笑。「它領先了不少。你知道的，那種公羊惡魔都會施法。我會追捕得很開心、搏鬥得很愉快，而它將會成爲我家牆上的上好標本之一。」

「狩獵愉快。」

「再見了，德魯伊。」她說，隨即衝向鬧鬼峽谷；天知道在這片荒土上，她是以什麼爲能量。圖阿哈・戴・丹恩顯然能夠擷取一種我所不知道的能量源——但現在我看出幾千年來他們一直努力掩飾，假裝與德魯伊擁有相同的限制。或許現在根本沒有繼續掩飾的必要了：我還能告訴誰呢？

「你知道她像什麼嗎，阿提克斯？」

「像什麼，老兄？」

「一塊卡在牙齒縫裡拿不出來的牛排。我很喜歡吃牛排，你知道，但有時候牛排卡住眞的很煩，煩到讓我有一陣子都不想吃牛排。」

「我也是這種感覺，歐伯隆。」

他轉頭面對史努利，豎起耳朵。「嘿，我想你喜歡的那個酒吧裡的女人來了。」

「她是我的新學徒。好吧，至少半個她是。」

「哇，當眞？另外半個她要怎麼辦？」

「還不確定。我們去向她打個招呼。」我揮手和已經沒有危險的狼人葛雷塔道別，歐伯隆也叫了一聲。我們跑到喬度森醫生自療的地方——他看起來很想睡覺，但在部族連結充滿嗜血情緒的此刻，他是絕對不可能睡著的。

「謝謝你爲了大家承受陷阱，史努利。」我說。歐伯隆發出一陣漸強的叫聲——嚕、嗚、嗚夫。

史努利哼了一聲，表示聽到了，不過沒有其他反應。

拉克莎自史努利後方走出，摀著鼻子抱怨道：「聞起來像惡魔。」

「拉度米娃的事情做得很好。」我說。

「項鍊在她身上嗎？」

「對，在她身上。」我揚起項鍊，讓她看清這件血淋淋的寶物。「女巫團剩下的成員即將被獵殺殆盡，所以妳不需要使用項鍊的力量對付她們。拿去吧，我們說好的。」

她接過項鍊，面露微笑。「謝謝你，很高興能和信守諾言的人合作。」

「事實上，我還打算幫妳信守妳那部分的承諾。」我說。

「喔？」她瞇起雙眼。「怎麼說？」

「我要給關妮兒三萬塊飛回東方，幫妳找個合適的身軀。等妳自新身體裡醒來，她會將扣除回程機票剩下的錢通通給妳，幫妳重新開始。」

「你有這麼多錢可以送人？」

我聳肩。「女巫團支付了一萬塊。至於剩下的錢，我省吃儉用，而且透過長期投資賺了一大筆錢。安頓好後，寄張明信片給我，讓我知道因果重建的情況如何。」

拉克莎輕笑幾聲，將血淋淋的項鍊塞到關妮兒的口袋裡。「我沒有任何異議，謝謝你考慮得這麼周到。」

「謝謝妳照顧關妮兒。」

「她是個好孩子，而且非常聰明。她會成為一名好德魯伊。」

「同意。我現在可以和她談談嗎？」

「當然，再見了。」關妮兒腦袋低垂，再度抬起時，她向後跌開，伸出雙掌摀在臉上。

「齁！這什麼鬼味道？我的天啊，好臭！我不行——不行——」因為忙著朝向路旁嘔吐，她沒說完這句話。

「喔，對了，我都把那個忘了。」我說：「抱歉，過一陣子就會習慣了。」關妮兒以繼續嘔吐作為回應，而我這才想到我還沒有回答她的問題，要不盡快說點什麼的話，她或許會想出什麼錯誤結論。「不是我的味道。」我對她保證：「我發誓不是我。妳聞到的是惡魔的味道。」

「不管是什麼……」她邊喘邊道：「我們得在這裡待很久嗎？因爲我不認爲——」她再度開始噁心，不過現下只是乾嘔。部分的我覺得這種現象非常有趣；拉克莎顯然和關妮兒共用一個鼻子，所以她們兩人一直都暴露在同樣的環境中，但拉克莎完全沒有想要如此劇烈嘔吐的跡象。這表示生理反應奠基在心理層面的程度比我之前想得還要更深。

「這個，我必須在這裡待到部族返回，不過妳可以沿著山道往回走，直到可以忍受臭味爲止。反正這裡也沒什麼好看的。」

「那你叫我回來這裡做什麼？」

「正是因爲這裡沒有什麼好看的，我想最後再給妳一次退出的機會。妳即將成爲魔法世界的初學者，而那個世界有時候暴力萬分，而且充滿邪惡的臭味。用嘴巴呼吸，好好看看四周。」

「天色很黑。」

喔，糗了。我的羈絆法術在我體力耗盡、安格斯．歐格吸乾大地時就失效了，拉克莎顯然是用自己的方法在黑暗中走來。我運用莫利根的力量，再度賦予關妮兒夜視能力，讓她看清屍橫遍野的牧地。

「我的天。」她說：「通通都是你殺的？」

「那些女巫和那兩頭狼人不是。但是我獲得許多幫助才得以活過今晚。照理說，我應該已經死了，而妳該知道魔法界的人很少會在睡夢中安寧死去。所以我要妳在帶拉克莎回東邊的時候，想想現在看到的景象，以及現在身上的味道。我不要妳懷抱任何浪漫之情進入魔法世界。如果妳回來的時候覺得還是不要當我學徒，我能理解，不會有任何埋怨，還會幫妳找個好工作，取代妳今天辭掉的那個。」

「但是這裡出了什麼事？你是怎麼辦到的？」

「哇，先等一等。」我說，聽見牧地另一端傳來狼叫聲，看見史努利抬起頭來。「聽來像是部族回來了，我們或許可以比預期中更早離開。」

他們回來的畫面完美強調我要表達的觀點：在看到艾蜜莉的首級掛在剛納嘴邊搖晃時，關妮兒忍不住握緊我的肩膀，而當他把首級顏面朝上丟在我腳邊時，她整個人躲到我身後。

「不，關妮兒，妳在躲什麼？妳也必須看看這個，這也是魔法世界的一部分。這個女人死前看起來只有二十歲，而現在我們看到她的眞實年齡比較接近九十歲。附近還有七個比她更老、也自認比她聰明的女巫，而她們很可能會想嘗試這個女巫沒成功的事情。或許看到這顆年輕女巫的首級會讓她們打消和我作對的念頭。沒辦法和人講理的時候，妳就必須威嚇他們。如果這樣還沒效的話，妳就只剩下逃跑或是除掉對方兩條路，要不然就讓律師去解決他們。」

「這就是你現在在做的嗎？想要嚇跑我？」

「當作我是對妳開誠布公。」

「好吧，謝謝你，我會好好想想。」她轉身走回山道。「我要先走回到可以正常呼吸的地方。」

剛納和霍爾甩開毛皮，恢復人類形態，好讓他們把死去的部族夥伴抬離荒野。他們不想說話，我想他們大概在計算保有我這個客戶划不划得來。史努利緩慢行走，葛雷塔則以三隻腳小跑步，但現在體內的銀已經清除，他們可以在沒人幫助的情況下自行離去。

離開之前，我提醒自己撿起安格斯・歐格的莫魯塔，因爲透過戰勝它的主人，這支劍已經歸我所有。下山花的時間比上山久多了，我們全都疲憊不堪、一言不發，不過還是趕在天亮前回到車上。在離開山道起點兩哩左右時，我又開始感應到大地，然後邊走邊哭。

霍爾和我送關妮兒回家，我要她隔天打包東方之行的行李。我不曉得之後還會不會再見到她。

我們打個電話給因爲起床太晚而錯過所有樂趣的李夫，叫他帶食屍鬼朋友去清理現場。

霍爾帶我去二十四小時的大賣場，買了些紗布和膠帶貼在法苟斯打的彈孔原先該在的地方，我們也商量了一套回家之後告訴警方的說詞：我在遭到警探槍擊之後心靈受創甚深，於是到女朋友家裡去與世隔絕兩天——爲了增加故事的眞實性，關妮兒將會假扮我的女友。霍爾說他已經和她講好了，接著把我帶回家，交給還在門外監視、想要錄我口供的坦佩警方。在他們離開前，霍爾會先照顧歐伯隆——還有艾蜜莉的首級。

當警方終於對我精神崩潰的說詞感到滿意後，我打電話請霍爾把歐伯隆（和艾蜜莉）帶來，接著我滿腦子就只想要躺到後院去，開始眞正進行從施展寒火的虛脫狀態恢復的過程。

但是還沒到那個時候：還有太多事情必須先做。

我刻意打了通電話給瑪李娜・索可瓦斯基，讓她知道我看見了今天的太陽，而拉度米娃顯然沒有。

「我知道妳以爲我死定了，瑪李娜，現在妳會不會覺得有點低估我了？」

「或許是有點。」她承認道：「關於德魯伊的力量流傳下來的文件太少，我很難判斷你有多少實力。但我也要你知道，你也低估我了，歐蘇利文先生。」

「怎麼說？」我感到一股涼意上心頭。難道她取得了某樣屬於我的東西？我是不是要被她用魔法擠碎了？

「你以爲我是個騙子，認定我有參與這個和地獄以及圖阿哈・戴・丹恩交易的邪惡計畫。我了解原因，因爲人們常常以爲女巫團的成員都是物以類聚，而且通常也是如此。但是現在回頭來看，你難道看不出來我始終懷抱善意？」

「妳說東尼小屋那裡只有六個女巫是眞的，我爲此向妳致謝。」我說：「但我在店裡問妳有多少女巫團成員計劃奪取我的劍時，妳卻拒絕回答。」

「那是因爲我沒有答案。當時我只是懷疑，沒有確切的證據，我不能在沒有證據的情況下讓你對付我們女巫團裡的特定成員。你當然能理解這一點。」

她說得合情合理，我發現自己已經開始考慮她或許眞的是個誠實的女巫——這種人就和誠實的政客一樣稀有，甚至更加稀有。我的偏見不容許我相信她，不過或許我不須要像計畫中那樣把艾蜜莉的首級裝在盒子裡寄給她。不管我在牧地時是怎麼跟關妮兒說的，威嚇他人只會拖延衝突的日子，合作才會消弭衝突——或者，如同亞伯拉罕・林肯曾經說的：「和敵人交朋友的時候，我就摧毀了我的敵人。」

「妳們女巫團決定該怎麼做了嗎？」我問：「獵殺殺掉妳們姊妹的德魯伊？」

「當然不會。」瑪李娜語帶責備。「她們顯然罪有應得，而且也付出了應有的代價。我說過事情不會像她們想像中那麼順利。」

「那妳們打算何去何從？」

瑪李娜嘆氣。「那就得看你打算怎麼做了，歐蘇利文先生。如果你打算對付波蘭女巫，那我想我們寧願離開坦佩也不要和你衝突。但如果我能讓你相信我們對你沒有惡意，那我們比較希望能在和平共處的情況下留在坦佩。」

「妳們離開坦佩聽起來不錯。在我看來沒有任何壞處。」

「我必須讓你知道或許會有壞處。多年以來，我們女巫團一直在阻止不受歡迎的人物進入東谷。我們趕跑了數不清的女巫，並在卡崔娜颶風侵襲紐奧良後驅逐了一群巫毒祭司。去年我們無聲無息地除掉了一個卡里死亡教派。我還知道維加斯有一群酒神女祭司想要跑來這裡擴張領土，不過我們擊退了所有侵略勢力。如果你想要親手應付這些問題，那就這樣了。」

「不，我不知道妳們這麼活躍、這麼看重領地。」

「這是個很好的居住環境，我們希望能夠保持下去。」

「我也喜歡這裡。」我承認，「好吧，讓我相信妳們對我沒有惡意。」

「你願意對我們許下同樣的承諾嗎？」

「我想那得要看妳們提出的是什麼承諾。」

「讓你的律師擬定協議，高興花多少時間在條文上都行。等雙方滿意之後，我們就以鮮血簽署協議，放在律師那裡。」

用血簽訂的和平共處協議？我覺得聽起來有點自相矛盾。「我會懷抱善意展開此事。」我說：「看看協商的結果如何。我要妳了解的是——也就是艾蜜莉和拉度米娃所不了解的在於——儘管我盡量避免衝突，但絕對不要將此視為懦弱的表現。妳之前不相信圖阿哈．戴．丹恩裡有神會怕我，但昨晚我殺了他，還外加一群惡魔和妳們的前任姊妹。」我沒提所有幫助我的人；其實女巫沒有一個是我親手殺的，但她沒必要知道。「妳現在應該清楚維基百科根本完全不了解眞正的德魯伊有多強大。」

「非常清楚，歐蘇利文先生。」

「很好。我的律師過一個禮拜左右會和妳聯絡。」

這下我多了一顆乾癟女巫首級必須處理，不過我還是很高興沒有必要拿出來用。我知道該怎麼處理它。我在女巫首級和我身上施展僞裝法術，然後過馬路到山莫建先生的房子前。在一段耐心勸說過後，他家尤加利樹下的土地破開，我將她的首級丟入樹根下的地洞裡，然後封閉地洞、解除僞裝法術。

忙完之後，我請快遞送了之前承諾的支票到關妮兒家去，順便祝她旅途平安。

培里一大早就接到電話，請他幫忙開店做生意，過幾天我會放他一個禮拜的有薪假。麥當納寡婦也接到一通電話，讓她知道她最喜愛的愛爾蘭小夥子還活著，很快就會去找她長談。然後我終於可以休息了。

我脫光衣服，側過右身躺下，盡力讓紋身接觸地面。感應到第一波能量塡滿細胞時，我鬆了一大口氣。我肯定十秒不到就睡著了，可惜十秒之後又被粗暴地喚醒。莫利根飛入我家後院呱呱大叫，然後化身人形。

「既然你開始恢復體力了，德魯伊，我要收回我的力量。」

唉唷，哈囉，莫利根，眞是的。

「非常感謝妳把力量借給我，」我客客氣氣地說，對她伸出我的左手。「請拿回去。」

她握住我的手。當她吸完力量後，我的手臂像條死魚般落回地上。我又動彈不得了。

「你使用太多寒火的力量了。」莫利根說：「接下來兩天你哪兒都去不了。我希望你有擦那種人類非常喜歡擦的防曬油，我可不希望你得皮膚癌。」

莫利根大聲嘲笑我，接著在化身烏鴉離開時轉爲嘶啞的叫聲。而她竟然還在懷疑自己爲什麼沒有朋友。

尾聲

亞歷桑納東南部的切利卡華山有種乾燥美。我喜歡沙漠的原因之一，就是生活其中的植物與動物的強大韌性。這裡的降雨難以預測，而亞歷桑納的太陽又非常炙烈，儘管沒有像在氣候濕潤的地方那麼茂盛，但是生命依然在切利卡華山裡奮鬥不懈。

切利卡華山比較特殊的地方在於這裡有幾座「天島」——在沙漠草地上隆起九千呎高的古老火山——上面有著不同的生態體系。

歐伯隆和我在那裡狩獵騾鹿和野豬；爲了聽聽牠們的叫聲，還嚇唬了幾隻長鼻浣熊。我們沒有找到大角羊，不過沒讓這點小事掃了我們的遊興。

「這地方太棒了，阿提克斯。」我們於峽谷內的溪流旁休息，享受著溪水撞擊岩石和在香蒲花柄間旋轉的汩汩聲中時，他說道：「我們能在這裡待多久？」

我很想告訴他說我們可以待到他厭倦爲止。這種生活就是我奮鬥與存在的意義——一個沒有安格斯·歐格的世界。提爾·納·諾格上沒有任何地方可以與這個溪畔媲美，而我也想不出過去幾個世紀裡有任何一刻比和朋友一起分享的時光還要寧靜。這讓我想起歐伯隆本身也擁有魔法：他往往能讓我將心思專注在生命中美好的事物上。這種時刻十分短暫，少了他的指引，我可能會錯過很多景色，會在努力抵達目的之後卻看不到值得一看的事物。

「只能再待兩天。」我說：「然後我就得回去看店，讓培里放假。」我還要去復育東尼小屋附近的死亡大地，而且還要想辦法生出外型過得去的右耳。截至目前，我最多只能長出一塊畸形的軟骨，而它並沒有幫我贏得任何仰慕的眼神。我可能得動整形手術。

「啊。好可惜。那我就得好好享受待在這裡的時光了。」

「回家之後，我有個驚喜要給你享受。」

「你幫我弄了那部成吉思汗的電影嗎？」

「已經在Netflix【註】裡等著你了，但那不是我說的驚喜。不用擔心，肯定是好東西。我只是不想讓你覺得回家很沮喪。」

「喔，我不會的，不過如果後院裡有條這種小溪就太酷了。你能弄一條嗎？」

「嗯……不能。」

「我想也是。身爲一頭獵狼犬，我總得要問問看。」

回到坦佩家中時，歐伯隆確實收到驚喜。霍爾都幫我安排妥當了，租車公司的交通車一放我們下來，歐伯隆就一整個興奮起來。

「嘿，聞起來像是有人跑進了我的地盤。」他說。

「你知道的，沒有我的允許，誰也不能進來。」

「富麗迪許就進來了。」

「你聞到的不是富麗迪許，相信我。」

我打開前門，歐伯隆立刻衝向廚房窗口，注視後院。看到是什麼在後院等他之後，他發出愉快的叫聲。

「法國貴賓犬！黑黑的、鬈鬈的，還有可愛的小尾巴！」

「而且通通都在發情。」

「喔，哇！謝謝，阿提克斯！我等不及要去聞她們的屁股了！」他跳到後門口，在門上抓搔；為了不讓貴賓犬跑進來，狗門被關起來了。

「這是你應得的獎勵，老兄。等等，離開門邊，我幫你打開；還有小心點，別弄傷她們。」

我打開狗門，期待他會穿門而過，衝入他的私人狗狗後宮，結果他才跨出一步就停了下來，神色憂傷地抬頭看我，耳朵下垂，嘴裡發出一聲哀鳴：

「才五隻？」

《鋼鐵德魯伊1：追獵》完

註：在美國、加拿大提供網路隨選串流媒體播放的公司，也有提供定額制線上DVD與藍光在線出租服務。

致謝

我滿足得難以言喻。

雖然封面上只有印我的名字，一本小說卻是許多人通力合作的成果。我父母向來支持我的創作，從音樂、美術、一直到寫作，要不是他們讓我知道：沒錯，我可以做任何與創作有關的事情，我可能根本不會開始這個計畫。我摯愛的妻子金比莉，至今已經看我寫故事超過二十年了，每當我想要放棄時，就是她深信我總有一天會成功的堅定信念讓我繼續下去。

這本小說撰寫初期有幾個人提供了寶貴的回饋。羅德島大學修辭學助理教授金・漢斯里・歐文斯博士，持續幫我把關麥當納寡婦的口音，有時也會建議我用詞精簡，我對此非常感激。亞倫・歐布萊恩提供鬥劍的專業建議——通常不會打太久——並且介紹我加入復古俱樂部。安德莉雅・泰勒提供了許多關於女巫的內幕；我想多說一點，但是我被下咒不能說。

我確定我的經紀人伊凡・高富烈德是魔法生物。他會在所有人說不的時候說好，而他在我還沒反應過來之前就把這個系列給賣掉了。乾杯，魔法伊凡。

我在Del Rey出版社的美妙編輯崔西雅・派斯特拿克，在我眼中獨一無二，而她對阿提克斯及歐伯隆的熱愛就是你今天能夠拿到這本書的原因。她的助理編輯麥克・布拉夫以絕佳的幽默感容忍我幼稚的胡鬧，同時也是北歐文化的知識泉源。

儘管《鋼鐵德魯伊》一書中的角色與事件都是虛構的，有興趣的話，你還是可以到亞歷桑納造訪書中出現過的地點。第三隻眼書籍藥草店就開在我表弟德魯・蘇利文位於坦佩市艾許街開的漫畫店址上；東尼小屋依然待在迷信山脈裡，幸好它附近的土地沒有死去；米爾街上的魯拉布拉確實是世界上最好的愛爾蘭酒吧，我至今還沒有在其他地方吃過更棒的炸魚薯片。

喜好語言學的朋友或許會注意到雖然曙光三女神女巫團的女巫是波蘭人，她們卻取了個俄國團名——柔雅——她們力量來源的星辰女神。柔雅是斯拉夫世界裡的知名女神，不過有時候用的名字不同（像是絲薇絲達、絲偉絲達、柔莎等等），但既然大多數女巫團的成員都出生於十九世紀、波蘭東部由俄國佔領的年代，我覺得讓她們取個俄國團名很合理。沒人有必要覺得這很合理；我解釋這一點只是要讓大家覺得我背景研究工作做得非常完整及徹底。

愛爾蘭語發音指南

話先說在前面，這本書裡的所有名詞讀者都可以愛怎麼唸就怎麼唸。閱讀小說理應是件快樂的事情，所以我不打算說什麼「你唸錯了」之類的來剝奪讀者的樂趣。然而，由於愛爾蘭語的發音和英文不太一樣，針對非常注重細節的讀者，我提供一份可能會對讀者造成些微困擾的非正式詞彙指南。有一點要特別注意，母音上方的變音符號並不代表重音，而是標示出特定的母音。

名字

Aenghus Óg——Angus OHG／安格斯・歐格（那是doe裡的長o，不是log裡的短o）

Airmid——AIR mit／艾兒蜜特

Bres——Bress／布雷斯

Brighid——古愛爾蘭語中唸成BRI yit／布來宜特（或接近BREE yit／布利宜特）。現代愛爾蘭語把它改成Bríd（發音類似Breed／布莉德），因爲英文使用者老是把g發成j的音，所以他們就把這個字裡的母音改掉，然後完全不發g的音。布莉姬這類名字都是英文化的愛爾蘭名。

Cairbre——CAR bree／卡爾布雷，r要有點捲舌，e發起來類似egg裡的e。

Conaire——KON uh ra／康努拉

Cúchulainn——Koo HOO lin／庫乎林（愛爾蘭語中的ch發音類似低沉的h喉音，就像西班牙語中的j，不會有k的音，也不像英文的chew）

Dian Cecht——DEE an KAY／迪安・凱

Fianna——Fee AH na／菲亞娜

Finn Mac Cumhaill——FIN mac COO will／芬・麥克・庫威爾

Flidais——FLIH dish／富麗迪許

Fragarach——FRAG ah rah／富拉蓋拉

Granuaile——GRAWN ya WALE／關妮兒

Lugh Lámhfhada——Loo LAW wah duh／盧・勞瓦度

Manannan Mac Lir——MAH nah NON mac LEER／馬拿朗・麥克・李爾

Miach——ME ah／米亞

Mogh Nuadhat——Moh NU ah dah／莫・努阿達

Moralltach——MOR ul TAH／莫魯塔

Ó Suileabháin——Oh SULL uh ven／歐蘇魯文（唸起來像歐蘇利文，不過是愛爾蘭拼法）

Siodhachan——SHE ya han／敘亞漢（記住愛爾蘭語中的ch發作喉音h；不要發成k了）

Tuatha Dé Danann——Too AH ha day DAN an／圖阿哈・戴・丹恩

地名

Gabhra——GO rah／高拉

Mag Mell——Mah MEL／馬・梅爾

Magh Léna——Moy LAY na／莫伊・雷納

Tír na nÓg——TEER na NOHG／提爾・納・諾格（長 o）

動詞

Coinnigh——con NEE／康尼（持有，保有）

Dóigh——doy／度伊（燒）

Dún——doon／度恩（關閉或彌封）

Oscar——OS kill／歐斯奇爾（開啓）

樹

Fearn——fairn／費恩

Idho——EE yo／伊由

Ngetal——NYET ul／尼土爾

Tinne——CHIN neh／清內

Ura——OO ra／烏拉（不要發成類似部隊歡呼的聲音。兩個音節都很簡短，r 請捲一點舌）

鋼鐵德魯伊

中英文名詞對照表

A

Aenghus Óg　安格斯・歐格（凱爾特愛神）
Airmid　艾兒蜜特（凱爾特神祇）
Al-Mansur　艾爾曼蘇爾（伊斯蘭統治者）
Answerer　解惑者（魔法劍富拉蓋拉）
Antoine　安東尼（食屍鬼）
Antoninus Pius　安敦寧・畢尤（羅馬五賢帝之一）
Apollo　阿波羅（希臘羅馬太陽神）
Archdruid　大德魯伊
Arizona State Sun Devils　亞歷桑納州立大學太陽魔鬼隊
Arnie　阿尼（書店常客）
Artemis　阿緹蜜絲（希臘女神）
Ash Avenue　艾許街

B

Bacchants　酒神女祭司（希臘羅馬神話）
Battle of Gabhra　高拉之役（愛爾蘭神話戰役）
Battle of Magh Lena　莫伊・雷納之役（愛爾蘭神話戰役）
Battlestar Galactica　星際大爭霸（影集）
bean sidhe　哭喊女妖
Berta　波塔（女巫）
Benton　班頓（警察）
the Black Knight　黑騎士（《聖杯傳奇》人物）
Bogumila　寶姑米娃（女巫）
Bosch, Hieronymus　耶羅尼米斯・博斯（畫家）
Bres　布雷斯（凱爾特農業之神）
bruja　女巫
Brighid　布莉德（凱爾特鍛造女神）
Bronze Age　青銅器時代
Brueghel the Elder, Pieter　老彼得・布魯赫爾（畫家）
Buck, Joe　喬・巴克（體育播報員）

C

Cairbre　卡爾布雷（古愛爾蘭高王）
Caliphate　阿拉伯帝國（哈里法）
Captain Kangaroo　袋鼠隊長
Celtic knotwork　凱爾特繩紋
Cibrán　塞布蘭（德魯伊學徒）
Circle　神力圈
Civic Center park/Plaza　市政中心公園／廣場
Chiricahua Mountains　切利卡華山脈
Chupacabra　卓帕卡布拉（吸血怪物）
Clemens, Samuel　山謬・克來門斯
cloak, or magical cloak 隱形魔法，或魔法隱形法術
Coinnigh　康尼（愛爾蘭語：持有、保有）

Cold Fire　寒火
cold iron　寒鐵
Compostela　康柏斯特拉城
Conaire Mór　康努拉・莫爾（古愛爾蘭高王）
Conn of the Hundred Battles　身經百戰的康恩（古愛爾蘭高王）
Cormac Mac Airt　科麥克・麥克・艾爾特
Coyote　土狼神凱歐帝（美國原住民神祇）
Crowley, Aleister　阿萊斯特・克勞利
Crussh　克拉許（冰沙吧）
Cúchulainn　庫乎林（凱爾特神話英雄）
Cylon　賽隆人（《星際大爭霸》機器種族）

D

Daddy's Little Helper　爹地的小幫手（德魯伊特調茶）
Dagobah system　德哥巴星系（《星際大戰》地名）
Death　死神
Deckard　德卡德（《銀翼殺手》主角）
Dian Cecht　迪安・凱（凱爾特醫神）
Doigh　度伊（愛爾蘭語：燒）
Druid　德魯伊
Druidic grove　德魯伊教派
dryads　樹精靈
Dun　度恩（愛爾蘭語：關閉或彌封）

E

Eric the Red　紅髮艾利克（維京探險家）
Emilia (Emily)　艾蜜莉雅（艾蜜莉）（女巫）

F

Fae　精靈
Faerie Specs　妖精眼鏡（法術）
faery　妖精
Fagles, Darren　達倫・法苟斯（警察）
Fearn　費恩（愛爾蘭語：赤楊）
Fianna　菲亞娜（愛爾蘭神話戰士團）
Finn Mac Cumhaill　芬・麥克・庫威爾（愛爾蘭神話英雄）
Fir Bolgs　菲爾博格人（凱爾特神話部族）
Five　五大神
Flidais　富麗迪許（凱爾特狩獵女神）
Flores, Alberto　亞伯托・弗羅利斯（公園巡邏員）
Fomorians　佛摩人（凱爾特神話部族）
Fragarach　富拉蓋拉（解惑者）
Frolic　福洛利克（船主）

G

Ganesha　印度象頭神迦尼薩
ghoul　食屍鬼
Goll Mac Morna　高爾・麥克・莫爾納（菲亞娜戰士團指揮官）
Granuaile　關妮兒
Great Fury　狂怒之劍（莫魯塔）
Greta　葛雷塔（狼人）
the Green Man　綠人
Greer　葛利爾（地名）

H

Haunted Canyon　鬧鬼峽谷
Hauk, Hallbjorn "Hal"　霍伯瓊・「霍爾」・浩克（狼人）
Hecate　黑卡蒂（希臘女神）
Helgarson, Leif　李夫・海加森（吸血鬼）

hellfire　地獄火
Herne the Hunter　獵人赫恩（英國傳說）
High King　高王
Hot Pocket　熱口袋（微波爐食品）

I

Idho　伊由（愛爾蘭語：紫杉）
Immortali-Tea　不朽茶（德魯伊特調茶）
Incubus　淫慾夢魔
Irish wolfhound　愛爾蘭狼犬
Iron Age　鐵器時代
Iron Maiden　鐵處女合唱團

J

Jadwiga　潔薇嘉（女巫）
Jedi　絕地武士（電影《星際大戰》系列中的武士團體）
Jimenez, Carlos　卡洛斯・吉門內茲（警探）
Johnson, Randy　藍迪・強森（美國職棒選手）
Jodursson, Snorri　史努利・喬度森（狼人）
Jones, Indiana　印第安那・瓊斯（電影《法櫃奇兵》主角）
Joshua　喬許華（書店常客）

K

Kaibab　凱巴森林
Kali　卡里（印度死亡女神）
karma　因果觀念；因果報應
Kazimiera　卡西米拉（女巫）
kingdom of Galacia　加利西亞王國
Klaudia　克勞蒂雅（女巫）
Kool-Aid　酷艾德
Krzepice　科瑞皮斯（地名）
Kulasekaran, Laksha　拉克莎・庫拉斯卡倫（女巫）

L

the land of shades　影子大地
Lassie　靈犬萊西
Legolas　勒苟拉斯（《魔戒》中的精靈弓箭手）
Liam　連恩
Liberace　利柏瑞斯（美國鋼琴家）
Lovecraft, H. P.　洛夫克拉夫特（作家）
Ludmila　路米拉（女巫）
Lugh Lámhfhada　盧・勞瓦度（凱爾特太陽神）

M

Maaravaramban Kulasekara　瑪拉瓦朗班・庫拉斯卡倫（印度統治者）
MacDonagh, the widow　麥當納寡婦
Mad Marge and the Stonecutters　瘋狂馬姬與石匠（樂團）
Madurai　馬杜賴（地名）
Mag Mell　馬・梅爾（凱爾特神話妖精國度）
Magnusson, Gunnar　剛納・麥格努生（阿爾法狼人）
Magnusson and Hauk　麥格努生與浩克律師事務所
Mamelukes　埃及奴隸兵
Manannan Mac Lir　馬拿朗・麥克・李爾（凱爾特死神暨海神）
mantis style　螳螂拳
Meat Loaf　肉塊合唱團
Mellon, Erick　艾利克・梅隆（法醫）
Mercutio　莫枯修（《羅密歐與茱麗葉》人物）
Mesquite Tree　牧豆樹
Miach　米亞（凱爾特神祇）
Milk-Bones　牛奶骨頭（狗餅乾）
Mill Avenue　米爾街
Miroslawa　米蘿絲拉娃（女巫）

Mitchell Park　米歇爾公園
Mobili-Tea　莫比利茶（德魯伊特調茶）
Mogh Nuadhat　莫・努阿達（凱爾特神話人物）
Mojave Desert　莫哈維沙漠
monoamine suppressants　單胺情慾抑制劑
Monty Python　蒙提・派森（喜劇團體）
Moralltach　莫魯塔（狂怒之劍）
The Morrigan 莫利根（凱爾特戰爭與死亡女神）

N

Ngetal　尼土爾（愛爾蘭語：蘆葦）
Nuada　努阿達（凱爾特神祇）

O

Oberon　歐伯隆
Odin　奧丁（北歐主神）
Ogham　歐甘文（古愛爾蘭文）
Orpheus　奧菲斯（希臘神話英雄）
Oscar　歐斯奇爾（愛爾蘭語：開啓）
O' Sullivan, Atticus　阿提克斯・歐蘇利文
Ó Suileabháin, Siodhachan　敘亞漢・歐蘇魯文

P

Palo Verde Tree　派洛沃德樹
Papago Park　趴趴高公園
Pan　潘恩（牧神）
Pandyan　潘地亞王朝
Pantera　潘特拉樂團
pantheon　萬神殿
Penelope　潘妮洛普（書店常客）
Peralta　佩羅塔（步道）
Phoenix Zoo　鳳凰動物園
Piccadilly Circus　皮卡迪利廣場
Pinot Grigio　灰皮諾葡萄
Pinto Valley　斑紋谷
Poppins, Mary　瑪麗・包萍（《歡樂滿人間》人物）
Provos　愛爾蘭共和軍
Psychobilly　迷幻山區搖滾（音樂）

R

rakshasa　羅刹
Radomila　拉度米娃（女巫）
Rhapsody in Blue　藍色狂想曲
Renaissance Festival　文藝復興節
Reservoir Dogs　《落水狗》（電影）
Restraining Order　禁制令
Rodrigo y Gabriela　羅德利哥和蓋柏瑞拉（二重奏樂團）
Roksana　羅克莎娜（女巫）
Rúla Búla　魯拉布拉（酒吧）
Russell, Bertrand　伯特蘭・羅素（英國學者）

S

Salamander　火蠑螈
Salt River　鹽河
Sasquatch　大腳怪
Semerdjian　山莫建（阿提克斯的對門鄰居）
Samhain　薩溫節（凱爾特神話中代表一年開始的節日）
sensei　老師
Scottsdale　史考特谷
Sean　史恩（麥當納先生）
selkie　賽爾奇（愛爾蘭妖怪）
Shuffleboard　沙狐球（遊戲）
Sidhe　希夷族（愛爾蘭、蘇格蘭神話神族）
siren　女海妖
the Sisters of the Three Auroras　曙光三女神女巫團
Smithwick's　史密斯威克（麥酒）
smoothie　冰沙
Snuffleupagus　史努佛佩佳斯

Society of Creative Anachronism　復古協會
Solar Plexus　太陽神經叢
Solo, Han　韓索羅（《星際大戰》中的太空船船長）
Sophie　蘇菲（書店常客）
Sokolowski, Malina　瑪李娜・索可瓦斯基（女巫）
Succubi　淫慾惡魔
Superior　舒伯利爾（地名）
Superstition Mountains　迷信山脈

T

Tempe　坦佩（地名）
Third Eye Books and Herbs　第三隻眼書籍藥草店
Thomas, Perry　培里・湯瑪士（店員）
Thor　索爾（北歐雷神）
Tiddlywinks　挑圓片（遊戲）
Tinker Bell　小叮噹
Tinne　清內（愛爾蘭語：冬青）
Tír na nÓg　提爾・納・諾格（凱爾特神話妖精國度）
Tony Cabin, or Tony Ranch　東尼小屋，或東尼牧場
Toto　托托（《綠野仙蹤》角色）
Trippie Hippie　崔皮嬉皮商店
the Troubles　北愛爾蘭動亂時期
Tuatha Dé Danann　圖阿哈・戴・丹恩（凱爾特神話神族）
Tullamore Dew　圖拉摩爾露水（愛爾蘭威士忌）
Tybalt　鐵豹（《羅密歐與茱麗葉》人物）

U

The Upanishads　《奧義書》（吠陀教典籍）
Ura　烏拉（愛爾蘭語：石南）
UVF　北愛爾蘭自願軍

V

Valkyries　北歐女武神
vampire　吸血鬼
varma kalai　瓦馬卡賴（武術）
Veda, Vedas, Vedic　吠陀（教）
Vetala　維塔拉（吠陀惡魔）
Vlad the Impaler　穿刺者弗拉德
voodoo priest　巫毒祭司

W

Waclawa　瓦絲瓦娃（女巫）
Wecca, Weccan　威卡教（徒）
werewolf　狼人
Wharton, Edith　伊迪絲・華頓（作家）
White Mountains　白山山脈
witch　女巫
The Wizard of Oz　綠野仙蹤（小說或同名電影）
World beat　世界音樂

Y

Yoda　尤達大師（《星際大戰》中的絕地武士大師）

Z

Zdzislawa　史蒂絲拉娃（女巫）
Zoryas　柔雅三女神（俄羅斯神祇）
Zorya Polunochnaya　柔雅・波魯諾奇納亞（柔雅三女神之一）

鋼鐵德魯伊

VOL.2〔魔咒〕

國家圖書館出版品預行編目資料

鋼鐵德魯伊1：追獵／凱文·赫恩（Kevin Hearne）；
戚建邦譯——初版．——台北市：蓋亞文化，2014.05-
冊；公分.——（Fever；FR035）
譯自：Hounded (The Iron Druid Chronicles Book1)
ISBN 978-986-319-086-8（平裝）

874.57　　103004821

Fever 035

鋼鐵德魯伊 VOL.1〔追獵〕 HOUNDED

作者／凱文．赫恩（Kevin Hearne）
譯者／戚建邦
封面插畫／Gene Mollica
封面設計／克里斯
出版／蓋亞文化有限公司
地址◎台北市103承德路二段75巷35號1樓
電話◎（02）25585438　傳眞◎（02）25585439
網址◎http://gaeabooks.pixnet.net/blog
電子信箱◎gaea@gaeabooks.com.tw
投稿信箱◎editor@gaeabooks.com.tw
郵撥帳號◎19769541　戶名：蓋亞文化有限公司
法律顧問／宇達經貿法律事務所
總經銷／聯合發行股份有限公司
地址◎新北市新店區寶橋路二三五巷六弄六號二樓
電話◎（02）29178022　傳眞◎（02）29156275
港澳地區／一代匯集
電話◎（852）27838102　傳眞◎（852）23960050
地址◎九龍旺角塘尾道64號龍駒企業大廈10樓B&D室
初版九刷／2020年04月
特價／新台幣 199 元
Printed in Taiwan

GAEA
ISBN／978-986-319-086-8

Gaea

GAEA